Un ennemi de jeunesse

Du même auteur
aux Éditions J'ai lu

L'épouse indésirable, *J'ai lu* 3686
Un mari sous contrat, *J'ai lu* 4019
L'amant du bout du monde, *J'ai lu* 4321
Celle par qui le bonheur arrive, *J'ai lu* 4607
Imposture sous les tropiques, *J'ai lu* 5283

Marnie De Marez

Un ennemi de jeunesse

Prologue

Un dimanche sur deux, à quatre heures de l'après-midi, un paquebot de la Compagnie des Messageries maritimes quittait le port de Marseille en direction de Saigon, avec pour escales habituelles Port-Saïd, Djibouti, Colombo et Singapour.

En ce deuxième dimanche d'octobre 1921, le *Roma* s'apprêtait donc à quitter la France. Les personnes montées à bord en accompagnatrices, invitées à quitter le navire, se pressaient sur la passerelle pour aller s'agglutiner sur le quai. De cette foule émanaient des bribes de phrases enchevêtrées dans un roulement continu de cris et de rires.

L'ancre levée, le navire frémit, trembla, s'agita et commença à se détacher du quai. Empreintes d'émotions diverses, des voix s'élevaient jusqu'au bastingage sur lequel s'appuyait une jeune femme au regard mélancolique. Aucun de ces « Adieu ! », « Bonne traversée ! », « Bon voyage ! » ou encore « Ne nous oubliez pas ! » ne lui était visiblement destiné.

La passagère garda les yeux fixés sur les toits de la ville jusqu'à ce qu'ils disparaissent dans le lointain. Lorsque, sous ses pieds, le plancher commença à onduler, signalant ainsi l'arrivée du paquebot en haute mer, elle se détacha du bastingage et emprunta le couloir étroit qui menait à sa cabine. Là, elle découvrit une cellule exiguë pourvue de deux lits, de deux tables de nuit et d'un placard inclus dans le mur du fond de la pièce.

— Bonjour ! lança alors une voix.

En se retournant, la jeune femme découvrit une dame à la stature robuste, âgée d'environ quarante-cinq ans, qui poursuivit en souriant :

— Je suis Mme Garin et si, comme je le suppose, vous êtes mademoiselle Bridler, vous et moi sommes destinées à cohabiter le temps de notre longue traversée.

— Paula Bridler, se présenta la jeune femme en lui tendant la main. Et vous me voyez ravie de partager cette cabine avec vous.

— Enchantée, moi aussi. Maintenant que nous avons fait connaissance, venons-en aux choses pratiques : avez-vous le pied marin ?

— Je l'ignore. C'est ma toute première traversée, voyez-vous.

— Dans le doute, je vous conseille la couchette proche de la porte, pour le cas où...

Paula posa son sac sur la couchette indiquée.

— Je fais la traversée jusqu'à son terme, et vous, mademoiselle Bridler ?

— Moi aussi.

— Tant mieux ! Rien n'est plus déroutant que de changer de compagne de cabine au milieu d'un voyage. Nous voici donc destinées à vivre ensemble pendant un bon moment, mademoiselle Bridler...

— Appelez-moi Paula, je vous en prie, coupa la jeune femme.

— D'accord, si vous, vous m'appelez Mathilde. Cela dit, je vous suggère de choisir le côté de placard que vous préférez, je rangerai mes vêtements et mes mallettes de l'autre côté.

Le rangement de leurs affaires terminé, la vétérante des voyages au long cours se mit en devoir d'initier la passagère novice aux rites des débuts de traversée en l'entraînant dans une visite rapide de leur nouveau domaine.

Le salon était bondé d'hommes et de femmes qui se présentaient mutuellement et se donnaient rendez-vous pour le dîner, une promenade ou un bridge, l'air réjoui, les yeux pétillants à l'idée de ce long voyage où ils n'auraient d'autre occupation que celle de prendre du bon temps.

— Il y a trop de monde pour l'instant, nous ne retiendrons pas la moitié des noms, ce qui est toujours gênant. Nous prêterons plus d'attention aux passagers si nous remettons les présentations à après cette bousculade.

Paula n'ayant nulle envie d'être accaparée dès son arrivée souscrivit bien volontiers à cette suggestion. Alors, les deux femmes traversèrent la pièce et gagnèrent le pont-promenade où elles s'installèrent dans de confortables chaises longues.

— Sur un bateau, la vie est extrêmement simple, déclara Mathilde Garin. J'ai constaté cela lors de ma première traversée, celle où j'allais rejoindre mon futur époux, à l'époque jeune ingénieur des chemins de fer. Moi qui me faisais tout un monde de ce voyage, je n'y ai trouvé qu'agrément et détente. Si l'on excepte un petit mal de mer. Et vous, Paula ? Allez-vous à Saigon pour prendre époux ?

— Oh, non ! D'ailleurs, je ne resterai à Saigon que le temps de prendre le navire à destination de Hué.

— Ça, par exemple ! Je prends ce navire, moi aussi. Mais je le quitterai avant vous car je descendrai à Tourane[1], la ville où nous vivons, mon mari et moi. Nous y demeurerons aussi longtemps que la section de chemin de fer Tourane-Nhatrang ne sera pas achevée. Mais, avec le passage réputé infranchissable du Varella, ce n'est pas demain la veille !

— Est-ce loin de Hué ?

— Mon Dieu... en comparaison du voyage que nous entreprenons aujourd'hui, la distance entre Hué et Tourane est ridiculement courte. Mais, pour le trajet en train d'une ville à l'autre, il faut bien compter cinq heures. Ma fille est née à Hué, reprit Mathilde, sautant du coq à l'âne. Si nous y étions restés, elle vivrait peut-être encore avec nous. Peu après notre installation à Tourane, elle y a rencontré son futur mari, un fonctionnaire. Dès que l'occasion s'en est présentée, il est rentré en France en emmenant ma fille qu'il venait d'épouser. Il y a de cela quatre ans. Cette année, mon mari ayant bénéficié d'un long congé, nous en avons profité pour lui rendre visite et faire la connaissance de notre premier petit-fils. Son congé terminé, mon mari est rentré à Tourane et moi, j'ai prolongé mon séjour de deux mois pour assister à la naissance de mon second petit-fils. Aujourd'hui, je rentre chez moi. Voyez-vous, Paula, pendant des années, j'ai considéré que ma maison était celle où vivait mon enfant. Maintenant, j'ai compris qu'en réalité elle est là où habite l'autre partie de moi-même, mon mari.

Paula combattit l'amertume qui s'emparait d'elle. Oh ! Elle savait parfaitement ce qu'il en coûtait de vivre ailleurs que dans la maison familiale. Mais la vie lui avait appris à se dominer, et il était hors de question de se confier à une étrangère.

---

1. Ancien nom de Da Nang.

— On m'a parlé d'un service régulier entre Saigon et les côtes de l'Annam, dit-elle pour détourner le cours de la conversation.

— En effet ! Chaque départ de navire correspond à un paquebot venant de Marseille. Le transfert de nos bagages se fait de l'un à l'autre sans que nous ayons à nous en soucier. Ce qui est fort agréable, il faut bien le reconnaître. Mais, si je ne suis pas trop indiscrète, dites-moi, qu'allez-vous faire à Hué ?

— Je suis médecin et je vais prendre mes fonctions dans le service de pédiatrie à l'hôpital.

— Médecin ! Mais quel âge avez-vous ?

— Vingt-quatre ans.

— On vous en donnerait dix-huit ! Je croyais que les médecins poursuivaient des études jusqu'au moins... vingt-sept ans ou plus.

— Les choses se passaient peut-être ainsi avant 1914. Mais, avec la guerre et le rappel sous les drapeaux des médecins, les formations ont été accélérées.

— Quand avez-vous commencé vos études ?

— Entrée en faculté de médecine à dix-huit ans, j'ai fait mon internat dans un hôpital tenu par des religieuses. Lesquelles ne nous laissaient pas chômer, croyez-moi. En juillet, mon diplôme obtenu, j'ai immédiatement sollicité un poste dans nos colonies d'Extrême-Orient.

— Pourquoi si loin ?

— En France, pour une femme, la concurrence est féroce depuis la fin de la guerre et le retour des médecins dans le civil. C'est pourquoi j'ai entrepris une année d'études supplémentaire pour me spécialiser en pédiatrie. Parce que j'aime les enfants, bien sûr, mais aussi parce que c'est un service nettement moins prisé par MM. les docteurs.

— En France, n'auriez-vous pas...

— Non ! En France, au mieux, j'aurais décroché un poste subalterne. Tandis qu'à Hué, je suis assurée de diriger mon propre service.

Le second jour de traversée, Paula apprit que des cours de langues asiatiques étaient donnés à bord. Elle s'informa auprès de Mathilde Garin, laquelle fit une légère mise au point.

— Suivre des cours de langue ? Si vous voulez, mais vous n'y apprendrez que les quelques phrases indispensables à une maîtresse de maison pour se faire obéir des domestiques. À moins que vous n'ayez à faire à des esbroufeurs qui vous initieront au langage châtié des mandarins inutilisable dans la vie courante. Si vous le souhaitez, je peux vous en enseigner quelques rudiments car phonétiquement, la langue annamite ressemble à s'y méprendre au dialecte parlé dans le sud de la Chine où nous avons séjourné durant trois ans, mon mari et moi. Quant à l'écriture, qui est, paraît-il, quasiment identique aux idéogrammes des Chinois, je n'en connais pas le premier signe. Ce qui n'est pas très grave dans la mesure où vous n'aurez pas à l'utiliser. De plus, si vous le désirez, je peux également vous enseigner comment vous y prendre avec les employés, surtout si vous travaillez avec des Chinois. Pour s'entendre avec eux, il suffit de ne pas s'ingérer dans ce qu'ils considèrent comme leur domaine et de ne jamais leur faire perdre la face. Si vous respectez ces principes, vous n'aurez qu'à vous féliciter de leurs services.

Jusqu'à la fin de la traversée, Mme Garin lui inculqua donc les rudiments de la langue chinoise parlée en Annam.

Les deux femmes passaient de longues heures ensemble et, à mesure que le temps s'écoulait, elles s'appréciaient de plus en plus.

À sa grande satisfaction, Paula n'était aucunement éprouvée par les sautes d'humeur des mers sillonnées. Les journées filaient, lisses comme des perles de culture. À présent que le *Roma* glissait sur les eaux tranquilles de l'océan Indien, il y avait entre elle et certains passagers cet abîme qui sépare les gens qui ont le pied marin de ceux qui ne l'ont pas.

Les deux femmes prenaient tous leurs repas ensemble. Mais, une fois le dîner terminé, Mathilde regagnait leur cabine tandis que Paula s'attardait dans le salon où des hommes, jeunes pour la plupart, égrenaient des propos insipides dans l'espoir de lui faire accepter une invitation à danser, qu'invariablement la jeune femme repoussait.

Aux heures les moins chaudes, toutes deux restaient souvent de longs moments appuyées au bastingage bâbord pour contempler l'océan et le regarder vivre. Lorsque Mathilde questionnait Paula sur ses aspirations et ses rêves, la jeune femme lui répondait sans se faire prier. Cependant, le moindre éloge l'embarrassait. Le patron de l'hôpital où elle avait effectué son internat, un homme avare d'approbation, avait un grave défaut. Il était persuadé d'être le mieux placé pour savoir ce qui convenait le mieux aux personnes de son entourage. Paula, étant la fille d'un ami d'enfance, et donc un peu sa protégée, il la voulait parfaite. Aussi ne lui livrait-il ses commentaires que dans une seule occasion : lorsqu'il estimait qu'elle l'avait, d'une manière ou d'une autre, déçu. Alors, avec le temps, elle avait cessé d'y attacher une quelconque importance.

D'autant que la guerre et l'absence de médecins réquisitionnés l'avaient rendue indépendante, semblable aux femmes de sa génération. Lesquelles, pleines de ressources, ne doutaient plus de leurs compétences et n'assignaient aucune limite à leurs efforts.

Installée dans une chaise longue près de sa jeune amie, Mathilde évoquait sa famille.

— Une de mes sœurs vit maintenant en Algérie.

— Vous en avez plusieurs ?

— Quatre. Je suis la troisième fille.

Paula approuva d'un sourire.

— Nous avons eu une jeunesse très heureuse. Au cours de mon séjour, je suis allée rendre visite à mes sœurs qui résident en France. Nous avons évoqué nos souvenirs avec un peu d'attendrissement et beaucoup d'éclats de rire quand certains événements cocasses de notre jeunesse nous revenaient en mémoire.

L'enfance de Paula était dépourvue de telles anecdotes. Bien qu'aimants et attentionnés, ses parents étaient des gens très posés. Aussi loin que remontaient ses souvenirs, la jeune femme ne les avait jamais entendus rire ou s'esclaffer.

— Êtes-vous d'une famille nombreuse, Paula ?

— Hélas, non. Je suis fille unique.

— Consolez-vous, car en étant seule vous n'en avez été certainement que plus gâtée.

— Pas vraiment. D'autant que mon père est mort l'année de ma première communion.

— Oh, mon Dieu ! Se retrouver orpheline à onze ans, quelle tragédie ! Et votre maman... la pauvre !

Paula, se contraignant à l'impassibilité, réprima la tristesse qui menaçait de l'envahir. Faute de souvenirs vraiment marquants, elle s'était forgé une image idéale de son père qui, s'il avait vécu, lui aurait sûrement donné l'amour que sa mère, trop occupée par son propre bonheur, avait été incapable de lui témoigner.

Avec un tact dont elle lui sut gré, Mathilde s'abstint de poser de nouvelles questions. Mais son regard pensif poussa la jeune femme à une confidence partielle.

— Mon père était médecin à Bordeaux. Un jour d'été, appelé à soigner les victimes d'un incendie, il donnait les premiers soins à un blessé lorsque le toit de la maison s'est effondré. Il a été tué sur le coup.

— Oh ! Ma pauvre petite ! Et votre maman... pauvre femme !

Pauvre femme, en effet ! À peine deux mois après le drame, elle accueillait un ami et confrère de son mari disparu, le Dr Palescaut, venu tout exprès de Lille lui exprimer sa compassion, ses condoléances attristées et lui offrir le réconfort de ses bras.

— Vous avez donc dû vivre seules, votre maman et vous ?

— Pas très longtemps. Ma mère s'est remariée rapidement.

Mathilde enseignait le chinois à sa jeune amie manifestement douée pour les langues, Paula en retour lui racontait les péripéties ayant jalonné ses années d'internat. Les journées filaient à toute vitesse.

Et un matin... la ville de Saigon, légèrement voilée de brume, apparut.

Le paquebot arrivant lentement à destination, sur le gaillard d'avant régnait l'habituelle effervescence qui précède les accostages.

Paula contemplait cette agitation avec un léger sentiment de regret. Comme l'avait si justement dit Mathilde, la vie était simple sur un bateau, les soucis ordinaires n'y avaient pas de place. Pour Paula, le plus difficile avait été de tenir éloignés les jeunes hommes qui s'empressaient autour d'elle pour lui faire la cour ! Comme cela lui semblait puéril au regard de ce qui l'attendait !

À peine débarquée, elle aurait à affronter une nouvelle existence qu'elle espérait riche d'expériences et d'enseignements.

Et, bien que ses années d'internat assombries par la guerre et les horribles blessures de ses patients aient fortement tempéré sa foi, une prière lui vint spontanément aux lèvres : « Qui que vous soyez, là-haut, accordez-moi une place dans ce pays inconnu. Faites que je ne sois pas réduite au rôle d'une ombre sans responsabilités et que je puisse me rendre utile. Ne permettez pas que je devienne aigrie ou égoïste. Aidez-moi, je vous en prie. »

Les deux femmes embarquèrent ensuite sur un petit paquebot qui naviguait en longeant les côtes de l'Annam. Le ciel d'un bleu turquoise se reflétait sur une mer gris pâle. À chaque escale, le parfum capiteux des plantes exotiques se mêlait aux senteurs équivoques du navire surchargé d'une foule composite.

Mathilde et Paula se quittèrent à l'escale de Tourane. Seule la promesse d'une très prochaine visite de Mathilde évita aux deux femmes, fort éprouvées par leurs adieux, d'éclater en sanglots.

1

Malgré une chaleur engourdissante pour l'esprit, la mémoire de Paula bourdonnait de souvenirs anciens s'enchevêtrant les uns dans les autres.

Aujourd'hui encore, certains d'entre eux suscitaient en elle un tas d'émotions si complexes que la tension subie en devenait insupportable.

Paula entendait de nouveau résonner l'intonation doucereuse de la voix de l'*ami* de son père :

— Chère Madeleine, permettez-moi de vous apporter mon soutien dans la grande épreuve qui vous accable.

Permission d'autant plus volontiers accordée que, d'après une conversation incidemment surprise par Paula, *chère Madeleine* et l'ami dévoué s'étaient passionnément aimés dans leur tendre jeunesse. Sans le veto de leurs parents respectifs, sa mère et le Dr Palescaut auraient été mari et femme depuis plus de vingt ans. L'effondrement de leurs projets matrimoniaux avait assombri leur vie et doté sa mère du triste visage qu'elle avait arboré des années durant.

Pour Paula, voir le spectacle de sa mère radieuse accrochée au bras du Dr Palescaut, alors qu'elle-même pleurait toujours la disparition d'un père tendrement chéri, suscitait chez la jeune fille une indignation mêlée de révolte.

Pourtant, quel choc, lorsqu'un an après la disparition de son mari, Mme Bridler annonça son intention de quitter la ville avec sa fille pour s'installer à Lille où elle épouserait en secondes noces le Dr Palescaut, veuf lui aussi !

Par prudence, ou délicatesse, le futur marié s'était abstenu de mentionner un élément important : un fils né de son premier mariage.

Quinze jours avant la cérémonie, Paula fit donc connaissance avec Jean-Guilhem Palescaut : jeune homme de dix-neuf ans à la haute silhouette qui, littéralement happé par les bras de Madeleine, s'entendit désigner comme le fils que sa future belle-mère disait avoir depuis toujours appelé de ses vœux.

Déjà peu expansive, l'enfant de douze ans qu'était alors Paula n'avait pas réagi ouvertement devant ce qu'elle considérait comme étant la pire trahison que sa mère lui ait jamais infligée.

Atrocement jalouse, elle s'était repliée sur elle-même et sa rancœur envers les Palescaut en général, et le fils en particulier, n'avait cessé de s'amplifier. Pour, finalement se concentrer sur Jean-Guilhem qu'elle haïssait depuis l'instant de leur toute première rencontre où il s'était permis de lui tapoter la tête en interpellant son père et sa future belle-mère, comme si Paula était absente ou n'était pas assez futée pour lui répondre elle-même :

— Voici donc ma nouvelle petite sœur ?

Et il en avait été de même à chacune de leurs rencontres. Dans la maison du Dr Palescaut, tout tournait autour de ce fils parfait. S'il fallait en croire son père, Jean-Guilhem, interne le plus doué de son service, faisait l'admiration de tous, autant par ses dons naturels que par les compétences acquises. Le chirurgien en chef de l'hôpital ne tarissait pas d'éloges sur son élève, imité en cela par une Madeleine éperdue de fierté.

Une seule personne ne mêlait pas sa voix à ce concert de louanges : Paula ! D'autant que sa mère, croyant l'inciter ainsi à être de meilleure composition avec son demi-frère par alliance, lui assena la véritable raison de son attachement excessif à Jean-Guilhem. Elle lui avoua avoir fait pendant les premières années de son mariage, plusieurs fausses couches avant de parvenir à mettre au monde un enfant, un garçon. Le pauvre petit était mort-né. Bien sûr, la naissance de Paula l'avait un peu réconfortée après autant de terribles déceptions, mais elle ne s'était jamais consolée de son incapacité à donner le jour à un fils. Ces confidences maternelles exacerbèrent les sensations d'isolement et d'injustice de Paula. Son tempérament ombrageux supportait difficilement la préférence marquée pour ce fils de substitution qu'elle rembarrait autant que faire se pouvait. Rancune, ressentiment et antipathie étaient les seuls sentiments que la fillette devenue jeune fille éprouvait à son égard. Aussi, comment s'étonner qu'elle soit devenue la cible privilégiée des plaisanteries et autres sarcasmes d'un Jean-Guilhem ironique, lesquels évidemment faisaient mouche chaque fois.

Interne en chirurgie, le fils Palescaut s'était installé à Lyon où – selon les dires de son père – une belle carrière s'ouvrait devant lui. Lors de ses rares visites à Lille, par égard pour sa belle-mère, il prenait soin d'éviter l'adolescente, la sachant trop prompte à réagir avec violence à la plus anodine de ses remarques.

Son beau-père et sa mère n'avaient jamais reproché à Paula cette hostilité évidente. Et même, pour éviter de l'embarrasser, ils s'abstenaient toujours de mentionner Jean-Guilhem devant elle.

À l'époque, elle était trop jeune pour pouvoir mesurer le sacrifice qu'elle leur imposait.

À l'instant où le fils de la maison sortait du cercle familial, Paula redevenait une élève brillante, travaillant sans répit pour atteindre le but qu'elle s'était fixé une fois pour toutes à la mort de son père. Et les années s'étaient écoulées paisibles et sages.

Lors de sa dernière année scolaire, son avenir fut projeté à l'ordre du jour. D'ici à quelques mois, son baccalauréat en poche, elle quitterait le lycée de jeunes filles où s'était déroulée sa scolarité. Sa mère lui avait alors suggéré de prendre de longues vacances qui, en fait, dureraient jusqu'au jour où elle rencontrerait et épouserait un gentil garçon avec, pour tout programme, de s'épanouir en mettant des enfants au monde. Plus circonspect, son beau-père s'était enquis de ses desiderata. Paula ne souhaitait rien d'autre que de devenir médecin. Et tous les hauts cris de sa mère n'avaient pu la faire changer d'avis. Après l'avoir bien mise en garde contre tous les obstacles jalonnant le parcours des futurs médecins et plus particulièrement celui des futures femmes médecins, le Dr Palescaut avait alors promis de l'aider en mettant ses conseils et son expérience à sa disposition.

Ce dimanche après-midi-là, profitant d'une éclaircie, Paula s'était longuement promenée lorsqu'une soudaine averse la contraignit à rentrer au pas de course. Le pied sur la première marche d'escalier menant à sa chambre, elle se retrouva nez à nez avec Jean-Guilhem.

Elle sursauta et s'exclama d'une voix mordante :

— Tu m'as fait peur ! Que fais-tu ici ?

— Oh, Paula ! Bonjour à toi aussi.

— Que veux-tu ? jeta-t-elle en arrachant d'un geste brusque le foulard qu'elle avait noué sur ses cheveux pour se protéger de la pluie.

Sa lourde chevelure brune se répandit en une cascade de boucles jusqu'à sa taille. Avec ses brillants yeux bleus, et ses joues rosies par la course, la jeune fille n'avait plus rien de commun avec l'adolescente grincheuse d'autrefois.

— Tu es… tu es différente… murmura Jean-Guilhem.

Par contre, lui n'avait pas changé ! Il cherchait toujours à la faire sortir de ses gonds. Elle aurait dû être immunisée depuis le temps, ne plus prêter attention à ses remarques. Pourtant, la plus petite de ses réflexions, même émise sans arrière-pensée, l'atteignait de plein fouet. Dire qu'elle détestait ce type n'était que le centième des sentiments qu'il lui inspirait. Il en avait toujours été ainsi. Dès la première seconde, elle avait reconnu en lui un ennemi mortel. Pour son plus grand plaisir, un pli de contrariété, qu'elle ne savait comment interpréter, barrait le front de Jean-Guilhem. Était-ce de la stupeur ? De l'incrédulité ?

— La dernière fois que nous nous sommes vus, j'avais quatorze ans à peine, à présent, j'en ai trois de plus. Entre-temps j'ai changé, forcément !

La bouche de Jean-Guilhem ayant pris un pli sarcastique, Paula sentit resurgir l'aversion qu'il lui avait toujours inspirée.

— Je formule à nouveau ma question : est-ce une raison précise qui t'amène ici ?

— En effet, je suis venu t'inviter à mon mariage. La cérémonie aura lieu à Lyon dans trois semaines.

— Sans moi ! Qu'irais-je faire à ton mariage ?

Rendu furieux par l'agressivité de sa réponse, Jean-Guilhem ne se gêna pas pour lui dire ses quatre vérités. Incisif, tranchant, il ne lui épargna aucune humiliation, la dépeignant comme une gamine égoïste, capricieuse, habituée à mener tout le monde par le bout du nez. La jeune fille reçut ces accusations sévères d'autant plus mal qu'elles contenaient une grande part de vérité.

— Si tu éprouvais la moindre affection pour nos parents…

— Pas NOS parents ! avait-elle rectifié. TON père et MA mère.

— Il est grand temps que tu évolues, Paula. Si tu ne le fais pas pour toi, fais-le pour eux. Tu t'ingénies à leur gâcher la vie. C'est à leur requête que j'ai décidé de quitter Lille pour m'installer à Lyon. Ils prenaient l'agressivité que tu me montrais pour une sorte de protection contre ton chagrin. Ils ont souffert de mon absence mais ils t'aimaient trop pour te le reprocher. Ils n'osaient même pas aborder ce sujet avec toi par peur de te blesser. À ton avis, pourquoi ne t'ont-ils pas annoncé mon mariage ? Il est grand temps de mûrir un peu, Paula !

— Ne me traite pas en gamine ! Je suis adulte à présent.

— Alors, montre-le en acceptant mon invitation sans faire d'histoires. Si tu refuses, ta mère ne viendra pas non plus. Et, une fois de plus, nos parents feront les frais de ta jalousie. Toi et moi sommes définitivement inconciliables… Soit ! Jamais nous nous considérerons comme frère et sœur. Mais, pour une fois, essayons au moins de donner le change afin de ménager nos parents.

Paula rougit, vexée de se montrer sous un si mauvais jour. Que ce diable de Jean-Guilhem réussisse à la prendre en défaut et lui donne l'impression d'être puérile et vindicative la mit dans une fureur noire ! Alors qu'elle lui lançait un regard furibond, il sourit d'un air engageant.

— Alors ? Viendras-tu, oui ou non ?

Elle avait hésité, partagée entre son amour-propre blessé et, quoi qu'en pensât Jean-Guilhem, son affection pour leurs parents. En fait, qu'elle accepte l'invitation les rendrait heureux. De plus, ils considéreraient son geste raisonnable comme une preuve de maturité.

— J'accepte, balbutia-t-elle, en baissant la tête pour qu'il ne puisse lire la défaite dans ses yeux.

De toute façon, elle ne pouvait se dérober à la cérémonie sans avoir à subir les reproches de la famille. Et elle devait s'avouer qu'elle était malgré tout curieuse de voir comment était l'infortunée qui avait le mauvais goût de s'unir à l'homme le plus sarcastique de l'univers.

Lorsqu'elle fut en mesure de constater que Romaine, la jeune épousée, était une belle et élégante femme, Paula détesta instantanément cette perfection de la nature.

Des heures durant, elle essaya d'éviter les jeunes mariés mais visiblement Jean-Guilhem ne nourrissait pas le même dessein. Il l'avait embrassée amicalement sous le regard attendri de leurs parents respectifs. Et, certainement pour les épater, n'avait pas hésité à affirmer haut et clair qu'il espérait que la vie apporterait à sa demi-sœur toutes les chances que cette dernière méritait. Ce n'était sûrement pas le bonheur et le succès professionnel qu'il entendait réellement par ces mots à consonance narquoise. Sous l'avalanche de ses souhaits, Paula bouillait de ne pouvoir, sans se rendre désagréable aux yeux de tous, remettre ce comédien à sa place en lui rétorquant qu'il pouvait garder pour lui des bons vœux et des railleries qui n'abusaient personne.

Au cours de la réception, ses parents se mêlèrent à un groupe puis à un autre avec l'espoir d'intégrer Paula à un cercle de jeunes gens et de jeunes filles. Finalement, lassés par son inertie, ils la laissèrent libre d'agir comme bon lui semblait.

Se sentant délaissée, et craignant surtout de susciter les commentaires désobligeants de Jean-Guilhem, la jeune fille se réfugia dans une des gloriettes fleuries du jardin.

Soudain, des pas d'homme crissèrent sur l'allée gravillonnée. Paula se dissimula précipitamment au fond de son abri de verdure, osant à peine respirer de peur qu'à tout moment Jean-Guilhem ne la prenne en flagrant délit d'espionnage.

Une exclamation étouffée s'échappa de la gloriette voisine. Écartant légèrement les branches de feuillage, la jeune fille aperçut un couple dont la femme était vêtue de blanc.

— Mon Dieu, faites qu'on ne me découvre pas ! pria une voix masculine.

— Je n'espérais plus te voir, murmura la femme.

La voix de Romaine ! Dieu du ciel ! À la recherche d'un peu d'intimité, les mariés avaient décidé de se retrouver à l'abri des regards.

— Je te souhaite beaucoup de bonheur, douce Romaine. Ma tendresse et mon affection te sont acquises pour toujours, tu le sais.

Le sang de Paula se glaça dans ses veines en réalisant que ce n'était nullement la voix de Jean-Guilhem qu'elle venait d'entendre mais celle d'un parfait inconnu. L'œil collé entre deux tiges de feuilles, elle vit l'homme enlacer les épaules de la nouvelle Mme Palescaut.

Sans demander son reste, la jeune fille se faufila hors de sa cachette et traversa le jardin en prenant soin de rester dans l'ombre dense des arbres afin de ne pas être découverte.

Rentrée dans la salle de réception, elle se réfugia dans un coin en partie dissimulé par une volumineuse plante verte.

Brusquement, Jean-Guilhem se dressa devant elle, et, comme toujours, l'air se chargea d'électricité.

— Tes parents te cherchent partout, que fais-tu assise là, toute seule ? Quant à moi, c'est ma femme que je cherche, tu ne l'aurais pas vue, par hasard ? Quoique je doute fort que mon épouse soit du genre à se terrer derrière une plante verte, comme certaines peureuses que je ne nommerai pas.

Il s'en prenait encore à elle ! Cette fois, c'en était trop !

— Va donc voir au fond du jardin, ta femme s'y trouve en compagnie de son amoureux. Et ils s'embrassent à perdre haleine…

Poings serrés, Jean-Guilhem explosa d'une voix dure :

— Tais-toi, langue de vipère ! Tu t'es toujours conduite en petite peste. Jusqu'à présent, tu avais réussi à modérer ton hostilité mais aujourd'hui, par jalousie et par dépit, tu révèles toute la noirceur de ton âme en n'hésitant pas à salir l'honneur d'une jeune femme au risque même de briser le bonheur d'un jeune couple.

Il disait vrai ; contempler le bonheur de cet homme exécré était au-dessus de ses forces. Et cette évidence la couvrit de honte.

— … Sors de là, et ne reparais jamais plus devant moi ! jeta-t-il d'un ton sec.

Le choc la rendit muette et c'est une jeune fille totalement amorphe que ses parents ramenèrent à Lille.

Des mois durant, une intense culpabilité la rongea : après tout, Romaine n'avait peut-être fait qu'accueillir un ami, loin du regard des autres. Tenaillée par sa jalousie habituelle, Paula avait probablement imaginé la scène de la façon mensongère et haineuse dont elle l'avait rapportée sans se soucier du mal que ses révélations pouvaient faire à un homme à peine marié.

Se jugeant épouvantable, la jeune fille se détesta. Puis, le souvenir de cette pénible soirée s'estompa peu à peu de son esprit. D'autant qu'elle ne devait plus revoir Jean-Guilhem.

En effet, la guerre déclarée, il fut appelé sous les drapeaux et envoyé en Champagne.

Et comme une bonne partie du Nord avait été occupée par l'armée allemande, la région resta coupée du reste de la France pendant quatre longues années.

Ce fut durant cette période que Paula accomplit une formation accélérée due à la pénurie de médecins causée par la guerre et fut l'une des plus jeunes diplômées de la faculté de médecine.

Ses années d'internat furent effectuées à l'hôpital militaire de Lille, un établissement où affluaient des blessés allemands transférés des hôpitaux de campagne. Face à ces réalités dramatiques, Paula comprit enfin que le monde ne tournait pas uniquement autour de sa petite personne, que ses soucis n'avaient d'importance pour personne hormis elle et qu'il était temps de prendre acte de son égocentrisme et d'y remédier. Véritable sacerdoce, sa profession devint le point central de sa vie, de son intérêt et de son dévouement.

Lorsque son beau-père s'inquiétait du peu de cas qu'elle manifestait pour le monde en dehors de la médecine, elle affirmait que son travail la passionnait et qu'il suffisait à remplir sa vie.

Toutefois, alors qu'elle entamait un cycle de spécialisation à l'hôpital Saint-Sauveur, elle eut brièvement un autre centre d'intérêt : Charles Deluis, jeune interne et beau garçon. Il suivait le même programme qu'elle.

Heureux de la situation, son beau-père ne tarissait pas de compliments sur le jeune homme et pressait Paula de répondre à ses avances.

Mais un matin de juin, une indiscrétion révéla au personnel de l'hôpital ébahi que ce beau parleur était déjà marié. À peine la fourberie de Charles fut-elle rapportée que Paula se félicita de l'absence de Jean-Guilhem. Au moins ne gloserait-il pas sur son infortune ! Pensée réconfortante qui atténua fortement sa déception amoureuse.

À l'hôpital Saint-Sauveur de Lille, comme dans tous les établissements hospitaliers, les nouvelles volaient à la vitesse de la lumière. Averti par la rumeur, le grand patron, soucieux de protéger la fille de son ami défunt, mit promptement le traître en demeure de dégager les lieux et Charles Deluis prit la poudre d'escampette sans demander son reste. Les yeux de Paula, à peine mouillés par les larmes, n'eurent pas le temps de sécher que, déjà, il lui fallut ressortir son mouchoir pour pleurer le Dr Palescaut, son beau-père. Épuisé par l'accroissement des visites à domicile dû au départ de ses jeunes confrères, il succomba à une crise cardiaque. S'il fut regretté par son épouse, il n'en fut pas moins sincèrement pleuré par Paula, laquelle avait fini par reconnaître en lui un beau-père affectueux et d'une grande indulgence pour celle qu'il considérait comme sa propre fille. L'enterrement attira beaucoup de monde : ses proches, un peu de parenté venue de la zone occupée et ses patients. N'y manquait que son fils unique, impossible à joindre.

En 1918, sa mère disparut à son tour, victime de la grippe espagnole. Pour tout souvenir de sa jeunesse, ne restait à Paula que la maison. Et une rente lui venant de sa mère.

La paix revenue, la jeune femme termina ses deux années de spécialisation puis obtint haut la main son diplôme de pédiatre.

Bientôt elle pourrait voler de ses propres ailes. Enfin !

Paula avait l'intention d'ouvrir son cabinet dans la maison familiale. Mais elle réalisa très vite que la grande demeure ne cadrait guère avec ce projet. Le mieux serait de la mettre en vente afin de pouvoir acquérir en ville une maison de maître, dont un salon spécialement aménagé ferait office de cabinet de consultation et un autre de salle d'attente.

Rendez-vous fut pris avec le notaire de la famille Palescaut-Bridler.

Une entrevue qui devait marquer à jamais la mémoire de Paula. Après une rapide entrée en matière, la jeune fille aborda le sujet qui l'amenait.

— Si j'ai bien saisi, mademoiselle, vous désirez vendre la maison du Dr Palescaut ?

— Du Dr Palescaut et de ma mère son épouse, avait-elle précisé.

— Mademoiselle, j'ai le regret de constater que vous ignorez tout des dispositions prises par feu le Dr Palescaut.

En toute bonne foi, Paula ne doutait pas un instant que les biens de sa mère devaient lui revenir, le reste pour elle étant du blabla de notaire. Sans aucune appréhension, elle s'installa plus confortablement pour attendre la suite.

— Le Dr Palescaut n'ayant pas refait de testament après son mariage avec madame votre mère, ses biens reviennent à son héritier naturel, son fils. Conformément aux ordres de ce dernier, l'usufruit des biens en a été laissé à sa veuve, donc à votre mère. Mais la durée de l'usufruit ne pouvant excéder la durée de la vie de son bénéficiaire, la nue-propriété des biens du Dr Palescaut est revenue tout naturellement à Jean-Guilhem Palescaut, son fils unique.

Paula reçut cette information comme un choc.

— Pourquoi n'en ai-je pas été avisée en temps et en heure ? Pourquoi a-t-on continué à me verser une rente qui, je le croyais, venait de ma mère ?

Le notaire poussa un profond soupir.

— Jean-Guilhem Palescaut a recommandé de laisser les choses en l'état pendant toute la durée de vos études et ce, jusqu'à votre installation. Seule exigence de sa part, le silence sur cet arrangement : il ne voulait pas que vous vous sentiez redevable envers lui. À la fin de la guerre, il a même augmenté le montant de la somme versée sur votre compte.

Foudroyée par l'information, Paula en resta muette. Puis, petit à petit, la situation lui apparut dans toute son horreur. Ainsi, depuis la fin de la guerre, Jean-Guilhem lui octroyait l'argent dont elle disposait pour vivre ? Et elle, pauvre imbécile, ne s'était jamais souciée d'en chercher la provenance ! La pensée que cet homme qui la haïssait l'entretenait, et ce à son insu depuis deux années, la mit en transe. Qu'il s'en soit arrogé le droit la révoltait !

— Le Dr Palescaut est donc si riche ?

— Avant la guerre, il a hérité d'un oncle mort sans enfants. Aussi, sans être fortuné, Jean-Guilhem Palescaut pourrait parfaitement vivre de ses rentes s'il le souhaitait, à condition de mener un train de vie raisonnable, bien sûr.

Arrivée à l'étude en propriétaire décidée à vendre un bien à son sens légitime, Paula en ressortit tête basse. Finis la maison de maître, le cabinet médical, l'indépendance professionnelle !

Pourquoi ne l'avait-on pas prévenue ? Au courant des faits, elle aurait pu concevoir des projets plus en rapport avec sa piètre situation financière, aurait sollicité un poste dans un établissement hospitalier. N'importe lequel et n'importe où, pourvu qu'elle soit en mesure de subvenir à ses propres besoins. Mais non ! Il avait fallu que Jean-Guilhem s'en mêle ! Depuis leur dernière et désastreuse entrevue, il était pourtant entendu une fois pour toutes qu'elle et lui étaient incompatibles. Dans ces conditions, pourquoi diable s'était-il amusé à jouer les bienfaiteurs ? Pour l'humilier ? Mais il ne serait pas dit qu'elle reste un jour de plus son obligée ! Elle allait se mettre illico en quête d'un poste et rembourser Jean-Guilhem jusqu'au dernier centime.

Dès le lendemain, Paula demanda une entrevue avec le responsable de l'hôpital Saint-Antoine où un poste de pédiatre était à pourvoir jusqu'au retour de son titulaire, lequel effectuait un stage de spécialisation. Étant entendu que le remplacement n'excéderait pas six mois, le chef du service n'émit pas trop de réserves sur le fait qu'il soit accordé à une femme.

Le premier mois s'achevait lorsque, grâce à la visite d'un inspecteur des hôpitaux de Paris, Paula eut vent de la création d'un service de pédiatrie à l'hôpital de Hué, ville située en Annam, une des colonies françaises d'Extrême-Orient. Le poste était intéressant, le salaire proposé une fois et demie supérieur qu'en métropole. Les lettres de candidature devaient être adressées au ministère des Colonies.

Sur le moment, la nouvelle n'avait pas attiré particulièrement l'attention de la jeune femme. Mais dans la soirée, une idée lui traversa la tête. Une pensée stupide, qu'elle s'efforça de chasser. Pourtant, elle s'imposait sans cesse à son esprit. Là était peut-être sa chance, une chance unique de s'acquitter de la générosité sournoise d'un homme qui ne lui inspirait que du mépris. Jour après jour, depuis la découverte des largesses faites par Jean-Guilhem à son encontre, elle cherchait désespérément une solution pour rembourser la dette contractée à son insu. Aujourd'hui, une opportunité se présentait à elle. Et même s'il lui en coûtait de quitter la France, elle allait tenter sa chance et postuler pour la charge de médecin pédiatre du nouveau service de l'hôpital de Hué.

Après cinq mois d'attente, alors que Paula s'était résignée à se mettre en quête d'un second remplacement, une missive du ministère des Colonies fut glissée dans sa boîte aux lettres : sa candidature était acceptée pour une durée minimale de trois ans ! Ensuite, si elle désirait conserver ce poste ou tout autre identique dans les colonies d'Extrême-Orient, son salaire serait doublé avec, en prime, un complément de solde annuel correspondant à trois mois de salaire.

Le temps d'en terminer avec son remplacement et de boucler ses bagages, Paula se mit en route pour Paris. Où, après signature d'un contrat qui prenait effet le jour même, lui fut remis un pécule correspondant au prix global d'un voyage de Paris à Hué, ville impériale d'Annam.

Le deuxième dimanche d'octobre 1921, elle embarquait sur le *Roma,* bien décidée à économiser au maximum, avec la ferme intention de rembourser dans les meilleurs délais la dette contractée à son insu envers Jean-Guilhem Palescaut.

2

Fort heureusement effectuée en compagnie de nombreux passagers asiatiques, la dernière partie du voyage avait un peu préparé Paula au choc de sa rencontre avec la civilisation orientale.

Au pied de la passerelle qu'elle s'apprêtait à emprunter s'agitait une véritable fourmilière humaine. Les pousse-pousse tentaient de se frayer un passage entre les porteurs d'eau, alors que les marchands de souvenirs et les gens venus accueillir les passagers s'agglutinaient sur le quai.

Médusée, la jeune femme hésitait à descendre dans ce bain de vapeur que ne troublait aucun souffle d'air. Poussée par les uns, retenue par les autres, Paula finit par mettre pied sur le quai fumant de chaleur humide. Ballottée par les porteurs, cernée par des dizaines de doigts levés, elle passa un mouchoir sur son cou moite en contemplant cette humanité qu'elle allait avoir à affronter désormais.

Une terrible envie de remonter à bord pour retourner en France sur-le-champ lui empoignait le cœur, lorsqu'un appel sur sa droite la fit sursauter.

— Docteul Blidlel !

Enfin, quelqu'un s'inquiétait de son arrivée !

L'appel venait d'un Annamite en pantalon de toile blanche et longue veste noire fendue sur les côtés.

— Docteul Blidlel !

— Je suis ici !

Les mains jointes, l'homme s'inclina brièvement devant elle puis, affichant un bref sourire préoccupé, se redressa aussitôt pour crier d'une voix aiguë, en direction de la passerelle :

— Docteul Blidlel !

— Je suis ici ! répéta la jeune femme.

Acquiesçant machinalement, l'homme s'apprêtait à réitérer son appel lorsque Paula le secoua par sa manche.

— Je SUIS le Dr Bridler !

L'Annamite médita un instant avant de s'informer dans un français approximatif :

— Docteul Blidlel, mali à vous ? Mali à vous pas venil ?

— Non, je n'ai pas de mari. C'est moi, le Dr Bridler, expliqua Paula, en tentant de mettre en application les leçons données par Mme Garin.

« Quel est votre nom ? s'enquit-elle dans un laborieux chinois pendant que l'homme entassait tant bien que mal ses bagages dans le coffre d'une voiture noire.

— Thian, madame docteur, répondit l'Annamite dans la même langue quoique sur un rythme plus rapide et plus saccadé. Un boy viendra chercher votre malle quand elle aura été remontée de la cale.

— Parfait ! Maintenant, conduisez-moi à l'hôpital, Thian, ordonna-t-elle, satisfaite de pouvoir s'exprimer en chinois même s'il lui fallait chercher ses mots.

— Tout de suite, madame docteur. Aussitôt que le sergent Maubert sera revenu.

— Où est le sergent Maubert, Thian ?

— À la fumerie, madame docteur. Il a promis d'être de retour avant l'arrivée du bateau, mais...

À la fumerie... pas étonnant qu'il y ait un mais ! Paula avait lu des ouvrages sur l'opium et ses dangers – dangers minimisés par les usagers de cette drogue, lesquels assuraient consommer raisonnablement l'opium qui, loin d'engendrer une dépendance morbide, était en réalité un bienfait pour ces pays extrême-orientaux où régnaient en permanence des épidémies de choléra et de dysenterie.

Il fallait espérer qu'à cette heure le sergent Maubert avait dépassé le stade de l'euphorie et du sommeil onirique, sinon Thian et elle risquaient fort d'attendre longtemps.

— Vous pourriez aller le chercher, suggéra-t-elle.

Les yeux rivés sur le sol, Thian secoua frénétiquement la tête en signe de dénégation. Paula exhala un soupir bruyant pour marquer son exaspération. Rien n'y fit. À l'évidence, l'Annamite craignait beaucoup trop la réaction du sergent Maubert pour oser le déranger.

— Partons sans lui alors.

Thian arbora un air choqué.

— Sergent Maubert conduit la...

Il termina sa phrase en montrant la voiture poussiéreuse garée au milieu du quai.

La température avoisinait les trente degrès, les pieds de Paula comprimés dans des chaussures de ville n'allaient pas tarder à déclarer forfait et, en cet instant, la jeune femme souhaitait par-dessus tout être enfin rendue chez elle afin de se déchausser. Toutefois, lorsque, en désespoir de cause, elle proposa de prendre un pousse-pousse, une expression inflexible sur le visage de Thian l'incita à ne pas insister. Elle patienta donc en mijotant dans sa moiteur.

Une demi-heure plus tard, un militaire au visage grisâtre se présenta à elle.

— Sergent Maubert, madame. J'espère que le Dr Bridler a eu la prudence de ne pas trop s'éloigner, car il n'est pas rare de se retrouver victime d'un voleur dans cette foule.

Jugeant le ton de l'homme un peu trop condescendant à son goût, Paula haussa des sourcils désapprobateurs.

— JE suis le Dr Bridler, sergent.

— Vous êtes le docteur… Paul Bridler ?

— Paula Bridler ! Et maintenant, j'aimerais que vous me conduisiez à l'hôpital.

— Tout le monde pensait…

— Chacun est libre de penser ce qu'il veut, répliqua-t-elle sèchement sans lui laisser le loisir de terminer sa phrase. N'en parlons plus et allons-y. Et vite, s'il vous plaît.

— Ici, ma petite demoiselle, nous n'avons pas l'habitude de…

— Je ne suis pas votre petite demoiselle ! Et dorénavant, ayez l'amabilité de m'appeler par mon titre : docteur.

Ce véhément rappel à l'ordre finissant par faire effet sur le cerveau embrumé du militaire, il se reprit, cessa de discutailler et se mit au volant.

Dix minutes plus tard, le véhicule longeait l'entrée de l'hôpital et s'engageait dans une allée menant à un lotissement niché au milieu de beaux et grands arbres, puis s'arrêtait devant un bungalow en bois construit sur ce qui ressemblait à des pilotis.

— Vous voici arrivée, docteur. Le médecin chef et une partie des membres du personnel soignant vous attendent à cinq heures dans la salle de repos située près du réfectoire. Si toutefois cela vous convient.

— C'est parfait, sergent.

Elle n'était pas encore descendue de voiture qu'un Annamite apparut pour maintenir la portière ouverte.

— C'est Hong, votre boy. Sa femme est à l'intérieur. Elle est également à votre service, l'informa le sergent.

Paula afficha un sourire avenant, rendit rapidement son salut au petit homme jaune aux pommettes saillantes et se dirigea vers l'entrée de sa nouvelle demeure. Avant même qu'elle n'esquisse un geste vers la poignée, la porte s'ouvrit devant une jeune indigène qui s'inclina plus bas et plus cérémonieusement encore que son mari.

— Comment t'appelles-tu ? s'enquit Paula en chinois.

La femme la salua de nouveau, son mari répondit à sa place :

— Mai-li, madame docteur.

Avant de pénétrer à l'intérieur, Paula jeta un coup d'œil alentour. Les bungalows étaient tous bâtis sur le même modèle, disposés en cercle sous les arbres, ils évoquaient en fait l'Ouest américain et les chariots rassemblés pour la nuit, tels qu'elle avait eu l'occasion d'en voir dans les pages de *L'Illustration*.

Cessant un instant de surveiller le déchargement des bagages, le sergent s'approcha d'elle et désigna un petit édifice au fond d'une courte allée parallèle à la maison.

— Je me permets de vous signaler ce bâtiment renfermant les toilettes. Vous les partagez avec le bungalow voisin, celui du Dr Courve. Les boys, eux, ne sont pas autorisés à les utiliser.

Hors de la présence de son mari, Mai-li se montra un peu plus détendue. Tout en rangeant les effets et les objets de première nécessité dans les placards et les tiroirs, elle s'efforçait de répondre dans un français approximatif aux quelques questions posées par la jeune femme blanche dans un chinois pour le moins rudimentaire.

Le premier réflexe de Paula fut, non pas de visiter la maison, mais de s'affaler dans un fauteuil en bois avant d'ôter ses chaussures et ses bas afin de délasser ses pieds qui commençaient à prendre des proportions inquiétantes. Le comble étant qu'elle ne puisse se rechausser pour répondre au rendez-vous fixé par le médecin chef !

C'était compter sans l'aide providentielle de Maili, laquelle lui massa longuement les mollets, les chevilles et les pieds. Remise d'aplomb par ce traitement, il ne fallut pas plus d'un quart d'heure à Paula pour se rafraîchir, passer une légère robe de coton bleu sans manches et tenter d'aplatir ses cheveux courts et bruns, lesquels, en dépit de ses vigoureux coups de brosse, s'obstinaient à boucler.

Ensuite seulement, elle entreprit de faire le tour des trois pièces lambrissées de teck, au parquet poli agrémenté de tapis en bambou. Un ameublement simple mais confortable. Le bungalow, ombragé grâce aux arbres, était relativement frais ; des fenêtres s'ouvraient sur trois façades permettant ainsi une légère ventilation des plus agréables.

Munie d'une petite sacoche en toile contenant ses références, la jeune femme s'engagea dans l'étroite route enclavée par la végétation tropicale menant à un long bâtiment de pierre d'un seul étage entouré sur trois côtés de vérandas spacieuses, avec une façade ornée de quatre colonnes donnant sur la rue : l'hôpital.

Tandis qu'elle longeait la pelouse où des malades avaient été installés, Paula leva la tête vers les chambres aux fenêtres largement ouvertes. Brusquement, au fur et à mesure qu'elle approchait du but, sa confiance en elle commença à s'effriter. N'avait-elle pas surestimé ses compétences ? Chef d'un service de pédiatrie... ce n'était pas rien ! Et si elle était incapable de se faire respecter ? Ou, pis encore, si ses diagnostics n'étaient pas bons ? Si les enfants souffraient de maladies tropicales ? Car ce qu'elle connaissait de ce genre de pathologies se résumait en fait à des lectures de revues spécialisées. Plus du tout assurée d'avoir fait le bon choix, la jeune femme gravit les marches du perron, à une allure qui aurait fait honneur à la plus lente des tortues.

En dépit de ses craintes, elle fut parfaitement bien accueillie par les membres du personnel qui lui firent une excellente impression.

— Dr Courve, chef du service hématologique, votre voisin de bungalow, annonça un des deux médecins présents. Et voici le Dr Muller, généraliste, nos infirmières, Mme Vergne et Mme Lalau, Mlle Pralin et Mlle Fresnel. Les autres membres du personnel vous seront présentés au fur et à mesure qu'ils auront terminé leur service. Quant à notre médecin chef, il ne devrait plus tarder.

Au fil des présentations, Paula adressait un mot aimable à chacun. Lorsque soudain, Mme Lalau, penchée à la fenêtre ouverte, annonça :

— Ah ! Notre médecin chef arrive.

Paula suivit le regard de l'infirmière et aperçut un homme de haute taille, vêtu d'une blouse blanche, qui remontait l'allée principale, accompagné d'une infirmière et de trois étudiants asiatiques, eux aussi en blouse blanche.

Cette silhouette... ? Une sonnette d'alarme résonna dans l'esprit de la jeune femme. Le sang reflua de son visage, un frisson lui traversa le corps.

— ... suivi de près par Mme Linette Rabasse, notre infirmière en chef, voici donc le Pr Palescaut, dit Mlle Pralin.

Jean-Guilhem ? Professeur ?

Oh, non ! Tomber sur l'homme qu'elle exécrait alors qu'elle avait laissé deux continents derrière elle... quelle malchance !

Déjà sur le seuil se profilait l'ombre du Pr Palescaut.

Ah ! Se cacher dans un trou de souris et ne plus jamais en sortir ! Paula dut pourtant se résoudre à affronter le choc.

— Paula ! Eh bien, eh bien... pour une surprise, cela en est une ! s'exclama l'arrivant.

Pendant un laps de temps qui leur parut durer une éternité, ils restèrent face à face, les yeux dans les yeux. Incapable d'articuler une parole, Paula, incrédule, dévisageait son ennemi d'enfance, essayant de reconnaître dans cet inconnu le jeune homme venu de son passé dont les traits étaient pourtant bien gravés dans sa mémoire. Les yeux gris de Jean-Guilhem avaient toujours le même éclat, même s'ils la fixaient durement. Son visage hâlé n'avait rien perdu de son charme, cependant sa mâchoire carrée dénotait une ferme résolution. L'impression de puissance qui se dégageait de lui déstabilisa la jeune femme et elle fut prise soudain d'un violent désir de fuite. Sans doute serait-elle partie s'il ne lui avait pas lancé une question abrupte et surprenante :

— Tu t'es fait couper les cheveux ?

— Oui, co... comme toutes les femmes modernes, bégaya Paula, se rappelant alors que lors de leur dernière et pénible rencontre, ses cheveux descendaient jusqu'à sa taille.

Le visage crispé par une contrariété aussi subite qu'inexplicable, Linette Rabasse se chargea de dissiper à sa façon le malaise diffus qui planait dans la pièce :

— Heureusement qu'il existe encore quelques femmes sensées. Et celles-là ne sacrifient pas aussi facilement à la mode.

Paula fronça les sourcils. Confondue par une agressivité gratuite à laquelle elle ne pouvait guère s'attendre, elle ressentit une antipathie immédiate envers Linette Rabasse.

Il émanait de cette dernière une indiscutable aura d'autorité. Son lourd chignon à demi caché par son voile d'infirmière, cette grande et belle blonde à la silhouette généreuse arborait une expression dépourvue de chaleur et dans son regard se lisait l'intensité d'une potentielle rivale.

— Ainsi, vous connaissez le Pr Palescaut ? s'exclama-t-elle en toisant Paula de la tête aux pieds.

Comme la jeune femme acquiesçait sans enthousiasme, Jean-Guilhem crut bon d'expliquer :

— Mon père était remarié avec la mère de Paula.

— En quelque sorte… vous êtes frère et sœur.

Deux exclamations jaillirent en même temps.

— Nous n'avons aucun lien de parenté !

— Nous ne sommes pas de la même famille !

— Quelle unanimité ! applaudit le Dr Courve pour détendre une atmosphère qui menaçait de s'appesantir. Docteur Bridler, permettez-moi de vous présenter Mme Linette Rabasse, notre infirmière en chef. Linette, je vous présente le Dr Bridler.

Les yeux des deux femmes se croisèrent et, l'espace d'une courte seconde, chacune soutint le regard de l'autre, tandis que, du bout des lèvres, elles se déclaraient enchantées de se connaître.

Un air de supériorité nettement affiché sur son visage, Linette Rabasse notifia :

— Pour votre information, malgré une éprouvante charge de travail, j'ai largement contribué à l'installation du pavillon des enfants malades dont je me suis occupée depuis sa création. Nous savons tous à quel point la traversée depuis la France est fatigante, et combien vous devez être épuisée. Aussi, reposez-vous toute la matinée de demain, je vous attendrai dans le bureau des infirmières à midi, et nous pourrons décider de vos horaires de service.

Ah non ! Paula avait joué les sous-fifres suffisamment longtemps !

— Infirmière ! Pour votre information, j'ai été nommée médecin chef du service de pédiatrie et, à ce titre, je le prends désormais en charge. En conséquence, VOUS viendrez prendre MES directives dans MON bureau où JE vous attendrai demain à huit heures pile !

L'ordre atteignit Linette de plein fouet. Se raidissant, elle saisit la main de Jean-Guilhem dans l'espoir d'obtenir un soutien de sa part.

— J'ai derrière moi des années d'expérience, s'insurgea-t-elle.

Dans la crainte d'un affrontement verbal qui ne pouvait être que préjudiciable à tous, le médecin chef opta pour le règlement appliqué au sein des hôpitaux.

— Les prérogatives des chefs de service ne se discutent pas, répliqua-t-il.

— Mes diplômes… commença Linette.

— Des diplômes, nous en avons tous, l'arrêta le Pr Palescaut. Et nous savons tous combien il nous a fallu travailler dur pour les obtenir, le Dr Bridler ne fait pas exception à la règle. À présent, l'incident est clos.

Consciente d'avoir momentanément l'avantage, Paula ne chercha cependant pas à en profiter.

— Enchantée d'avoir fait votre connaissance, mesdames, ainsi que la vôtre, messieurs. Je suis très heureuse à l'idée de collaborer avec vous pour veiller à la bonne marche de cet établissement. Mais, pour l'heure, j'aimerais visiter mon service. Quelqu'un pourrait-il m'indiquer l'endroit où je puis le trouver ?

— Moi ! Je reprends ma garde dans dix minutes, ce qui me donne le temps de vous y accompagner, proposa l'infirmière Fresnel.

Paula atteignait la porte lorsqu'un appel de Jean-Guilhem l'arrêta net. Elle se retourna.

— Docteur Bridler ! Mon bureau se trouve dans le couloir central, lorsque vous aurez terminé votre visite, veuillez avoir l'obligeance de m'y retrouver.

Pas étonnant qu'il la vouvoie ! Le premier devoir d'un nouveau membre du personnel hospitalier n'était-il pas de se présenter avant toute chose au médecin chef d'établissement, lui, en l'occurrence ? Il allait être intéressant de détecter les vraies raisons de Jean-Guilhem. Désirait-il vraiment la recevoir au plus vite ? Ou essayait-il de mettre du baume sur l'amour-propre piqué au vif de son infirmière en chef ?

— Souhaitez-vous que je remette ma visite au pavillon des enfants à plus tard ?

— Non. Je vous attends dans… (il consulta sa montre) une heure environ.

Acquiesçant d'un « j'y serai » sec, Paula quitta la pièce d'un pas rapide.

Flanquée de Mlle Fresnel, elle longea un large couloir parallèle aux vérandas.

— Ne prenez pas trop à cœur l'humeur du Pr Palescaut. Sans doute la mort accidentelle de son épouse y est-elle pour beaucoup. Mais, je ne vous apprends rien puisque vous êtes de la même famille.

Romaine ? La sublime Romaine, décédée !

Elle ne pourrait faire autrement que de lui présenter ses condoléances. Et avec délicatesse, compte tenu de leur dernière rencontre ! Néanmoins, le mieux ne serait-il pas de le laisser venir ?

L'infirmière reprit en désignant un bâtiment isolé un peu plus loin sur leur gauche :

— Là, vous voyez le pavillon des contagieux dont l'entrée est indépendante, deux salles y sont réservées aux enfants. Tous les autres services sont accessibles à la fois par ce couloir-ci et par le couloir central, expliqua-t-elle. Nous voici arrivées au pavillon des enfants malades. Puisque le Pr Palescaut vous attend, les autres services vous seront présentés plus tard. Si vous n'avez plus besoin de moi, je vais aller prendre ma garde.

Le pavillon des enfants malades était à tout point de vue semblable à ceux dans lesquels Paula avait exercé d'abord en tant qu'interne, puis comme médecin remplaçant. Dans le petit hall d'entrée, une infirmière de service se présenta à la jeune femme et ajouta en désignant l'armoire aux blouses blanches :

— Les enfants différencient le personnel des visiteurs à leurs vêtements.

Paula acquiesça silencieusement et enfila une blouse blanche avant de franchir la première porte.

Une grande salle était dévolue aux enfants annamites, une autre d'une dizaine de lits aux petits Blancs. Ces deux pièces étaient séparées par un bureau et une salle de soins d'une autre plus petite, réservée aux nourrissons. À côté se trouvait une salle de repos pour les infirmières, dans laquelle des armoires recelaient pansements et autres médicaments nécessaires aux soins.

Tout en prêtant une oreille attentive aux explications de l'infirmière qui l'accompagnait, Paula se sentit en terrain familier. Tout d'abord, elle jeta un coup d'œil à la feuille de température accrochée au pied des lits puis se pencha sur chaque petit malade pour lui offrir son sourire. Les petits patients craignaient tout inconnu en blouse blanche susceptible de leur prodiguer divers soins et autres piqûres. Aussi, pour autant que cela était possible, le premier contact avec eux se devait toujours d'être discret. Principe que la jeune femme respecta consciencieusement tout au long de sa visite. De même lorsqu'elle rejoignit la salle des enfants du pavillon des contagieux. Après s'être fait présenter tous les membres du personnel soignant, elle quitta le pavillon en se conformant scrupuleusement à la règle d'or de tout hôpital : enlever sa blouse et la déposer dans le panier de linge à laver avant de quitter les lieux.

Après un rapide coup d'œil à sa montre, Paula constata qu'il lui restait quelques instants avant d'aborder Jean-Guilhem. Le cœur serré, elle parcourut d'un pas posé le long couloir central en se préparant mentalement à l'affrontement inévitable.

« Sois calme, impersonnelle, distante, froide dans ta tête, s'exhorta-t-elle. Il ne doit voir en toi qu'un médecin en possession de toutes les compétences requises. »

Ce qui ne l'empêchait pourtant pas de trembler intérieurement, car Jean-Guilhem n'était pas homme à oublier la haine et la rancœur qu'elle lui avait toujours portées.

Pour la première fois depuis longtemps, la jeune femme évoqua les souvenirs qu'elle s'était efforcée d'enfouir au plus profond d'elle-même. Hélas, l'adolescente coupable de médisance ayant pour but de rompre l'harmonie d'un couple… c'était bien elle !

Depuis ce funeste jour, beaucoup d'eau était passée sous les ponts... En toute bonne foi, Jean-Guilhem pouvait-il encore garder une rancune tenace à l'adulte qu'elle était aujourd'hui ? Oui. En définive, oui. Puisque, à l'évidence, le Pr Palescaut n'avait pas plus de considération pour elle qu'elle n'en avait pour lui.

L'espace d'un instant, elle chercha une esquive, puis se raisonna. D'ailleurs, il n'était plus temps de reculer ; la porte était là, devant elle.

Le bureau du médecin chef était exactement comme elle s'y attendait, froid et impersonnel. Jean-Guilhem se tenait devant la fenêtre. Lorsqu'il entendit la porte se refermer, il se retourna et observa longuement la jeune femme avant de lui lancer :

— Assieds-toi, s'il te plaît.

Paula s'exécuta, soulagée de s'installer à bonne distance du bureau, derrière lequel il s'était déjà assis.

L'air préoccupé, il dégagea son poignet pour consulter sa montre, semblant par là signifier à la jeune femme que son temps était mesuré. Paula ne s'y trompa nullement.

Ce geste délibéré était à l'évidence destiné à la mettre mal à l'aise, à lui faire comprendre qu'il n'avait rien oublié. « Message reçu cinq sur cinq », maugréa Paula intérieurement.

Elle le dévisagea longuement et force lui fut d'accepter qu'elle devait revenir sur sa première impression. Certes, il était toujours aussi grand, d'une silhouette irréprochable et d'une virilité qui, à trente et un ans, n'avait rien perdu de son aura, mais il avait imperceptiblement changé. Ses traits s'étaient transformés, à la fois plus mûrs et plus anguleux, conséquence sans doute des épreuves traversées. À contrecœur, elle dut reconnaître qu'il devait paraître séduisant aux yeux des autres femmes. Pour elle, il était et serait à jamais le fils usurpateur que sa mère avait implicitement adopté.

Et, aujourd'hui, le chef direct à qui elle allait devoir rendre compte de son savoir-faire et de son efficacité. Rien de plus, mais rien de moins.

Il engagea la conversation sur un mode débonnaire :

— Ce voyage est interminable, n'est-ce pas ?

— Pas pour moi. Oh, non, pas pour moi ! J'avais cinq années de sommeil à rattraper !

Un bref sourire de connivence confraternelle creusa une fossette sur la joue de Jean-Guilhem. Les internes étaient tous logés à la même enseigne, avec des gardes de trente-six heures d'affilée – et quelquefois davantage. En conséquence, ils bénéficiaient de moins d'heures de sommeil que les esclaves de l'Antiquité !

Comme si neuf ans d'internat ne suffisaient pas, la guerre avait forcé Jean-Guilhem à assumer pendant plus d'une année le difficile et abrutissant service d'une antenne chirurgicale en poste avancé. Puis il avait été muté dans un hôpital de campagne dans un service un peu moins pénible. En tout, quatre années au fil desquelles, dès que l'occasion s'en présentait, il s'allongeait sur la première surface horizontale venue et là, s'endormait lourdement pour les quelques heures ou quelques minutes dérobées à la salle d'opération. Il était tellement épuisé par le manque de sommeil que ses facultés en étaient restreintes, ses observations plus incertaines et ses gestes moins sûrs. Après la guerre, sa charge de travail s'était allégée, mais aujourd'hui encore, il lui suffisait de fermer les yeux pour s'endormir aussitôt. Il avait l'impression que jamais, au grand jamais, il ne récupérerait toutes ces heures de sommeil perdues.

C'est dire s'il saisissait le sens de la proclamation de Paula !

— Difficiles, tes années d'internat ? demanda-t-il, montrant par là qu'il la comprenait.

— Comme pour tout le monde ! Ton père avait l'habitude de dire qu'il fallait être un peu fou pour entrer en médecine. Et que pour nous, les filles, il nous fallait une sacrée dose de masochisme pour seulement caresser l'idée d'entreprendre cette carrière.

Elle s'attendait que Jean-Guilhem ironise, or, il sourit.

— Mon père savait de quoi il parlait. Il t'aimait beaucoup, l'entendit-elle déclarer.

— Cette constatation n'a pas l'air de te réjouir ! lâcha-t-elle.

Elle se mordit les lèvres aussitôt.

Une aigreur renforcée par un sentiment de culpabilité la submergeait inévitablement dès que Jean-Guilhem était en cause. Et, par-dessus tout, il avait le don incontestable de réveiller son agressivité.

— Probablement, accorda-t-il. Ma présence posait problème, mon père en avait conscience, aussi cherchait-il à te préserver. Par ta faute et celle de ton irascibilité, nous nous sommes vus moins souvent que nous l'aurions souhaité. Il m'a fallu longtemps avant de m'y résigner.

Que répondre à une telle évidence ? Ses caprices d'enfant gâtée avaient accaparé toute l'attention de son beau-père, contraint à choisir entre elle et un fils qu'il ne voyait que de loin en loin. Aujourd'hui, elle se le reprochait amèrement.

Mais Jean-Guilhem eut tôt fait de balayer ses remords.

— Dis-moi, Paula, pourquoi es-tu venue exercer à Hué ? Pour y retrouver un amant, peut-être ?

Ulcérée par l'ironie de la question et le sourire narquois qui l'accompagnait, la jeune femme foudroya le Pr Palescaut d'un regard meurtrier.

— Une dette, cher professeur. Mes études ont été payées *à mon insu* par une personne à qui je ne veux en rien être redevable.

— Une personne ? Qui est-ce donc ? Est-ce que je la connais ?

— Ne fais pas le malin, Jean-Guilhem ! Tu le sais très bien ! Sans toi...

— Sans moi, rien du tout. Entendons-nous bien, Paula : je ne mets ni ton courage ni ta ténacité en cause, mais, en toute honnêteté, crois-tu sincèrement que sans cette aide tu aurais pu mener tes études à bien ?

C'était tellement proche de la vérité, qu'elle en resta muette. Il profita de son silence pour commenter :

— Cette rente était une idée de mon père. Il se sentait déjà malade lorsqu'il m'a demandé de veiller sur ta mère et toi. Empêché par la guerre de m'en occuper moi-même, j'ai communiqué vos coordonnées à notre notaire de famille, voilà tout. Crois ce que tu veux, mais cet argent venait bel et bien de mon père. En conséquence, tu ne m'es redevable en rien.

Pourquoi alors ne pas l'avoir précisé en temps voulu ? La jeune femme faillit lui lancer des injures qu'elle retint à grand-peine.

— Pauvre Paula... ce long voyage complètement inutile...

Le regard courroucé qu'elle lui jeta sembla l'amuser beaucoup. Mais elle n'était pas de celles qui se laissent marcher sur les pieds, loin s'en fallait !

— Ton voyage aurait-il été plus court, cher professeur ? Et quel hasard t'a amené aussi loin de ta base ?

Nullement déconcerté, il répondit par une autre question :

— Tu as signé un contrat de trois ans, si je ne me trompe ? Nous aurons donc largement le temps d'en reparler. Explique-moi plutôt pourquoi tu as opté pour la pédiatrie. Ne me raconte surtout pas que c'est par amour pour les enfants, je ne te croirais pas. Cette spécialité demande beaucoup de cœur et, à ma connaissance, tu en es plutôt dépourvue.

Bridant son impétuosité, Paula serra les lèvres sur des invectives prêtes à se déverser. Salaud ! Triple salaud ! Quelle bassesse d'utiliser les aberrations de sa jeunesse pour l'atteindre dans ce qui lui était le plus cher !

L'air content de lui, il consulta sa montre une fois de plus.

— À présent, c'est l'heure de mes visites. Rentre chez toi et dors un peu, la fatigue t'a toujours rendue de mauvaise compagnie.

Avant qu'elle ait eu le temps de riposter, il se leva pour clore l'entretien.

Bien qu'il la dépassât d'une bonne tête, cela n'empêcha pas la jeune femme de planter crânement son regard dans celui de Jean-Guilhem.

— Si tu crois m'impressionner, tu te fais des illusions, professeur Palescaut, marmonna-t-elle entre ses dents.

Puis, elle tourna les talons et se dirigea vers la porte.

3

La journée débuta par une mise au point des affectations respectives : Paula assumerait la pleine responsabilité de l'unité pédiatrique, Linette Rabasse, les charges inhérentes à son poste d'infirmière en chef, à qui incombait l'attribution des gardes de ses infirmières.

Ces points définis, Paula s'apprêtait à effectuer ses visites, lorsque Jean-Guilhem se présenta devant elle, suivi d'internes. Il souhaitait assister à sa première tournée. Preuve s'il en était qu'il n'avait guère confiance en ses qualités professionnelles. À croire aussi qu'une de ses priorités était de s'ingénier à la contrarier.

Partagée entre ressentiment et voix du bon sens, la jeune femme fut longue à se décrisper. Finalement, l'amour de son métier l'emportant sur l'irritation, elle entreprit de le questionner sur les maladies les plus fréquemment rencontrées chez les enfants dans cette partie du monde. Jean-Guilhem lui répondit d'autant plus volontiers qu'il était à l'origine de la création du service de pédiatrie. Il avait travaillé d'arrache-pied à son installation et sa bonne marche lui était primordiale.

Paula découvrit avec surprise les mêmes équipements fatigués que dans les vieux hôpitaux de Lille. Interrogé sur le sujet, Jean-Guilhem énonça qu'il fallait faire avec en attendant le bon vouloir des services de santé.

En constatant que les petits malades accueillaient le Pr Palescaut en ami, Paula comprit que c'était lui qui, jusqu'à son arrivée, s'était chargé des visites journalières. Après avoir frappé dans ses mains, pour attirer l'attention des enfants, il leur présenta le Dr Bridler qui désormais s'occuperait d'eux. Et lorsqu'il invita Paula à établir un diagnostic étayé sur chaque cas, il le fit en professeur mettant à l'épreuve les connaissances d'un nouveau médecin. Rien que de très normal pour la jeune femme qui, de lit en lit, examina chaque enfant et donna son avis. Ce faisant, elle effleurait d'un doigt léger la joue des plus petits, appelait les plus grands par leur prénom affiché sur la feuille de température et murmurait en chinois une formule de politesse qu'ils lui renvoyaient avec plaisir.

Alors qu'ils se dirigeaient vers le pavillon des contagieux, Jean-Guilhem la questionna :

— Tu parles chinois ?

— Il paraît, opina Paula, goguenarde. Tu le parles également, si j'ai bien entendu.

— Juste les quelques mots indispensables car nous n'avons guère de temps à perdre en bavardages inutiles. Pressons, s'il te plaît. Rappelle-toi que nous avons des visites à terminer.

Les mots sonnèrent à son oreille tel un rappel à l'ordre et elle se sentit rejetée comme au temps de son adolescence. Il en avait toujours été ainsi entre eux. Jean-Guilhem l'écrasait de sa supériorité et elle s'abritait derrière un rempart de sarcasmes.

S'ils avaient pu choisir, jamais ils n'auraient connu l'absurde situation où ils allaient devoir partager leur vie sur le plan professionnel. Ils le savaient tous deux, cependant, Paula reconnaissait être la plus coupable. De son côté, Jean-Guilhem ne pouvait-il admettre qu'elle n'était qu'une gamine à l'époque où elle avait si vilainement calomnié Romaine ? Mais non ! Le souvenir de l'adolescente trop absorbée par ses petits problèmes pour se soucier des sentiments des autres l'arrangeait trop bien !

Cela ne finirait donc jamais ? Évidemment, elle avait tort d'éprouver encore du dépit face à l'étranger qui lui avait ravi l'affection de sa mère, un individu qui l'avait toujours remise à sa place. Mais comment se libérer de ce sentiment-là ?

— Rien n'a changé, n'est-ce pas ? Pour toi, je serai toujours la petite peste dont il faut se méfier. Vas-tu me resservir sans cesse une faute commise au temps où je n'étais encore qu'une enfant ?

— Nom de nom, Paula, il n'est pas question de cela ! Pourquoi faut-il que tu t'emportes à la moindre remarque ? Finissons vite les visites car je ne suis pas d'humeur à supporter tes états d'âme. Bon sang ! J'en viens presque à regretter les visites faites en compagnie de Mme Rabasse !

Encore que sensible à la lassitude qui perçait dans sa voix, la jeune femme ne put s'empêcher de penser que le Pr Palescaut avait dû accomplir bien autre chose avec Linette Rabasse que lesdites visites aux malades.

L'évocation la choqua. L'embarras la rendit muette. Pour la première fois, Jean-Guilhem ne lui apparaissait plus comme l'ennemi à combattre, mais comme un homme à part entière, avec une sexualité d'homme normalement constitué.

Fronçant les sourcils, elle l'observa à la dérobée. Ses yeux étaient dans le vague et sa bouche crispée. Difficile d'imaginer ces lèvres dures embrassant passionnément une femme.

Déconcertée par le chemin que prenaient ses pensées, Paula rougit de plus belle.

Dans l'aile du pavillon des contagieux réservée aux enfants, diphtérie, scarlatine, typhoïde et méningite étaient les maladies les plus courantes. Heureusement, lui expliqua Jean-Guilhem, la mortalité avait fortement diminué grâce à la lutte menée sans répit depuis une dizaine d'années sur le front des épidémies, grâce aussi à la multiplication des maternités et dispensaires disséminés dans toute l'Indochine. Sans oublier le grand succès remporté par les consultations populaires auxquelles se présentaient chaque année des millions d'indigènes. Ceux-ci avaient en effet vite reconnu la valeur des méthodes et des remèdes dispensés par les Blancs. Entendre les plus anciens membres du personnel raconter les pittoresques distributions de quinine qui attiraient vers les médecins les foules venues de la plaine et des montagnes était des plus révélateur ; les vaccinations massives avaient permis de circonscrire les foyers de peste, de choléra et de variole. Attentive à ces commentaires, Paula n'en poursuivit pas moins ses diagnostics dont elle se tira avec les honneurs. Les visites convinrent certainement à son supérieur hiérarchique car, dès qu'ils se retrouvèrent dehors, Jean-Guilhem lança :

— Bien, Bridler ! Tu as fait le bon choix en devenant pédiatre.

Ce compliment la remplit d'une telle fierté qu'elle en oublia, pour une fois, ses revendications féministes, à savoir que la plupart des autres spécialités étaient fermées aux femmes, sinon quasiment inaccessibles.

C'est alors que, soudainement, la mort accidentelle de Romaine surgit dans sa mémoire. Pouvait-elle faire semblant de l'ignorer ? Non, bien sûr. Cependant, comment y faire allusion le plus naturellement possible ?

Jean-Guilhem s'apprêtait à partir lorsqu'elle fit un geste pour le retenir en l'attrapant par le bras. Surpris, il esquissa l'amorce d'un recul et son visage se ferma.

— J'ai appris pour… Romaine.

L'air hostile, les lèvres pincées, il répliqua d'une voix glaciale :

— Ah ? Je n'ai ni le temps ni l'intention d'en discuter avec toi.

La jeune femme poussa un profond soupir : souffrait-il si fort qu'il ne puisse évoquer le souvenir de son épouse disparue ? Refoulait-il toujours ses émotions ou ne le faisait-il qu'avec elle, la diffamatrice ?

L'incident préoccupa Paula tout au long de la journée. Pourquoi avait-il repoussé un simple geste de compassion, comme si la seule idée de la toucher était insupportable ?

Pourquoi pas, après tout ? N'aurait-elle pas vibré d'aversion à la pensée qu'il pose une main sur elle ? Le cœur lourd, elle regretta intensément l'impossibilité de revenir en arrière, au jour du mariage, afin de laisser en paix Romaine et Jean-Guilhem qui ne souhaitaient alors qu'être heureux.

Pour tout arranger, à peine entra-t-elle dans son bureau, que Linette Rabasse s'y présenta. Les détails de leur dernière et seule entrevue éprouvante affectant encore l'esprit de Paula, la jeune femme jugea plus sage d'éviter un nouvel affrontement.

— Que puis-je pour vous, infirmière ? Tout n'a-t-il pas été réglé ce matin ?

— J'aimerais y ajouter un mot. Comme vous l'apprendrez très vite, l'hôpital exige une vigilance constante de la part des infirmières sous mon autorité. Par ailleurs, la formation de nouvelles infirmières m'incombe entièrement. C'est pourquoi je tiens à vous informer que désormais je ne superviserai plus l'activité du pavillon des enfants malades. Vous en assumerez seule la direction. Je vous préviens charitablement. Vous vous apercevrez vite que des responsabilités de cet ordre sont extrêmement lourdes pour de jeunes épaules. Cependant, ayant acquis beaucoup de connaissances dans toutes les maladies, y compris les maladies infantiles, je me tiens à votre disposition pour discuter du cas de vos patients chaque fois que cela vous sera nécessaire.

Paroles accompagnées d'un sourire en coin qui ne faisait qu'ajouter à l'offense.

Oh ! La sale bête ! Si Paula n'avait pas été formée à rester impassible... avec quel plaisir elle l'aurait envoyée paître, la mère Rabasse !

— J'espère n'en être jamais réduite à cette extrémité, infirmière. D'autant que, le cas échéant, le Pr Palescaut se fera certainement un plaisir de me dispenser ses conseils.

— N'y comptez pas ! Le professeur est surchargé de travail et...

— Moi aussi, madame Rabasse, coupa Paula d'une voix mordante. Aussi vais-je vous prier de me laisser...

La phrase n'était pas terminée que déjà la porte claquait derrière l'infirmière en chef.

Après une courte période d'adaptation où il s'avéra que le Dr Paula Bridler était bien la patronne, les rouages du service se mirent naturellement en place.

Si les heures de garde des infirmières relevaient de l'infirmière en chef, leur programme dépendait entièrement de Paula.

Dans la journée, cinq infirmières effectuaient leur service par roulement. Deux œuvraient dans l'espace dévolu aux bébés et trois dans la salle des enfants dont l'âge variait entre trois et treize ans. La nuit, une permanence était assurée par un interne et trois infirmières, lesquelles, en cas d'urgence, avaient consigne d'appeler aussitôt le Dr Bridler. Nuit et jour, huit aides-soignantes annamites travaillaient à leur côté. Quant aux filles de salle indigènes, elles étaient si nombreuses et changeaient si fréquemment de service que Paula cessa rapidement d'en tenir le compte.

Dès six heures trente, les aides-soignantes entreprenaient de faire la toilette des enfants tandis que les filles de salle ramassaient le linge et s'activaient au nettoyage de la longue pièce.

À sept heures, Paula commençait la visite de ses petits patients accompagnée par un interne qui prenait note des soins à donner et des médicaments à prescrire pour la journée. De dix à douze heures, elle recevait en consultation les patients venus de l'extérieur.

Ensuite, elle déjeunait au réfectoire, fuyant, autant que faire se pouvait, Linette Rabasse, la seule femme à s'installer à la table des médecins. Celle que ses infirmières appelaient irrespectueusement « la Rabasse » se pavanait et – si Paula se trouvait dans les parages – ne se privait pas pour lui lancer des piques si habilement formulées, que ces benêts de médecins n'y voyaient que du feu.

Lorsque l'occasion s'en présentait, Paula, trop heureuse de se soustraire au feu croisé des rosseries de la Rabasse, prenait place à la table des infirmières.

Et les regards outragés de Jean-Guilhem ne lui faisaient ni chaud ni froid. De quoi se plaignait-il ? Sa table n'était-elle pas présidée par la céleste Linette ?

Laquelle avait tempêté tant et plus contre ses infirmières lorsque lui était arrivé aux oreilles qu'au mépris de toutes règles ces demoiselles et le Dr Bridler s'appelaient par leur prénom. Le fait qu'elles aient toutes à peu près le même âge ne changeait rien à l'affaire.

Conviée à y mettre bon ordre, Paula avait bel et bien envoyé l'infirmière en chef sur les roses, lui rappelant que ce qui se passait dans son service ne regardait qu'elle-même ou, en dernier recours, le Pr Palescaut, médecin chef de l'hôpital. Ce qui, bien entendu, n'avait rien arrangé du tout entre elles.

Requis par l'infirmière en chef de se déclarer pour l'une ou l'autre, Jean-Guilhem avait sèchement rétorqué que le Dr Bridler étant maître en son domaine, il n'avait nullement l'intention de prendre parti. Et, surtout, qu'on ne lui casse plus les oreilles avec de tels enfantillages !

Contrainte au silence, la Rabasse s'était tue.

Après ce baroud d'honneur, le service prit sa vitesse de croisière.

Entre la fin des visites du matin et le début des consultations, Paula avalait un rapide petit en-cas. Ce jour-là, elle finissait son sandwich en lisant un rapport très ancien prêté par une infirmière collectionneuse de vieux documents où étaient évoquées les mesures d'hygiène prises en Extrême-Orient :

1° Une maison bien aérée, dont les appartements sont, par de larges vérandas, à l'abri des rayons du soleil, est la meilleure prévention contre la fièvre intermittente, surtout si elle est surélevée de deux à quatre mètres au-dessus du sol. Et éloignée le plus possible du vent des marais et des eaux stagnantes ;

2° Lors d'un voyage, ne jamais se mettre en route sans avoir pris un peu de nourriture. Les doses préventives de 10 à 25 centigrammes de quinine étant une bonne précaution à prendre si on doit traverser des pays marécageux ;

3° L'alimentation devra être moins abondante qu'à l'habitude ; préférer les viandes saignantes rôties, bien fraîches, éviter les poissons d'origine suspecte. L'ingestion quotidienne, mais modérée, de fruits bien mûrs est une excellente chose ;

4° Sortir de table avant d'avoir satisfait complètement son appétit ;

5° Éviter les alcools de toute provenance et les apéritifs. Les meilleures boissons étant le vin et la bière coupés d'eau ;

6° Ne boire que de l'eau filtrée ;

7° L'usage habituel de la glace et des eaux de Seltz est une habitude tyrannique à laquelle il est préférable de renoncer ;

8° Prendre du café à petites doses, surtout lorsqu'on n'a pas à faire des efforts musculaires énergiques ;

9° Porter autant que possible des vêtements de flanelle ; l'usage d'une ceinture abdominale en laine est une excellente précaution ;

10° Le casque ou le sallacco sont les meilleures coiffures. Éviter les courses inutiles en plein soleil, surtout pendant la digestion ;

11° Éviter, si possible, de faire la sieste et la remplacer par un exercice modéré après chaque repas.

La promenade à pied, le soir ou de bon matin, l'équitation, la chasse sont des exercices que l'on ne saurait trop recommander;

12° L'usage des douches et des bains froids est une bonne hygiène; avoir soin seulement de s'entendre, à cet égard, avec son médecin.

Très divertissant, en effet! Surtout le conseil de s'entendre avec son médecin sur l'usage des douches et autres bains.

Alors que Paula s'apprêtait à rejoindre son cabinet de consultation, on l'appela pour une urgence : on venait d'amener une fillette de cinq ans souffrant d'une forte fièvre que son médecin traitant supposait due à une pneumonie consécutive à la rougeole.

Prenant l'enfant des bras de sa mère, elle se précipitait vers son cabinet pour l'ausculter, lorsqu'une voix tonitruante l'arrêta net :

— Où emmenez-vous ma fille? cria un homme au visage rougeaud.

— Pourriez-vous parler moins fort, s'il vous plaît? recommanda Paula, en s'efforçant de ne pas reculer tant l'homme semblait furieux.

— Appelez un médecin!

La mère de l'enfant s'interposa :

— Henri, je t'en prie...

— Suffit, Annette! Sommes-nous des Blancs, oui ou non? Alors, j'exige les égards qui nous sont dus.

À l'évidence, l'individu n'avait pas l'habitude d'être contrarié.

— Alors, mademoiselle? Vous appelez un docteur ou faut-il que je le fasse moi-même?

Avant que Paula n'ait pu esquisser le moindre geste, il reprit sa fille d'entre ses bras. La jeune femme sentit les muscles de son visage se contracter. Elle inspira un grand coup et annonça :

— Je suis le Dr Bridler, chef de ce service.

— Oui... et moi je suis l'empereur d'Annam ! Je veux un vrai médecin, pas une gamine. Je vais parler à qui de droit et vous ne poserez pas la main sur ma fille, ma petite.

Paula ne releva pas, la vie lui avait appris à maîtriser ses impulsions, à cacher son exaspération et à offrir à tous un visage impassible.

— Voulez-vous que j'aille chercher l'infirmière en chef, docteur ? proposa une jeune stagiaire se portant à son secours.

— Essayez plutôt de trouver un médecin qui puisse se libérer.

Un éclair de satisfaction traversa le regard de l'homme : il venait de gagner la partie contre la petite morveuse prétendument docteur.

Bien qu'habituée à essuyer des critiques dès lors qu'il s'agissait de reconnaître son droit à exercer un métier réservé aux hommes, Paula préféra couper court :

— Je vous prie de quitter ce couloir. Les enfants risquent d'être perturbés par vos éclats de voix.

Elle ajouta en pivotant vers la mère :

— Madame, une infirmière va vous accompagner jusqu'à mon bureau où elle établira un dossier pour votre fille. Veuillez lui donner toutes les informations concernant ses maladies infantiles et les symptômes relevés durant ces dernières heures.

— Inutile ! Si vous voulez acquérir de la pratique, ne vous exercez pas sur ma fille !

Le visage de Paula s'empourpra.

Une voix sèche claqua dans le couloir :

— Qu'est-ce qui se passe ici ? questionna le Pr Palescaut, avançant vers eux à grands pas.

Oh, non ! Pas lui ! Certes, Paula était passée maîtresse dans l'art d'afficher une attitude calme et détachée, même dans les moments de panique totale. Mais cette fois, il fallait compter avec le ressentiment et la rancune que lui portait Jean-Guilhem. Or, aujourd'hui arrivait l'occasion de lui présenter la note à payer. Où et quand Jean-Guilhem trouverait-il un meilleur moment pour lui infliger une humiliation publique en représailles des multiples problèmes causés par son irresponsabilité d'adolescente écervelée et jalouse ?

— Alors, monsieur ? Je vous écoute.

— Je veux qu'un médecin examine ma fille. Est-ce trop demander dans un hôpital *français*, qu'un enfant *français* soit soigné par un vrai médecin ?

— De quoi vous plaignez-vous au juste ? Le Dr Bridler est une excellente pédiatre...

— Des femmes médecins, ça n'existe pas ! coupa l'homme de manière fort peu civile.

Jean-Guilhem adressa un sourire glacial à cette triste représentation de l'espèce humaine.

— Lorsque votre fille est malade, qui la soigne ? Vous ?

— C'est mon épouse, évidemment.

— Pourquoi ne vous en occupez-vous pas vous-même ?

— C'est le rôle des femmes de soigner les enfants.

Le médecin chef acquiesça d'un signe de tête.

— En France, les hautes autorités médicales se sont fait la même réflexion. Qui, mieux qu'une femme, peut prendre soin des enfants ? Je vous le demande. Il faudra vous y faire. Des centaines de jeunes femmes aujourd'hui se préparent à cette spécialité.

— Cette gamine est trop jeune pour être compétente.

Comme indifférente à la pique, Paula opposait dignité et calme à la grossièreté du butor. Elle fit mine de s'intéresser à l'aide-soignante qui venait de la saluer.

— Désolé de vous décevoir, monsieur, mais le Dr Bridler est une des meilleures pédiatres de France.

Comment avait-elle pu oublier, l'esprit de corps étant toujours de règle, qu'un chef d'établissement hospitalier était tenu de défendre ses confrères ? Tout en feignant l'indifférence, force lui fut pourtant de constater que lorsqu'il se mettait à mentir, Jean-Guilhem n'y allait pas avec le dos de la cuillère.

— Ah ! Je l'ignorais, se défendit l'homme en grimaçant de mécontentement. J'accepte que ma fille reste ici… à condition que vous l'examiniez vous-même.

— Écoutez, habituellement les parents des patients ne font pas tant d'histoires, s'irrita le médecin chef. Maintenant, parlons peu mais parlons bien : ou vous accordez votre confiance au Dr Bridler et la laissez travailler en paix ou vous refusez ses soins et vous emmenez votre enfant dans un autre hôpital.

— Il n'y en a pas d'autre, vous le savez bien. C'est bon, je ne discute plus, céda l'homme qui, visiblement, supportait mal une telle mise en demeure.

L'heure suivante fut consacrée à tenter de faire baisser la fièvre de la fillette en lui administrant une médication poussée accompagnée d'enveloppements avec des draps humides et froids. Faute de pouvoir immédiatement se faire une opinion, Paula se rangea au diagnostic du médecin de famille. Toutefois la fièvre cachait peut-être une maladie contagieuse, pas encore décelable. Dans le doute, Paula isola sa petite patiente dans une chambre proche de son cabinet. Ainsi elle pourrait surveiller l'évolution de son état et noter la survenue d'éventuels nouveaux symptômes.

Au cours de la nuit et de la journée suivantes, sa température augmentant sensiblement, l'état de la malade dépassa la période critique pour s'engager dans une phase quasi désespérée. Si la fièvre ne baissait pas, l'enfant sombrerait bientôt dans le coma.

Un autre soir était tombé, Paula ne quittait plus le chevet de la petite. À court de solutions et ne sachant plus à quel saint se vouer, elle s'en ouvrit à Jean-Guilhem venu s'informer de la situation.

Penchée sur le lit de la fillette, la jeune femme chuchota :

— Si les hommes s'accordaient pour unir leurs efforts, je suis certaine qu'ils parviendraient à découvrir un médicament pour faire tomber la fièvre. Mais non ! Ils sont trop occupés à inventer de nouvelles machines à tuer !

— De nombreux chercheurs y travaillent, tu sais. et un jour, ils trouveront, tu verras.

— Peut-être ! Peut-être… mais après combien de guerres ? Combien de morts ?

— Tu as procédé à des prélèvements dans la gorge, n'est-ce pas ? questionna-t-il pour couper court à une discussion qui ne menait à rien.

Ankylosée par sa longue station penchée, Paula se redressa tant bien que mal en luttant contre une sournoise envie de fondre en larmes. Elle avait procédé à trois prélèvements à l'entrée du larynx, puis passé de longs moments à les analyser. Et voilà que ce sans-cœur de médecin chef s'avisait de lui donner des leçons !

— La fièvre n'est pas endiguée, c'est un fait, mais je connais mon métier et…

— Et tu as fait tout ce qui est humainement possible, Paula. Le meilleur d'entre nous ne peut faire davantage, coupa-t-il pour la calmer. Je l'ai d'ailleurs expliqué au père de la petite, venu me trouver dans un état d'agitation infernal. Il avait l'intention de faire irruption dans ton service pour en retirer son enfant. J'ai eu toutes les peines du monde à lui faire entendre raison.

— Je t'en remercie. Au demeurant, qu'aurais-je pu lui révéler ? D'après les analyses, une seule chose est sûre, c'est que nous pouvons d'ores et déjà éliminer une maladie, la diphtérie.

Se redressant à son tour, Jean-Guilhem l'encouragea :

— Voilà un premier point positif, d'autres viendront au fur et à mesure des résultats d'analyses.

Comme elle avait l'air accablé, il reprit :

— Ne te décourage pas. Je dois aller visiter mes patients, si tu as besoin de moi, n'hésite pas, tu sais où me trouver.

Paula ne répondit pas. À quoi bon ? Ne pas se décourager, facile à dire ! Que faire ? Prier ? Déshabituée à s'en remettre au ciel, Paula ne trouvait plus les mots.

Elle quittait la chambre où l'enfant reposait, semi-inconsciente, lorsqu'une aide-soignante, surgissant de l'ombre, l'appela à voix basse :

— Docteul ! Si vous le pelmettez, je poulais peut-êtle vous aider.

Son français était correct et les consonances asiatiques adoucissaient les phrases.

— Sou-an, c'est ça ? se rappela Paula. C'est gentil à vous, Sou-an. Mais, sauf si vous avez un remède miracle à me proposer, je ne vois pas ce que vous pourriez faire de plus.

— Mon oncle a plépalé un lemède poul la petite fille. Si vous le lui donnez, elle guélila.

— Pourquoi votre oncle ferait-il cela ? Il connaît les parents de l'enfant ?

— Non. S'il connaissait l'homme méchant, le pèle de la petite, sûlement il ne donnelait pas la potion. Il le fait poul vous qui avez été tlès bonne avec son petit-fils.

— Qui est son petit-fils ? s'enquit Paula.

— Plan. Le galçon avec la tlès mauvaise flactule à la jambe. Le galçon que le médecin chef a opélé la semaine delnièle.

Paula s'en souvenait d'autant mieux que l'adolescent était toujours hospitalisé. Âgé de treize ans, sérieux comme un pape, il la saluait avec dignité chaque fois qu'elle s'approchait de lui. Un garçon si solennel qu'il était hors de question de lui caresser la joue comme elle en avait l'habitude avec ses petits patients. Aussi avait-elle pour règle de le saluer de la tête, les mains jointes devant ses lèvres.

— Vous avez montlé la considélation due à un petit-fils de lettlé en lépondant lespectueusement à son salut. Mon oncle a applécié, c'est poulquoi, avec ses salutations, il vous envoie un lemède poul l'enfant blanc.

Pourquoi pas ? Au point où elle en était ! Que risquait-elle à tout essayer pour sauver sa petite patiente ?

— Dites à votre oncle que je lui souhaite mille années de vie. Ma reconnaissance sera éternelle pour l'homme érudit et sage qui s'offre à guérir une enfant malade. Partez le plus tôt possible...

— J'ai la potion dans ma poche, docteul. Si vous la voulez...

— Vous êtes épatante, Sou-an !

Elles se précipitèrent au chevet de l'enfant, la réveillèrent et approchèrent le remède de ses lèvres. Malgré quelques haut-le-cœur, la petite avala la potion et, à leur grand soulagement, se rendormit.

Il ne leur restait plus qu'à espérer et à patienter.

— Combien de temps avant que le remède fasse effet, Sou-an ?

— Je l'ignole, docteul.

Au bout d'une demi-heure qui leur parut durer une éternité, Paula posa ses doigts sur le poignet frêle.

— Son pouls semble battre plus régulièrement. Sou-an, voulez-vous rester avec moi cette nuit ?

Celle-ci acquiesça d'un signe de tête. Le Dr Bridler était chef du service, et à ce titre elle pouvait requérir qui elle voulait. De plus, Sou-an était heureuse de travailler avec la jeune pédiatre.

Une nouvelle demi-heure s'écoula. Paula toucha le front et les joues de l'enfant endormie.

— J'ai l'impression que... qu'elle est moins brûlante, dit-elle. Tâtez-la, Sou-an. Qu'en pensez-vous ?

L'Annamite toucha à son tour le petit visage qui lui parut encore très chaud.

— Je le clois aussi, docteul, prétendit-elle dans le but de la tranquilliser.

Elles regagnèrent leur place de chaque côté du lit et une longue veille commença.

Suspendues au souffle de la petite fille, à tour de rôle chacune posait une main sur son front, pour en vérifier la température.

Au petit matin, Sou-an secoua doucement la manche de Paula.

— Docteul Blidlel ! Cette fois, je clois que c'est la bonne. L'enfant n'a plus de fièvle.

Paula se réveilla sur-le-champ. Au changement de couleur du visage de la fillette, elle comprit immédiatement que l'Annamite avait raison. Et même si la petite poitrine grondait encore un peu, la respiration était revenue à la normale.

— Prenez sa température pour en être certaine. Mais... Oh, Sou-an, je crois que nous avons gagné !

Elles passèrent la matinée à regarder l'enfant revenir à la vie. Bien sûr, les prochains jours allaient être encore pénibles, mais il était évident que le pire était passé. Paula envoya un boy annoncer la bonne nouvelle à la mère de la petite.

— À la mère, tu m'entends ? dit-elle en français avant de répéter sa recommandation en chinois afin qu'il n'y ait aucune confusion.

Que ce père mal embouché aille au diable ! Mais avant cela, il devrait lui présenter ses excuses. Si toutefois ce mot existait dans le vocabulaire limité de ce malappris.

Le vieux sage ayant exigé la plus grande discrétion en échange du remède – ce que Paula accepta sans la moindre restriction –, Sou-an et la jeune femme conclurent un accord selon lequel l'oncle et son remède miracle ne seraient pas mentionnés. Toutefois, si d'autres cas semblables se présentaient, Paula demanderait à l'oncle de Sou-an la permission de révéler l'existence de la potion-remède et, quelle que soit sa décision, elle s'y soumettrait. Mais en attendant... motus et bouche cousue.

Pour le reste, que le personnel de l'hôpital tire ses propres conclusions !

Midi n'avait pas sonné que Paula avait déjà reçu la visite de l'ensemble du personnel soignant. Prétendument trop occupée, seule l'infirmière en chef manquait à l'appel.

Représentée par la doyenne des infirmières, son porte-parole, la Rabasse soutenait que l'état de l'enfant n'avait jamais été aussi dramatique que le Dr Bridler le prétendait. Toujours d'après Linette Rabasse, les circonstances de l'hospitalisation, la maladresse du père – au demeurant un bien brave homme – ayant perturbé la pédiatre, il en était résulté un affolement bien compréhensible compte tenu de sa jeunesse et de son manque d'expérience. Il était évident, vu la soudaineté de cette guérison, que le Dr Bridler avait indéniablement fait une montagne d'une taupinière.

— La Rabasse est verte de jalousie, affirma Annette Pralin. Elle est plus préoccupée à vous dénigrer qu'à se féliciter de l'heureuse issue. Ne tenez aucun compte de son acrimonie, docteur. Laissez-la ruminer son désappointement. Quant à nous, nous nous réjouissons de voir que la petite est sortie d'affaire. Et nous sommes ravies lorsque notre service nous permet de travailler au pavillon des enfants. D'ailleurs, ce n'est un secret pour personne, chacune de nous attend avec impatience de prendre son tour de garde à vos côtés.

Ces paroles lui mirent du baume au cœur, et mentalement, Paula envoya au diable l'infirmière en chef et ses aigreurs.

Enfin, le Pr Palescaut vint en personne s'assurer de l'état de la petite fille. Effectivement, sauf complication, elle semblait en bonne voie de guérison.

— Tu vois, Paula, j'avais raison d'espérer, nous sommes mieux parés que tu ne le pensais pour traiter de tels cas.

La jeune femme s'abstint de divulguer combien le traitement hospitalier s'était révélé inefficace en la circonstance. Sans l'intervention d'un vieux savant annamite, la fièvre aurait perduré et inexorablement mené l'enfant vers une issue fatale.

4

Un mois et demi après la prise en charge de ses fonctions, Paula s'étonnait encore de sa chance : le service tournait rond et, en dépit d'un emploi du temps chargé, elle passait presque toutes ses nuits dans son bungalow, au creux de son lit. D'une conscience professionnelle à toute épreuve, les infirmières de garde évitaient de la déranger, sauf urgence ou complications graves. Si une situation inquiétante requérait sa présence, un boy, parcourant au pas de course les cent mètres séparant le bungalow de l'hôpital, venait la prévenir.

L'esprit libre, Paula n'avait qu'à s'allonger sur son lit et fermer les yeux pour être emportée par le sommeil. C'était un vrai plaisir après toutes ces années de cours où les heures de repos accordées étaient utilisées à étudier et étudier encore. Quant aux jours de congé, pendant ses remplacements, Paula n'avait jamais eu l'opportunité d'en profiter.

À présent, bonheur suprême ! la jeune femme bénéficiait d'une journée de congé par semaine, pendant laquelle, si le besoin s'en faisait sentir, un de ses confrères la remplaçait. Étant entendu qu'elle lui rendrait le même service le cas échéant.

Cet après-midi-là, alors que Paula remontait l'allée menant à son bungalow, le Dr Jacques Courve l'aborda gentiment :

— Paula, si vous êtes libre ce soir, accepteriez-vous de dîner avec moi ?

Elle observa un instant ce médecin aux grands yeux bruns, plutôt bel homme en dépit d'une calvitie naissante. Très sympathique de surcroît, il était apprécié des infirmières jeunes et moins jeunes. Son invitation risquait de susciter pas mal de jalousies. Mais, pour une fois... Où était le mal après tout ?

— Dîner ? Où ? Au réfectoire ?

— Certainement pas ! Je vous emmènerai en ville, je connais un restaurant chinois où les mets sont exquis.

Invitée en ville ! Peu habituée à tant d'attentions, Paula ne savait quelle contenance adopter. Elle choisit d'accepter et acquiesça d'un signe de tête.

— Parfait ! Je passerai vous prendre ce soir, vers sept heures. Si cela vous convient, bien sûr.

Si ça lui convenait... Et comment ! Personne encore ne lui avait proposé une sortie, et sa connaissance de Hué ne dépassait pas la route allant du port à l'hôpital. Paula n'avait jamais osé se risquer seule dans cette ville inconnue. Aussi l'invitation arrivait-elle à point nommé.

Comme il n'était pas dans les mœurs des jeunes femmes célibataires de laisser entrer un homme chez elles pour quelque motif que ce soit, Paula précisa :

— Je vous attendrai devant chez moi, à sept heures précises.

Après une dernière inspection dans son service, une visite rapide à ses malades et une dizaine de recommandations parfaitement inutiles aux infirmières de garde, la jeune femme rentra chez elle pour se préparer en vue de la soirée.

Sa garde-robe inspectée, et les tenues rejetées l'une après l'autre avec un illogisme inconcevable pour un cerveau masculin, le choix de Paula se porta sur une robe en mousseline bleue.

Après une douche rapide, un léger nuage de poudre sur le visage et l'effleurement d'un bâton de rouge sur ses lèvres, elle enfila sa robe, brossa ses boucles brunes et contempla avec contentement son reflet dans la glace.

Le résultat obtenu fut assez satisfaisant pour s'attirer l'admiration du jeune médecin déjà en faction devant sa porte.

— Dieu que vous êtes jolie, Paula !

Comment se comporter devant ce compliment ? Minauder ? Balbutier un remerciement ? Jusqu'alors, elle avait toujours réussi à couper court aux louanges des messieurs. Et n'avait nullement l'intention de changer d'attitude.

Déjà le jeune médecin reprenait :

— J'ai commandé un taxi, il nous attend devant l'entrée. Accordez-moi un instant pour jeter un coup d'œil à un patient. Attendez-moi dans le hall, je n'en ai que pour quelques minutes.

Au moment où son confrère disparaissait à l'intérieur de la chambre, une haute silhouette se profila au fond du couloir. Paula frissonna en reconnaissant Jean-Guilhem qui pressait le pas pour la rejoindre.

— Où vas-tu, attifée de la sorte ?

De quoi se mêlait-il ?

— Je te signale en passant que cela ne te regarde pas. Cependant, aujourd'hui je suis d'humeur joviale. Sache que j'attends Jacques…

Serrant les lèvres comme si elle avait gaffé, elle se reprit :

— … Je veux dire, le Dr Courve. Il m'a invitée à dîner.

Jean-Guilhem resta un instant silencieux. Sa désapprobation ne faisait aucun doute. Eh bien, tant pis ! Après tout, Paula n'avait pas à se justifier. Sa vie personnelle ne regardait personne hormis elle.

Ce fut lui, finalement, qui rompit le silence :

— Tu sais ce que tu fais, j'espère ? Permets-moi néanmoins de te rappeler que travail et gaudriole ne font pas très bon ménage.

— De quel droit me parles-tu sur ce ton ? Te prendrais-tu pour mon frère ? se rebiffa-t-elle, mortifiée par la position clairement exprimée du prétentieux.

Elle vit sa mâchoire se crisper, le dédain flamber dans ses yeux. Comme au temps de sa jeunesse, elle s'apprêtait à lui lancer ses quatre vérités mais il se détournait déjà avec un haussement d'épaules qui donnait la mesure de son mépris.

— De ta part, j'attendais une plus grande maturité mais, manifestement, ce n'est pas à ta portée.

Que de tintouin pour un malheureux dîner en ville en la compagnie d'un homme agréable qui avait l'amabilité de la sortir un peu !

Ah, et puis zut ! Que lui importait cet outrecuidant et son esprit mal tourné ?

De fort méchante humeur, Jean-Guilhem se mit à arpenter le couloir à grands pas en marmonnant des imprécations contre cette nom de nom de Paula et ce morveux de Courve. Il répondit par un grognement d'ours à l'aimable « Bonsoir, docteur ! » d'une infirmière et la fit sursauter en refermant bruyamment la porte de son bureau au nez de Linette Rabasse, venue prendre ses ordres pour le lendemain.

— Professeur ! s'indigna l'infirmière en chef. Que se passe-t-il ? Il n'est pourtant pas dans vos habitudes de manifester une telle mauvaise humeur.

Fixant l'importune d'un œil noir brillant d'irritation, il maugréa des mots indistincts qu'elle jugea préférable de ne pas lui faire répéter. Un instant, elle guetta un signe, n'importe lequel, une expression, une lueur dans son regard qui l'incitât à rester. Rien ! Pas même un frémissement de cils. Sans une parole, elle tourna les talons, sortit d'une démarche raide et referma la porte avec douceur.

Que se passait-il ? Linette n'y comprenait rien. Voilà un homme bien fait de sa personne, nanti d'une situation en rapport avec la sienne. Médecin chef et infirmière en chef : ils étaient faits pour s'accorder. Jean-Guilhem était un peu plus jeune, soit, mais suffisamment mûr pour combler les vœux d'une femme – les siens, en l'occurrence – si seulement elle pouvait savoir à quoi s'en tenir ! À la courte période où ses discrètes avances avaient été favorablement reçues par le Pr Palescaut, avait succédé une indifférence qui coïncidait avec l'arrivée du Dr Bridler. En fait, Jean-Guilhem Palescaut était un homme si secret que, malgré la subtilité de ses questions, Linette n'avait pas plus d'informations sur son passé aujourd'hui que lors de son arrivée.

Caché dans une étroite ruelle au cœur de la ville, le restaurant était bondé. Pendant qu'un serveur débordé leur cherchait une table, Paula remarqua les débris de coquilles de crustacés éparpillés sur le sol en terre battue.

— Ne vous fiez pas au décor, Paula. C'est ainsi, un restaurant asiatique. Faites-moi confiance, la cuisine chinoise est la meilleure du monde et plus particulièrement ici.

Dès qu'ils furent installés, le jeune homme passa leur commande au serveur dans un chinois plus aigu qu'elle ne l'avait entendu jusqu'à présent. Et de façon si volubile qu'elle n'en saisissait que la moitié des mots.

— En accompagnement, voulez-vous de la soupe ou des nouilles de riz ?

— Des nouilles.

Les plats apportés, Jacques Courve regarda la jeune femme d'un air amusé en la voyant inspecter le bol posé devant elle et tenter d'en reconnaître le contenu.

— Ne vous inquiétez pas, cette nourriture est tout à fait comestible. Épicée, certes, mais très bonne.

Ce que la jeune femme ne tarda pas à confirmer avec enthousiasme :

— Succulent ! s'extasia-t-elle après avoir goûté aux larges nouilles de riz mélangées à de fines lamelles de poulet.

Tout en enviant la dextérité avec laquelle le Dr Courve maniait les baguettes, elle dut rapidement abandonner les siennes en faveur de la cuillère posée à côté de son assiette.

Le repas fut fort agréable et la soirée se déroula le mieux du monde. Au cœur d'une foule de gens s'exprimant en chinois, ils se sentaient bien loin de l'hôpital où les plus petits incidents circulaient à la vitesse de la lumière et où les secrets les mieux gardés mettaient moins d'une demi-journée pour en faire le tour. La conversation glissa de l'hôpital à son personnel, puis le Dr Courve, en Annam depuis six années, lui raconta diverses anecdotes ayant jalonné son séjour, preuve, s'il en était besoin, de l'aisance avec laquelle il s'était adapté à cette civilisation pour l'heure toujours étrangère à Paula.

Petit à petit, il glissa vers des sujets plus personnels.

— Puis-je vous confier un secret ? s'enquit-il.

Peu désireuse de connaître les dessous de la vie privée du Dr Courve, Paula opta pour une attitude évasive.

— Si ce n'est pas trop intime et si vous n'attendez pas une réciprocité de ma part...

— Nullement, Paula. J'ai juste envie de vous expliquer pourquoi j'ai décidé de m'expatrier.

La jeune femme hocha silencieusement la tête. Ainsi encouragé, il reprit :

— La date de notre mariage était fixée lorsque, après mûre réflexion, deux semaines avant la cérémonie, ma fiancée et moi y avons renoncé d'un commun accord. Nous étions amis d'enfance mais, malheureusement, l'amour n'était pas inscrit dans notre programme d'avenir. Inutile de vous préciser combien les jours suivant notre décision ont été difficiles à vivre. Alors, j'en ai eu assez et, malgré les supplications de ma famille, je suis parti pour l'Extrême-Orient.

Ces confidences leur permettraient-elles d'étoffer une amitié naissante, ainsi que le jeune médecin l'espérait vivement ?

À travers la table, il tendit la main pour recouvrir celle de Paula qui, relevant la tête, lui décocha un regard surpris. Il accentua sa pression mais la jeune femme se dégagea doucement et secoua la tête avec un sourire désolé.

Les changements successifs intervenus en si peu de temps dans sa vie l'avaient fragilisée. De plus, elle n'avait aucune intention de flirter avec ce jeune homme, si charmant soit-il.

Lorsqu'une Annamite s'avança timidement et s'inclina pour débarrasser les plats, Jacques donna le signal du départ.

Dehors, l'air tiède contrastait avec l'atmosphère étouffante de la salle basse du restaurant. Roulant de front, deux pousse-pousse emportèrent vers l'hôpital le Dr Courve, qui voyait s'enfuir la possibilité d'une liaison agréable, et le Dr Bridler, satisfaite de s'être fait comprendre sur le sujet. Ils prirent le même chemin pour regagner chacun leur bungalow.

Amis et voisins, certes. Mais amants… pas question.

Pour l'instant, se promettait Jacques Courve.

Jamais, se jurait Paula Bridler.

Ses consultations terminées, Paula reconduisit les parents de son dernier patient jusqu'à la porte.

Le petit déjeuner était loin derrière elle et la faim la tenaillant, la jeune femme se hâtait de classer ses fiches lorsque brusquement la tête de Pauline Vergne surgit dans l'encadrement de la porte. L'infirmière était escortée de Julie Fresnel, sa collègue.

— Pouvons-nous entrer, Paula ?

Deux paires d'yeux l'observaient manifestement comme dans l'attente de son approbation.

— Accompagnez-moi plutôt au réfectoire, je m'apprêtais justement à m'y rendre.

Les deux infirmières se concertèrent du regard et, d'un commun accord, secouèrent la tête.

Julie Fresnel expliqua, en battant des cils d'un air grave comme si elle craignait un refus :

— Nous sommes venues pour vous parler du Pr Palescaut.

Dans ce cas, évidemment… Paula haussa les épaules avec un détachement feint, puis, d'un geste machinal, saisit ses fiches sur le bureau et les rassembla.

— Faites vite alors, je meurs de faim.

— Nous passions devant le bureau du Pr Palescaut lorsque, par la porte entrouverte, nous avons clairement entendu la Rabasse lui reprocher une indifférence, pour ne pas dire une froideur, à son égard qui l'affectait beaucoup.

Le visage fermé, Paula rétorqua qu'il n'y avait là rien de nouveau sous le soleil : les coquetteries dont Linette Rabasse accablait Jean-Guilhem Palescaut étaient un fait établi.

— Effectivement, mais la Rabasse se met le doigt dans l'œil si elle croit qu'elle va embobiner notre séduisant médecin chef car nous savons des choses qu'elle ignore totalement.

— Ah, oui ? Lesquelles ?

Les deux infirmières s'entre-regardèrent en hochant la tête d'un air entendu.

— Eh bien, voilà, se lança Mme Vergne, mes parents habitent Lyon et, grâce à eux, j'ai été mise au courant de certains événements. Dans une lettre écrite, il y a... un certain temps, je leur racontais le départ de notre ancien médecin chef ainsi que l'arrivée du Pr Palescaut. Et ce matin, j'ai reçu leur réponse...

Baissant la voix, elle ajouta sur le ton de la confidence :

— ... À l'hôpital de Lyon, nul ne s'est étonné de la brusque décision prise par le Pr Palescaut. Et vous savez pourquoi ?

L'infirmière marqua un temps d'arrêt puis reprit d'un ton si bas que Paula dut se pencher pour entendre :

— La mort de sa femme l'aurait écrasé de chagrin. Depuis, c'est un homme brisé qui s'est défait de toutes ses charges pour s'expatrier et se refaire une nouvelle vie loin du drame.

Tandis que Julie hochait la tête d'un air compatissant, une sensation curieuse naquit au creux de l'estomac de Paula.

À sa mémoire renaissait l'image d'une Romaine imbue de sa personne et à vrai dire détestée. Lors des quelque quarante-huit heures passées à Lyon à l'occasion du mariage de Jean-Guilhem, Paula n'avait fait qu'entrevoir cette pimbêche dont la conversation se limitait à la liste des invités, des personnalités et des notables. Dès qu'elle en avait terminé avec eux, elle entamait un couplet sur son père, chirurgien réputé et administrateur adjoint de l'hôpital, un homme dont les hautes fonctions étaient un indéniable avantage pour le futur marié, jeune chirurgien promis à une brillante carrière.

Aussi, apprendre tout de go l'intensité du chagrin de Jean-Guilhem, brisé par la disparition de son épouse, au point de ne pouvoir supporter le deuil, lui parut difficile à croire. Surtout qu'elle connaissait depuis longtemps la sécheresse de cœur du Pr Palescaut. Mais, n'ayant comme seules références que ses souvenirs d'adolescente jalouse, elle accepta – à contrecœur – de lui accorder le bénéfice du doute.

Le silence s'installa et les infirmières, un peu confuses, parurent alors regretter de s'être aventurées dans le récit d'une histoire dont, manifestement, la jeune pédiatre ignorait le premier mot. L'infirmière Vergne se reprit la première.

— Pardonnez-nous, nous nous sommes mêlées d'affaires qui ne nous concernent pas. En vérité, nous avions complètement oublié que le Pr Palescaut et vous étiez parents.

L'observation fit rougir la jeune femme. Mais ce n'était pas le moment de laisser transparaître son trouble. Un sourire crispé se peignit sur ses lèvres.

— Une fois de plus, je vous répète que le Pr Palescaut et moi n'avons aucuns liens familiaux, rappela-t-elle d'un ton plus sec qu'elle ne l'aurait voulu.

— J'en prends bonne note, docteur, s'inclina l'infirmière Fresnel, rétablissant ainsi les distances entre elle et sa supérieure hiérarchique.

Hochant énergiquement la tête en signe d'approbation et pour couper court à d'autres commentaires, sa collègue suggéra de gagner illico le réfectoire.

— Allez-y et gardez-moi une place. Mon classement terminé, je vous y rejoindrai, approuva plus gentiment la pédiatre.

Restée seule, Paula réfléchit longuement. Elle se sentait comme paralysée par l'annonce brutale de la disparition de Romaine. Quelle était la cause de sa mort ? Une maladie ? Un accident ? Elle concevait parfaitement que Jean-Guilhem reste muet sur ce sujet, mais il aurait pu lui en glisser un mot ! Après tout, et même si elle ne l'avait jamais aimée, elle avait connu son épouse. Décidément, Jean-Guilhem et le savoir-vivre faisaient ménage à part ! Cette constatation lui permit de remettre les choses à leur place. Sans pour autant la libérer de l'émotion inexplicable qui s'était emparée d'elle.

Adoptant une expression aussi neutre que possible, Paula pénétra dans le réfectoire.

Comme par hasard, Jean-Guilhem était installé à une table placée en face de la sienne. À peine levait-elle la tête, qu'elle rencontrait des yeux gris fixés sur elle avec un air étrange.

Plus au fait de l'ampleur du drame qui avait poussé Jean-Guilhem à quitter la France, Paula parvenait difficilement à soutenir son regard. En proie à un vague sentiment de culpabilité, elle se sentait mal à l'aise et redoutait que ses compagnes de table ne remarquent sa tension et ne se posent des questions. Apparemment, personne ne s'en aperçut.

Et la jeune femme mit cet aveuglement sur le compte de sa faculté à dissimuler ses états d'âme.

Ce soir-là, un boy vint avertir Paula que le médecin chef la réclamait en salle d'opération. Une infirmière habituellement affectée aux urgences l'attendait dans le couloir.

— Le Pr Palescaut est en train de donner des directives à tous les services. Il m'a demandé de vous préparer à l'aider car nous sommes débordés. Un affrontement a eu lieu entre les nationalistes et l'armée et nous avons reçu plusieurs blessés par balles. Le plus gravement atteint est un garçon de dix-huit ans environ qui a reçu une balle dans l'abdomen.

Paula se précipita dans la salle d'opération et se pencha sur le jeune homme qui geignait faiblement.

— Je lui ai fait une piqûre calmante, signala l'infirmière. Le Dr Muller va venir s'occuper de l'anesthésie. Je vais rester avec le patient le temps que vous enfiliez votre blouse. Ensuite, si vous le permettez, je rejoindrai les urgences où tout le personnel disponible est attendu.

Boîte à instruments, boîtes à compresses et plateau de suture étaient préparés. Paula enfilait ses gants lorsque Jean-Guilhem, suivi d'un de ses élèves, poussa la porte. Quelques secondes plus tard, la jeune femme couvrait le corps du patient de champs stériles, juste à temps pour l'arrivée de l'anesthésiste.

— Inutile de te demander s'il t'est arrivé par le passé d'assister à des opérations, l'interpella Jean-Guilhem.

— Tu peux t'en dispenser, en effet. Pour mémoire, je te rappelle que j'ai été interne dans un hôpital en zone occupée où un service était consacré aux blessés de guerre. N'étant qu'une femme, mon expérience s'est limitée à tenir les écarteurs pendant que les hommes opéraient, jugea-t-elle utile de préciser avec un regard entendu.

— Eh oui ! C'est injuste, mais c'est comme ça ! Bon, tout le monde est prêt ? Alors, allons-y !

Un sentiment d'exaltation s'empara de la jeune femme tandis qu'elle lui tendait les instruments et son appréhension se dissipa peu à peu. Une sorte d'harmonie s'établit entre eux. D'autant que le Pr Palescaut avait une technique parfaite et des gestes sûrs. Il annonça que le projectile n'ayant touché aucun organe vital, le patient était à présent hors de danger. Paula l'enveloppa d'un regard admiratif.

Et c'est cet instant précis que choisit l'infirmière en chef pour entrer dans la pièce.

— Lorsque vous aurez terminé, docteur, je vous serais reconnaissante de venir aux urgences. Le Dr Courve ne s'en sort pas aussi bien que je l'espérais.

Puis, remarquant la présence de Paula, dont à l'évidence elle n'avait pas été avisée, elle ne put s'empêcher de réclamer :

— Pourquoi ne pas m'avoir appelée ? Nous avons l'habitude de travailler ensemble. Sans vouloir être désobligeante, il me semble que le Dr Bridler manque un peu trop d'expérience pour vous assister dans une opération aussi délicate.

Paula ouvrait la bouche pour protester mais déjà Jean-Guilhem rétorquait d'un ton sec :

— Pendant la guerre, le Dr Bridler était interne dans un hôpital qui recevait les blessés. Inutile donc d'avoir le moindre doute sur sa parfaite qualification dans un bloc opératoire…

La rage et la frustration éprouvées par l'infirmière en chef se lisaient clairement sur son visage.

— ... au reste, vous étiez plus utile aux urgences, poursuivit Jean-Guilhem. D'autres objections, Linette ?

Comme par magie, la physionomie de l'infirmière en chef se transforma.

— Puisque tout va bien pour vous, je... tout va bien pour moi. Alors, si vous n'avez plus besoin de l'anesthésiste et de votre interne, ils seraient d'un grand secours aux urgences.

— Allez-y, docteur Muller, et emmenez ce jeune homme. Je vous suis tous les deux d'ici à quelques instants. Paula, je te laisse avec notre patient, je vais t'envoyer une infirmière, elle l'emmènera dans sa chambre et prendra soin de lui. Quant à toi, ne bouge pas d'ici, je veux que tu m'assistes dans la prochaine intervention.

La jeune femme acquiesça et, à la dérobée, lança un regard à Linette Rabasse. Le visage de l'infirmière en chef s'était durci et Paula interpréta son expression comme du mépris à son égard. Visiblement, elle la tenait pour une gourde incapable de s'en tirer sans aide.

Plus que jamais, elles étaient ennemies.

— N'est-ce pas trop difficile pour vous, mon petit ? s'enquit la Rabasse mielleusement.

Comme Paula se redressait, l'infirmière en chef poursuivit d'un ton doucereux :

— Votre taille n'est pas en cause, rassurez-vous, ce n'était qu'une innocente allusion à votre jeune âge.

— J'ai vingt-quatre ans, infirmière. Toutefois, j'admets parfaitement qu'à vos yeux je passe pour jeune. Vous-même avez largement dépassé la trentaine, n'est-ce pas ?

Si des regards pouvaient tuer, le Dr Bridler serait morte sur-le-champ. Mais la jeune femme se borna à hausser les épaules, elle n'avait pas peiné comme une esclave pendant ses années d'internat pour s'en laisser remontrer par une cocotte sur le retour.

Assistée par le Dr Muller, l'équipe du Pr Palescaut opéra jusqu'aux petites heures du matin.

Dans le vestiaire attenant à la salle d'opération, Jean-Guilhem et Paula se retrouvèrent seuls. Ils enlevèrent leur blouse sans échanger un mot.

D'avoir été penchée des heures sur la table d'opération avait endolori tous les muscles de la jeune femme et sa colonne vertébrale lui paraissait sur le point de se briser tant elle était douloureuse. Néanmoins, elle n'osait imaginer l'état de Jean-Guilhem qui ne s'était pratiquement pas redressé tout au long des interventions successives.

— Ouf! souffla-t-il en frottant ses reins. Voilà qui nous ramène au bon vieux temps de l'internat, n'est-ce pas?

Paula hocha la tête et passa une main lasse dans ses cheveux moites.

— ... Finalement, j'aime bien tes cheveux courts et la manière dont ils bouclent autour de ton visage.

Ce compliment soudain, à un moment où la jeune femme se sentait déstabilisée par rapport à Jean-Guilhem, la prit de court. Plus perturbant encore fut le sourire qui, l'espace d'un instant, éclaira le visage sévère du Pr Palescaut.

Afin de dissimuler son embarras, Paula se baissa pour ramasser sa blouse.

« Pauline Vergne a raison, il est très séduisant lorsqu'il s'en donne la peine. Vraiment séduisant. Irrésistible, même », dut-elle admettre à son grand désarroi.

5

Réveillée en sursaut aux premières lueurs, Paula découvrit en ouvrant les yeux Mai-li agenouillée à côté de son lit.

— Docteul ! Docteul Blidlel ! chuchotait-elle en lui tapotant doucement le bras.

— Que se passe-t-il ? s'inquiéta la jeune femme en chinois avant de répéter la question en français à Hong, debout derrière sa femme.

— Thian doit vous donner velbalement un message de Sheng le Tigle, le maîtle de son flèle, expliqua le boy. Seigneul Sheng a envoyé une automobile et une galde de deux hommes avec oldle de vous emmener chez lui.

— Qu'est-ce donc que cette histoire ? s'exclama-t-elle en s'asseyant sur le lit. Pourquoi devrais-je obéir à ses ordres ?

— Son enfant va moulil. Et le flèle de Thian, tlès honolé par la chalge que celui-ci occupe dans le pelsonnel de l'hôpital, a mentionné votle nom à un ploche selviteul de Sheng le Tigle.

— Le tigre ? s'étonna Paula, soudain bien réveillée. Quel tigre ?

— Un gland seigneul de guelle, dignitaile du palais.

— Il n'y a donc aucun médecin capable de soigner un enfant malade dans ce palais ?

Les yeux baissés, Hong répondit d'une voix embarrassée que Sheng le Tigre avait déplu à un personnage de haute lignée. Dans l'attente d'une nouvelle reconnaissance de ses mérites, le Tigre préférerait subir les pires supplices plutôt que quémander un service au palais.

L'humeur sombre, Paula se leva et, après un coup d'œil vers la grosse voiture noire et les deux gardes armés stationnés devant sa porte, signifia du geste à Mai-li qu'elle désirait faire une toilette rapide.

Il ne serait pas dit qu'elle refusait de soigner un enfant, et qu'il soit de père humble ou puissant ne changeait rien à l'affaire.

Dans la cour, Thian se rongeait les sangs en songeant à son frère car, sans nul doute, un refus du médecin ferait le plus grand tort. Cependant, son inquiétude retomba comme par magie dès qu'il entendit Hong crier par la fenêtre :

— La question est réglée ! Je vais conduire le Dr Bridler à la demeure de Sheng le Tigre.

— Je viens avec vous. Après tout, le Tigre est le maître de mon frère ! lança Thian, ne voulant pour rien au monde être exclu d'une mission aussi importante.

Si bien que la voiture, escortée des deux gardes et suivie de Thian et de Hong, parvint sur les lieux en moins d'une demi-heure.

Devant le grand portail ouvert sur une vaste cour d'entrée, un des gardes aboya un ordre bref. La voiture s'arrêta. Pour l'esquiver, le conducteur d'un pousse-pousse s'arc-bouta, les talons fichés dans le sol poudreux, et parcourut près de trois mètres, avant de stopper, parvenant ainsi à éviter le véhicule à côté duquel Hong et Thian tendaient une main pour aider la jeune femme à mettre pied à terre. Paula repoussa gentiment la main de Hong au profit de celle de Thian, lequel se trouvait plus proche du portail.

Alors seulement elle perçut les bruits de la cour : les piaffements des chevaux tenus en bride par des serviteurs en tenue, le brouhaha émanant d'un ramassis de gens disparates allant de marchands débattant le prix de leurs articles à des coolies lourdement chargés, au service d'hommes richement vêtus de soie, descendus de leur palanquin et escortés par leurs gardes.

— Il y avait beaucoup plus de monde avant la disgrâce du maître de mon frère, soupira Thian.

Plus de monde? Était-ce Dieu possible?

Un garde, d'un signe de tête, invita Paula à le suivre tandis que son collègue, avec de grands moulinets de bras, leur frayait un passage.

— Que l'un de vous m'attende ici! ordonna-t-elle aux deux serviteurs avant d'emboîter le pas aux deux gardes insolents.

Une femme en pantalon et tunique noirs les attendait devant le porche menant aux cours intérieures. Elle salua respectueusement les gardes qui, sans répondre, s'éloignèrent d'un pas arrogant. Puis, sans un mot, elle se dirigea vers l'entrée voûtée où, sur la gauche, un petit chemin courait le long du mur. Elle fit quelques pas avant d'inviter Paula à la suivre.

L'une derrière l'autre, les deux femmes traversèrent plusieurs places pourvues d'un ou de deux pavillons. Enfin, elles parvinrent dans une cour où des femmes papotaient en surveillant des enfants assis sous un saule près d'un petit bassin. Deux servantes se détachèrent du groupe pour venir à leur rencontre. Elles s'inclinèrent, mains jointes sur le front, attitude qu'elles gardèrent en marchant à reculons devant les arrivantes.

À la surprise du Dr Bridler, la personne qui l'avait escortée la laissa en plan après un bref signe de tête.

— Conduisez-moi près de l'enfant, ordonna-t-elle.

Encore une courbette, mains jointes, puis les servantes acquiescèrent et lui firent signe d'avancer. Là, Paula dut batailler avec une servante à l'air craintif qui voulait absolument la débarrasser de sa sacoche de cuir noir. Usant de son chinois approximatif, la pédiatre fut obligée d'élever la voix pour enfin la convaincre d'abandonner la lutte.

À son soulagement, elles atteignirent leur destination : un spacieux pavillon dressé au centre d'une belle et vaste cour.

Les servantes s'arrêtèrent devant une porte d'où on entendait distinctement des pleurs de femme. Arrivait-elle trop tard pour sauver l'enfant ?

Lorsqu'elle pénétra à l'intérieur, une vieille Asiatique se précipita vers elle et, avec force courbettes, la pria de bien vouloir la suivre.

La jeune femme lui emboîta le pas ; dès qu'elle entra dans la pièce principale qui donnait sur la cour, toute conversation cessa, les regards brillants d'un nouvel espoir convergèrent tous vers elle.

— Par ici, invita la vieille en écartant les rideaux de satin tendus entre la chambre et la grande pièce.

Éclairée d'une lampe à huile à la lumière tremblante, la chambre, où flottait une légère odeur de sang, était remplie de femmes agitées. L'une d'elles était penchée sur le lit, deux aides à ses côtés. Paula écarta une servante qui se tenait à la tête du lit et baissa les yeux sur le visage cireux d'une jeune femme qui geignait de douleur.

— Où est l'enfant ? s'enquit-elle, s'étonnant des regards déconcertés posés sur elle.

— Là ! expliqua la femme penchée sur le lit en montrant le ventre gonflé de la jeune femme alitée. Je suis la sage-femme. Le travail a commencé avant-hier soir mais le petit seigneur refuse de quitter la matrice de sa mère.

Ainsi il s'agissait d'un enfant à naître ! Les choses se présentaient donc si mal pour que la sage-femme et ses aides soient inopérantes ? Mais, l'état de la patiente était autrement plus important que les questions. Et Paula n'en était pas à son premier accouchement, loin s'en fallait !

Décidée à prendre le taureau par les cornes, elle demanda à la cantonade où il lui était possible de se laver les mains.

L'espace d'une seconde, la sage-femme la fixa d'un œil réprobateur puis fit signe à une de ses aides qui se précipita vers un petit bassin dans la cour d'où elle rapporta un récipient rempli d'eau. Paula frémit de la tête aux pieds en contemplant la cuvette d'eau croupie dans laquelle des millions de microbes devaient batifoler à l'aise.

— Oh, non ! refusa-t-elle en extirpant de sa sacoche une petite bouteille d'alcool à 70°.

Elle s'en aspergea les mains et les secoua pour les faire sécher, puis se pencha sur la mère, une gamine d'environ seize ans, qui s'agitait en bredouillant des mots indistincts. Soudain, elle poussa un long soupir et ses cuisses s'écartèrent dans un pénible effort pour expulser l'enfant. Une contraction la fit se cambrer et ses muscles se tendirent sous la peau jaune.

Paula prit sa tension et poursuivit son examen en vérifiant la dilatation du col qui, malheureusement, était nulle. Déjà la femme, épuisée par un jour et demi de travail, s'était endormie. Ce qui ne l'empêcha pas de geindre lorsque Paula toucha sa chair douloureuse. Puis, un nouveau gémissement monta et s'éteignit.

— Il faut lui faire une césarienne, décréta Paula, emmenez-la d'urgence à l'hôpital.

Le chœur des femmes assemblées éclata en une longue lamentation d'où il ressortait que, non seulement le maître ne le permettrait pas, mais qu'il leur ferait payer cher le fait de n'avoir pu mettre son fils au monde.

— Le fils du maître doit naître dans sa maison ! lança la sage-femme. Il ne peut en être autrement.

— Une césarienne est la seule façon de sauver la mère et l'enfant, rétorqua Paula.

— Le maître est seul juge, affirma une vieille femme ridée comme une pomme. Nul ne peut décider à sa place.

— Très bien ! Allez le chercher alors, je vais lui parler.

Les femmes poussèrent des glapissements aigus montrant qu'il n'était pas permis de déranger le maître. Et encore moins de lui demander de se déplacer.

Paula frappa plusieurs fois dans ses mains pour ramener un semblant d'ordre.

— Silence ! On ne s'entend plus ici ! L'une d'entre vous peut-elle m'indiquer où se trouve votre maître ? Je veux lui parler de l'état de son épouse.

Dans un ensemble parfait, toutes les têtes se baissèrent. La jeune femme soupira. À quoi bon se leurrer ! Ces femmes avaient trop peur pour outrepasser les règles établies. Néanmoins, le temps pressait et la jeune femme se débarrassa de son stéthoscope en le rangeant ostensiblement dans sa sacoche.

— Puisque vous ne voulez pas m'aider, je vais frapper à toutes les portes jusqu'à ce que je trouve votre maître, avertit-elle. À partir de maintenant, vous toutes – sage-femme, aides et autres assistantes – serez responsables de ce qui risque d'arriver à la femme et à l'enfant de votre maître.

Sur ce, elle tourna les talons et quitta la pièce. Après un bref conciliabule et, sur le signe d'une dame âgée, une femme se leva, rattrapa Paula et pinça délicatement sa manche.

— Vous allez dans la mauvaise direction, le pavillon du maître se trouve de l'autre côté de la cour.

— Parlez plus lentement car je n'ai pas une grande connaissance de votre langue.

La femme obtempéra et répéta ses explications en ajoutant :

— Voulez-vous me suivre, s'il vous plaît ?

— Puisque nous sommes seules…

L'Annamite secoua la tête.

— Nous ne sommes pas seules, assura-t-elle d'une voix légèrement haletante, de nombreuses personnes nous épient.

Paula ne voyait pas âme qui vive aux alentours.

— Qui nous épie ? Et pourquoi le font-ils ?

— Ils savent que nous allons chez le maître et savent aussi que la seconde épouse ne parvient pas à mettre son enfant au monde…

— Sa seconde épouse ? questionna Paula, vivement intéressée. Le Tigre a deux épouses ?

— La première ne lui a donné que des filles. L'astrologue a prédit que de la seconde épouse naîtrait un fils.

— Et si c'est encore une fille ?

Une main devant ses yeux, la femme balbutia, au comble de la frayeur :

— Si par malheur l'astrologue s'est trompé... la colère du maître s'abattra sur lui et sur nous tous. Que les dieux nous préservent de ses représailles !

Sapristi ! Paula commençait à avoir peur, elle aussi, et, pour un peu, elle se serait bien enfuie à toutes jambes.

Aussi l'angoisse nouait-elle sa gorge lorsque l'Annamite s'arrêta devant un pavillon.

— Le pavillon du maître, chuchota-t-elle. Je dois vous laisser ici...

— Dois-je frapper à la porte ? coupa Paula.

— Non ! Les usages l'interdisent ! Le maître sait tout. Quelqu'un va venir vous chercher.

À peine la phrase terminée, la porte s'ouvrit sur un garde. L'homme esquissa un signe de tête, ni salut ni injonction de le suivre, mais qui tenait de l'un et de l'autre.

Le chuintement des sandales du garde, le bruit des chaussures de la jeune femme sur le plancher se répercutaient à travers les pièces traversées.

Enfin, le garde poussa la porte d'une vaste salle dans laquelle la lumière entrait à flots par trois larges panneaux ouverts sur une vaste cour fleurie. Un homme tête nue se tenait debout devant une baie. Richement vêtu de deux robes de soie, de nuances et de tailles différentes, fendues de chaque côté sur un pantalon noir, le seigneur Sheng leur tournait le dos.

Jusqu'à présent, Paula avait eu affaire à des gens simples. Comment s'adressait-on à un haut personnage ? D'abord intimidée, elle reprit rapidement ses esprits et fit un pas en avant. Mais le garde la retint par la manche pour lui signifier d'attendre le bon vouloir du maître. Cependant, il y avait urgence, alors la jeune femme se dégagea et, s'armant de courage, s'avança et salua poliment l'homme qui venait enfin de se retourner.

— Je suis le Dr Bridler, se présenta-t-elle. L'état de votre épouse est inquiétant.

Le seigneur acquiesça de la tête, prouvant ainsi qu'il était tout à fait au courant de la situation. De l'index, il lui fit signe de poursuivre.

— L'enfant ne peut naître par les voies naturelles. La mère est épuisée. Elle souffre beaucoup et sa vie ne tient qu'à un fil.

Le Tigre, la fixant de ses yeux noirs en amande, brillant d'une lueur impitoyable, fit enfin entendre le son de sa voix :

— Les femmes n'ont d'autre mission que de mettre des fils au monde et beaucoup d'entre elles perdent la vie en accomplissant ce devoir sacré.

— Si votre épouse meurt, l'enfant mourra avec elle, rétorqua-t-elle crûment. Le seul moyen de les sauver est de les emmener à l'hôpital où on procédera à…

Comment dit-on « césarienne » en chinois ?

— … On ouvrira le ventre de la mère pour en retirer l'enfant.

— Si vous êtes sûre de sauver mon fils par cette méthode, faites-le ici, la défia-t-il.

Le ton hautain n'invitait pas à la controverse mais cela n'empêcha nullement la jeune femme de mettre les points sur les i.

— Impossible. Je ne dispose pas des instruments nécessaires pour l'opération ni de masque pour l'anesthésie.

— Une anesthésie est indispensable ? Ce n'est qu'une femme.

L'immonde phallocrate ! Paula s'efforça de respirer profondément pour juguler la colère qui l'envahissait. Quel dommage de ne pouvoir envoyer un coup de pied à ce misérable seigneur ! Elle se contenta de le foudroyer du regard en lançant d'une voix indignée :

— Comment pouvez-vous parler ainsi ?

Ne sachant comment réagir, Sheng le Tigre se pétrifia sur place. Personne ne s'était jamais permis de s'adresser à lui sur un ton aussi réprobateur.

— Continuez ! ordonna-t-il d'une voix glaciale.

— Le temps presse et votre enfant souffre, plaida Paula, puisque toute allusion à son épouse le laissait de marbre.

Le seigneur réfléchit un moment.

— Apportez le matériel ici et faites naître mon fils.

— Je ne sais pas si…

Pas question de révéler qu'elle n'avait jamais effectué de césarienne : ouvrir un ventre pour la première fois sans l'assistance d'un médecin dépassait largement sa compétence.

— Alors, femme ?

— Bon, d'accord ! Un pousse-pousse m'attend devant la porte et…

Un geste impératif l'interrompit.

—Écrivez une lettre. Une voiture conduite par mon chauffeur ira la porter à l'hôpital et rapportera tout ce dont vous avez besoin.

Visiblement, il ne lui faisait pas confiance.

— J'ai l'intention de revenir, vous savez, se rebiffa-t-elle.

La main levée du maître de maison lui notifia combien toute contestation était inutile.

— Indiquez au garde ce qu'il faut préparer en attendant l'arrivée du matériel.

Le ton impératif du seigneur de guerre lui donnait envie de hurler, mais la jeune femme, ayant mieux à faire que de se perdre en discussion, se résigna à écrire.

À l'attention du Pr Palescaut

Jean-Guilhem,

Je me trouve dans le palais de Sheng le Tigre au chevet d'une mère dont l'état est extrêmement préoccupant. Veux-tu m'envoyer un médecin et le matériel nécessaire pour une césarienne ? Je m'occuperai de l'anesthésie.

Le temps presse, la mère est dans une phase critique et le bébé en état de souffrance.

Paula

P.-S. : *Joins au chargement un grand bidon d'eau pure.*

La lettre confiée à un garde, Paula tourna les talons. Mais manifestement, le Tigre n'était pas d'humeur à lui laisser l'initiative du congé.

— Ne partez pas sans mon autorisation !

Lentement, elle fit volte-face, la colère altérait sa voix lorsqu'elle déclara :

— Si vous persistez à me parler sur ce ton, j'abandonne votre épouse aux sages-femmes ! prétendit-elle, sachant fort bien qu'elle n'en ferait rien.

Sheng le Tigre la dévisagea d'un regard stupéfait, mais un hochement de tête résolu de la jeune femme lui confirma nettement que ce n'était pas une menace en l'air. D'un geste du menton, il appela le garde qui se tenait non loin d'eux.

— Mets-toi à la disposition de la femme médecin et obéis à ses ordres.

La première mesure prise par Paula fut de faire apporter des tréteaux qu'on recouvrit d'étoffes. Ensuite, elle ordonna de placer cette table d'opération improvisée parallèlement à la baie éclairée par la lumière du matin. Enfin, on déplia un paravent entre la table et la porte. Ces tâches furent exécutées en moins de dix minutes grâce à une assemblée de femmes terrifiées par l'apparence menaçante et l'air farouche du garde. L'installation terminée, Paula les renvoya hors de la chambre surchauffée.

Il ne lui restait plus qu'à attendre le retour de la voiture avec son chargement de matériel et un médecin.

Rongée d'impatience, Paula faisait les cent pas sous les coups d'œil rapides que lui lançait sans cesse le garde, comme pour s'assurer de sa présence.

Elle consultait une fois de plus sa montre lorsque Jean-Guilhem apparut dans l'encadrement de la porte de la chambre. Un interne l'accompagnait.

— Tu es venu en personne ?

Le regard froid et résolu du Pr Palescaut apaisa instantanément la jeune femme et la boule d'angoisse qui nouait sa gorge se résorba d'un coup en même temps que le poids sur ses épaules s'envolait.

— Bien, Paula ! Tout est prêt, la complimenta Jean-Guilhem en se penchant sur la parturiente. Je veux bien être pendu si cette gamine a plus de quinze ans. La pauvre gosse est au bout du rouleau, nous devons faire très vite.

Avec un soupir de soulagement, Paula remplit d'eau une cuvette préalablement stérilisée à l'alcool puis aida à transporter la jeune femme sur la table de fortune couverte d'un drap blanc.

— Xuan, plateau ! ordonna calmement le Pr Palescaut en se savonnant longuement les mains et les bras.

L'interne ouvrit la boîte aux instruments stérilisés. Il les attrapa un à un et les posa sur le couvercle retourné en nommant chacun d'eux à haute voix.

— Scalpel, écarteurs, pinces, aiguilles, ficelle, fil.

— Paula, anesthésie ?

— Vérifiée, répondit-elle en badigeonnant d'alcool le ventre de la patiente pour préparer le champ opératoire.

Après quoi, elle se plaça à la tête de la table et, le masque d'anesthésie en main, imbiba de chloroforme la gaze posée dans le cône, avant de remplir un entonnoir fermé d'un couvercle, à la base duquel partait un mince tuyau équipé d'un minuscule robinet.

— Xuan, le Dr Bridler va mettre en route l'anesthésie, ensuite vous prendrez sa place. Paula, tu contrôles le rythme. Allons-y, masque ! Et maintenant, compte jusqu'à dix.

Elle approuva de la tête, ajusta le masque sur le visage de la seconde épouse de Sheng le Tigre et tourna le robinet à chloroforme. Quelques gouttes coulèrent, alors elle commença à égrener les chiffres. À dix, elle stoppa le débit du chloroforme puis compta jusqu'à cinq avant de le rouvrir.

Soudain, la mère cessa de geindre. Son corps se détendit, son souffle se fit plus lent, plus profond.

— À vous, Xuan. Continuez de compter, à mi-voix mais clairement, il faut qu'on vous entende, expliqua Paula en s'approchant de Jean-Guilhem, prête à le seconder.

— Scalpel.

Paula lui tendit l'instrument. C'était parti !

Attentive au moindre geste du chirurgien, elle vit la lame tracer un sillon sur le ventre gonflé, la peau s'ouvrir tel un fruit mûr et le sang sourdre de mille petits vaisseaux.

— Pinces. Écarteurs.

Dans la plaie maintenue béante par les instruments chirurgicaux, les muscles roses striés de blanc, la couche de graisse jaunâtre et les replis bleutés de l'intestin, les mains de Jean-Guilhem se mouvaient, épongeaient, tranchaient, ligaturaient.

— Scalpel.

La matrice violacée fut ouverte et apparut alors une petite chose couverte de sang. Jean-Guilhem la souleva délicatement. Le bébé émit un petit râle, toussota puis, comme indigné du traitement subi, cria de toute sa voix.

— Paula, à toi ! dit Jean-Guilhem en lui tendant le bébé.

Puis il saisit les ciseaux pour couper le cordon ombilical.

— Xuan et moi allons terminer ensemble. Soyez attentif, Xuan, je vais commencer à suturer. Au fur et à mesure de ma progression, veillez bien à diminuer la dose de chloroforme à cadence régulière.

— Bien, monsieur.

Déjà, Jean-Guilhem refermait le ventre, cousant à petits points avec une habileté de couturière que Paula admira. Puis une voix s'éleva derrière le paravent.

— Sheng le Tigre veut vous voir.

— J'arrive ! Dès que la toilette du bébé sera terminée.

En fait, Paula passait simplement un linge humide sur le petit visage car il revenait à la sage-femme et à ses aides de lui prodiguer les soins en usage dans le pays.

— Faites entrer votre maître. Mais lui seul.

Le garde, acquiesçant d'un air grave, se dirigea vers la porte, puis marqua un temps d'arrêt pour s'enquérir :

— Les dieux ont-ils envoyé un fils à mon maître ?

— C'est à votre seigneur qu'il appartient de vous le dire, pas à moi. Priez-le de venir, c'est tout.

À peine le garde avait-il tourné les talons, qu'il revenait, précédant le seigneur Sheng à la mine impassible.

— Va ! ordonna-t-il au garde qui s'empressa de déguerpir.

De derrière le paravent leur arrivait la voix de Xuan égrenant les chiffres.

Le bébé enveloppé d'une serviette se trouvait dans les bras de Paula, qui attendait que le père s'approche d'elle. Qu'il fasse donc le premier pas, ce seigneur arrogant ! Ennuyé de perdre la face devant une femme, le Tigre tergiversa un instant. Paula soupira puis, prise de compassion, elle s'avança jusqu'à lui et dégagea de la serviette la petite tête aux cheveux noirs et raides. L'Annamite se rongeait visiblement les sangs, mais il ne bougea pas d'un pouce. Jugeant l'attente suffisante, la jeune femme découvrit entièrement le corps du nouveau-né. Le visage de Sheng frémit alors d'une onde imperceptible.

— Hi ! hi ! hi ! gloussa-t-il, désignant d'un doigt furtif les minuscules attributs mâles. Un fils !

Pour toute réponse, la jeune femme lui offrit un sourire éclatant.

— Je vous récompenserai, promit-il, les yeux plissés d'un bonheur qu'il s'efforçait vainement de dissimuler.

Au lieu de répondre par la formule d'usage chez les femmes asiatiques : « Votre satisfaction est ma meilleure récompense », Paula décida de se taire, se rappelant qu'un don à répartir entre les malades et les pauvres était toujours le bienvenu.

Mais elle se pencha vers le nouveau-né pour murmurer à son oreille la formule de bienvenue destinée aux enfants mâles :

— Mille années de vie, petit dragon.

Les yeux noirs du seigneur étincelèrent de joie.

— Seigneur, puis-je appeler la sage-femme pour mettre entre ses mains le fils de son maître ?

Sheng, ne pouvant quitter des yeux le petit corps nu de son héritier, acquiesça sans même la regarder.

— Paula, nous rentrons, annonça Jean-Guilhem en sortant de derrière le paravent.

— Voici le Pr Palescaut, présenta la jeune femme, le chirurgien qui a opéré votre épouse.

Les yeux dans les yeux, les deux hommes se jaugèrent.

— Ma leconnaissance sela ételnelle, déclara Sheng le Tigre en français.

— Vous parlez notre langue ! s'indigna Paula. Et moi qui me triturais les méninges pour m'exprimer en chinois !

Le Tigre ne daigna pas s'expliquer. Elle était médecin, certes, mais avant tout elle n'était qu'une femme.

— J'ai telminé mes études à la Solbonne. Puis, j'ai été officier dans une unité asiatique pendant la guelle, exposa-t-il en s'adressant ostensiblement à Jean-Guilhem.

Après cela, l'air plus impassible que jamais, il quitta la pièce immédiatement envahie par une volée de femmes bruyantes comme des perruches. Elles se précipitèrent sur le bébé et s'en emparèrent en poussant des cris ravis.

Son rôle terminé, Paula se devait maintenant de s'effacer.

— Nous n'avons plus rien à faire ici, déclara Jean-Guilhem. Viens, Paula, allons voir Xuan, il va rester sur place et veiller à ce que personne ne tripote la plaie de la patiente. Je connais ces sages-femmes, non seulement elles voudront voir, mais également toucher, au risque de déposer leurs microbes partout. Si cela ne t'ennuie pas, j'aimerais que tu viennes demain ausculter notre malade. Le moment venu, je te demanderai de laisser Xuan retirer les fils de la plaie. Désormais, il est temps pour lui de prendre plus de responsabilités.

— Entendu. Si je ne me trompe pas, Xuan est encore dans sa première année d'internat, n'est-ce pas ?

— En effet. C'est fou comme il me rappelle mes débuts en médecine ! Moi aussi, j'étais sûr de ma vocation, sûr de moi. Et puis j'ai dû affronter mes premiers échecs. Et aujourd'hui, je n'ose mesurer la dimension de notre ignorance en médecine.

— Et moi, donc ! Toi au moins, tu as eu la chance de pouvoir étudier la chirurgie, spécialité dont nous, les femmes, sommes soigneusement dispensées.

La voiture mise à leur disposition avait disparu. Préférant ne plus avoir recours au seigneur Sheng, ils appelèrent chacun un pousse-pousse. L'un suivant l'autre, et Hong derrière, ils arrivaient à un carrefour lorsqu'ils furent entraînés par une multitude de gens qui se précipitaient pour s'agglutiner près d'une estrade autour de laquelle des soldats de l'infanterie de marine, affectueusement appelés *marsouins*, montaient la garde. Empêchés d'aller plus loin, les conducteurs de pousse-pousse furent contraints de s'arrêter. Hong, parti s'informer en courant, revint en poussant des exclamations ravies.

— Que dit-il, Paula ? questionna Jean-Guilhem.

— Des réjouissances, d'après ce que j'ai cru comprendre.

Un spectacle assurément intéressant vu la foule attentive et fascinée. Certains élevaient même les enfants au-dessus de leur tête pour leur permettre de mieux profiter du spectacle.

— Approchons-nous de la scène, proposa Paula.

Précédés de Hong qui jouait des coudes en glapissant des imprécations et des mises en demeure, ils parvinrent aux abords de l'estrade où un piquet de bambou d'environ quatre-vingts centimètres avait été planté.

Un ordre bref jaillit, puis un homme apparut et s'agenouilla devant le pieu. On l'y attacha par l'anse de rotin qui liait ses mains. Un cercueil en bois était posé à deux pas de lui, de sorte qu'avec un seul coup d'œil il pouvait voir la funèbre boîte béante.

— Un pirate ! exulta Hong en sautillant d'allégresse.

— Qu'est-ce que... balbutia Paula en se tournant vers Jean-Guilhem qui l'entoura d'un bras protecteur et l'attira contre lui en lui intimant de ne pas regarder.

La jeune femme, fermement maintenue par la nuque, le visage enfoui contre la poitrine de son vieil ennemi, s'accrocha à lui telle une noyée à sa bouée de sauvetage.

Fasciné et horrifié, Jean-Guilhem vit un homme approcher, son sabre à la main. Le bourreau !

D'un geste rapide, l'exécuteur déboutonna la tunique du condamné, rabattit le col, en rejeta les pans en arrière de façon à mettre à nu le torse et les épaules, puis il releva les longs cheveux sur le sommet de la tête pour bien dégager le cou. L'homme se laissait faire sans opposer la moindre résistance comme pour lui faciliter la manœuvre. Il obéit même avec docilité à la pression de mains du bourreau qui, sans se hâter, comme un peintre installant son modèle, lui faisait courber la tête, saillir la poitrine, écarter les genoux. L'exécuteur releva lentement ses manches au-dessus des coudes, cracha dans sa main ouverte un jet de salive colorée en rouge par sa chique de bétel. Puis d'un doigt imprégné de cette rouge salive, il marqua sur la nuque du condamné l'endroit où porter le coup. Un ordre retentit. Dans la foule en attente, le silence était presque palpable. Le bourreau saisit son sabre à deux mains, la large lame décrivit dans l'air un demi-cercle lumineux et s'abattit. La tête vola et roula sur le sol. Le corps s'affaissa, tandis qu'un jet de sang écarlate jaillissait des artères ouvertes.

Comme si un charme venait de se rompre, une rumeur joyeuse enfla dans la foule. Un soldat annamite fit un pas en avant pour planter dans le bois de l'estrade une courte lance surmontée d'une planchette sur laquelle s'étalait la sentence. Après quoi, il attrapa la tête par ses longs cheveux et la déposa dans un panier rond.

En caractères chinois, le jugement signifiait que cette tête serait envoyée au village pillé et incendié par le pirate. Là, elle serait suspendue aux branches d'un arbre à l'entrée du village et y resterait exposée pour servir d'exemple.

— Ay ! Ay ! approuvaient bruyamment les spectateurs tandis que des lettrés lisaient à haute voix les attendus du jugement.

Près d'une demi-heure s'écoula avant que la foule n'amorce une dispersion.

— C'est terminé, chuchota Jean-Guilhem à l'oreille de la jeune femme.

Paula s'écarta de lui et se haussa sur la pointe des pieds pour vérifier, par-dessus l'épaule de Jean-Guilhem, l'exactitude de ses propos mais, comme son corps faisait rempart entre la jeune femme et l'estrade, elle ne vit rien d'autre qu'une multitude de têtes.

— Ne regarde pas, Paula. Ce n'est vraiment pas un beau spectacle.

Ses yeux se posèrent sur les lèvres de la jeune femme. Paula sentit son cœur s'emballer. À son tour, son regard se porta sur la bouche de Jean-Guilhem. Soudainement, elle ressentit une envie fulgurante de se blottir à nouveau dans ses bras et d'y rester.

Désarçonnée par une pensée aussi incongrue dans de telles circonstances, Paula se hâta de l'éloigner de son esprit en se lançant dans une diatribe ô combien justifiée :

— Nous luttons nuit et jour pour sauver des vies, et... Comment n'être pas choqués par cette exécution publique d'une cruauté révoltante !

Jean-Guilhem acquiesça d'un signe de tête en s'abstenant cependant de préciser que la justice était plus clémente aujourd'hui qu'elle ne l'était autrefois.

Il n'y avait pas si longtemps encore, les condamnés se voyaient infliger une mort lente pour la plus grande satisfaction des spectateurs friands de ces supplices ignobles.

Paula avait perdu la notion du temps. Partie de son bungalow quelques heures plus tôt, elle avait l'impression d'être restée absente beaucoup plus longtemps tant les événements s'étaient succédé à un rythme rapide. Aussi, quel ne fut pas son étonnement, en pénétrant dans le réfectoire, de constater que le repas de midi venait à peine de commencer.

Au nombre de regards interrogatifs fixés sur eux, la jeune femme en déduisit que le Pr Palescaut s'était gardé d'informer plus de personnes que nécessaire sur les raisons de son absence de toute la matinée.

En dépit d'une légère crispation fort légitime compte tenu des circonstances, la désapprobation manifeste de Linette Rabasse lui mit un peu de baume au cœur. À voir son air déterminé, Paula plaignit le pauvre Jean-Guilhem pour qui il allait être bien difficile d'esquiver ses questions. Pour sa part, la Rabasse pouvait crever de curiosité avant qu'un seul mot d'explication sur son odyssée chez le seigneur Sheng ne franchisse ses lèvres.

Cependant, il était dit que la peste parviendrait à ses fins. Jean-Guilhem s'installait à la place qu'elle lui avait réservée, lorsque l'infirmière en chef se pencha vers lui, des questions plein les yeux. Paula fit volte-face et gagna la sortie d'un pas rapide.

Jean-Guilhem se leva vivement et, appuyé des deux mains sur la table, le buste légèrement incliné, lança d'une voix impérative :

— Paula ! Attends ! Paula ! Où vas-tu, bon sang !

Peine perdue, ses appels impératifs ne lui arrachèrent même pas un mouvement pour voir de quoi il retournait.

Il était avec *sa* Rabasse. Qu'il y reste !

Désormais, et pour autant que cela était possible, elle éviterait soigneusement tout tête-à-tête avec lui. Promis, juré !

6

Tout au long de la semaine, Paula tenta d'analyser la situation. Dire qu'elle était désorientée d'avoir cherché secours dans les bras de son ennemi d'enfance était sans commune mesure avec la vérité ! Quant à comprendre pourquoi son cœur faisait des siennes, cela relevait de l'impossible.

Elle se répétait inlassablement qu'elle n'avait voulu que se dérober à l'horreur du moment en se cachant dans ses bras. Au diable si elle comprenait pourquoi la poitrine de son ennemi de jeunesse lui avait paru si rassurante, et si enveloppante son étreinte. Et pourquoi Jean-Guilhem se faufilait continuellement dans ses pensées. Tout cela lui embrouillait l'esprit. Dieu merci, ses petits patients lui donnaient de quoi s'occuper en lui évitant de passer constamment en revue les raisons qu'elle avait de détester un homme aussi froid et indifférent.

Quatre jours de suite, Paula rendit visite à la seconde épouse du seigneur Sheng. La jeune femme se remettait de façon satisfaisante et le fils du maître – la merveille des merveilles pour son entourage – avait un comportement digne de tous les nouveau-nés. Il mangeait, dormait et, entre les deux, cassait les oreilles de tout un chacun en braillant à tue-tête. Quant au seigneur Sheng, il jouait les hommes invisibles.

Ce matin-là, alors qu'elle se préparait à rejoindre l'hôpital, Hong, excité comme une puce, vint l'avertir qu'un envoyé du seigneur Tigre l'attendait devant la porte.

Accompagné d'un garde, un Asiatique d'âge mûr richement vêtu descendit d'un pousse-pousse arborant les couleurs de la famille Sheng. Il s'inclina par trois fois devant Paula et extirpa de sa manche un parchemin qu'il déroula au fur et à mesure qu'il le lisait à haute voix. Après des salamalecs à n'en plus finir et un préambule interminable où, en termes fleuris, elle était appelée tour à tour jade précieux, déesse au savoir incomparable et fleur de lotus au charme bienfaisant, le seigneur Sheng exprimait sa reconnaissance en lui offrant un modeste présent : une petite boîte de teck sculptée en forme de pagode dans laquelle reposait une perle noire. Il s'agissait de la plus grosse que Paula eût jamais vue.

Que faire de ce somptueux présent ? L'accepter ? À quel titre ? Elle n'avait fait qu'assister le chirurgien dans cette histoire. Le renvoyer à son généreux donateur au risque de lui faire perdre la face ? La meilleure solution était sans aucun doute d'en faire don à l'hôpital. Mais cette méthode aurait-elle l'agrément de Sheng le Tigre ? Du peu qu'il lui avait laissé entrevoir, cet homme était visiblement d'une susceptibilité excessive.

Un véritable casse-tête chinois !

Le mieux, dans le cas présent, était de prendre l'avis de Jean-Guilhem et de s'en remettre à lui sur l'attitude à prendre pour agir en toute diplomatie, et éviter ainsi, dans la mesure du possible, de vexer le seigneur Sheng.

Sa matinée fut tellement occupée que Paula ne vit pas le temps passer. Le problème ne lui revint à l'esprit qu'en pénétrant dans le réfectoire, à l'instant où elle aperçut Jean-Guilhem plongé dans une discussion animée avec deux médecins et l'inévitable Rabasse.

En plein exposé sur une délicate opération à effectuer l'après-midi même, le Pr Palescaut ne manqua pas pour autant l'entrée de Paula dans la salle. Bien que personne ne fût encore installé à la table des infirmières, il était vain d'espérer que la jeune femme vienne les honorer de sa présence. Aussi lui jeta-t-il un regard rapide avant de poursuivre ses explications.

La voyant approcher, il supposa qu'elle voulait parler à Jacques Courve. Lui signifiant d'un froncement de sourcils qu'il n'entendait pas être interrompu, Jean-Guilhem poursuivit un exposé qui, à l'évidence, allait tourner à l'échange de vues.

Comme il n'entrait pas dans les intentions de Paula de passer outre à l'avertissement muet du Pr Palescaut, elle patienta deux longues minutes. Puis, lassée d'attendre un entretien qui, somme toute, ne présentait aucun caractère d'urgence, elle fit demi-tour.

— Paula ? Que veux-tu ? la rappela-t-il.

— Lorsque tu auras un moment à me consacrer, j'aimerais te parler.

— Un problème dans ton service ?

— Non, il s'agit d'autre chose.

— J'ai un après-midi chargé, alors si tu n'es pas trop pressée, je pourrai t'accorder un moment en début de soirée.

Sans attendre de réponse, il reprit la discussion là où il l'avait laissée. Le ton distrait sur lequel il s'était adressé à elle porta la mortification de Paula à son comble, mais pas autant que la façon désinvolte dont il l'avait en quelque sorte congédiée.

Surtout lorsque, histoire de faire bonne mesure, la Rabasse la gratifia d'un clin d'œil mi-triomphant, mi-narquois.

Alors que Jacques Courve la regardait en haussant discrètement des sourcils désolés, la jeune femme lui adressa un léger signe de tête avant de s'engager dans le couloir.

Quelle ne fut pas sa surprise d'être alors interpellée par l'infirmière en chef !

— Deux mots, docteur Bridler !

Un tête-à-tête avec la Rabasse était bien la dernière chose souhaitée par Paula.

— Je ne vous retiendrai pas longtemps, s'empressa-t-elle d'ajouter.

— Faites vite. Un patient m'attend.

Un pur mensonge puisqu'elle était entrée au réfectoire avec l'intention d'avoir tout d'abord un entretien avec Jean-Guilhem, puis de déjeuner.

Pas un cheveu ne dépassait du voile impeccablement fixé de Linette. Et la blouse blanche moulait au plus près sa silhouette généreuse. De plus, elle arborait un air si supérieur que l'antipathie de Paula à son égard monta d'un cran.

— Bien que ce soit extrêmement déplaisant, il faut pourtant que vous soyez informée, commença-t-elle, l'air faussement dévoué. Votre frère…

Paula ouvrit la bouche pour rectifier une fois de plus, mais son interlocutrice ne lui en laissa pas le temps.

— … votre frère, dis-je, a suffisamment de travail avec la direction de l'hôpital, son service de chirurgie et la formation des internes pour ne pas supporter la charge supplémentaire des problèmes inhérents à votre service. Il reconnaît volontiers qu'il en a par-dessus la tête de vos problèmes d'adaptation.

— Qui vous permet, infirmière ?

— Votre frère et moi sommes extrêmement proches et il aime à me confier la moindre de ses pensées, déclara-t-elle sur un ton volontairement équivoque.

Paula lui lança un regard noir mais l'infirmière en chef fit mine de se méprendre sur sa réaction.

— Quoi ? Vous n'êtes pas au courant ? Vous êtes bien la seule à ignorer que Jean-Guilhem et moi sommes intimes, très intimes, si vous voyez ce que je veux dire.

Oh, elle voyait très bien ! Linette Rabasse, la maîtresse de Jean-Guilhem ! Le cœur de la jeune femme se serra. Il avait le droit d'avoir une vie privée, bien sûr. Mais la Rabasse... Il aurait pu trouver une autre femme ! Plus jolie, plus jeune. Quoi qu'il en soit, c'était son problème.

— J'en terminerai en espérant que vous avez bien enregistré le message de votre frère.

Sur ces paroles, l'infirmière en chef afficha un sourire victorieux et reprit le chemin du réfectoire, tandis que Paula prenait celui de son bungalow où, espérait-elle, Mai-li lui trouverait bien quelque chose à grignoter.

Après déjeuner, la pédiatre consacrait une heure de son temps à recevoir les parents de ses petits malades pour s'entretenir avec eux de l'évolution de l'état de leur enfant. Ce jour-là, en trouvant au chevet de son petit-fils le vieux savant dont le médicament lui avait été si précieux, elle augura qu'il serait à même de la conseiller au sujet de la perle noire.

À l'exemple du messager de Sheng, elle usa pour l'aborder de circonlocutions élogieuses. Les yeux clos, le vieil homme écouta religieusement la femme médecin le qualifier de brillantissime savant, étoile de sagesse, lumière d'érudition... avant de mettre brutalement fin à cette élégie en lui demandant soudainement de l'éclairer de ses conseils. Bien qu'il estimât les préliminaires un peu courts pour un savant de sa valeur, le vieil érudit eut la bonté d'admettre qu'elle n'était qu'une femme, étrangère de surcroît. Il lui fit la faveur d'écouter sa requête. Et d'y répondre.

Quoique modérés, ses conseils étaient frappés au coin du bon sens : mettre la perle en lieu sûr, puis après un laps de temps raisonnable, en faire discrètement don à l'hôpital ou aux pauvres. En prenant soin de signifier au seigneur Sheng (de toute façon, celui-ci l'apprendrait un jour ou l'autre) que l'écho de sa générosité rejaillirait sur sa maison et sur son nom mille fois loué.

— Vénéré maître, pouvez-vous avoir l'extrême bonté de m'expliquer pourquoi le seigneur Sheng est appelé le Tigre ?

— Le Tigre est un nom parfois attribué au fils aîné d'une famille de militaires de haut rang. Le seigneur Sheng est l'un d'eux et il mérite amplement de le porter car, avant sa disgrâce, le seigneur Sheng était un officier de grande valeur.

L'explication convint au Dr Bridler, qui n'en demanda pas davantage.

Au détour du couloir, Jean-Guilhem se retrouva face à Paula, qu'il avait attendue en vain. Toutefois, il ne semblait nullement contrarié par cette défection et paraissait en pleine forme. Un sourire éclairait son visage.

— Ah, te voilà quand même ! J'ai cru que tu avais oublié notre rendez-vous. Mais allons dans mon bureau, nous serons plus tranquilles pour parler.

— Non, refusa la jeune femme d'une voix ferme.

Paula lui battait-elle froid ? Décontenancé, il lui jeta un regard surpris.

— Si tu as encore du travail, j'attendrai et j'en profiterai pour mettre mes notes à jour.

— Ne te donne pas cette peine. J'avais besoin d'un conseil, je l'ai reçu. En conséquence, notre entretien n'a plus de raison d'être.

En silence, Jean-Guilhem la fixa de ses yeux gris, froids comme la glace.

— Quel conseil ? Professionnel ? Qui te l'a donné ? (Une pointe d'amertume passa sur son visage.) Jacques Courve, c'est lui, hein ? Rassure-moi, tu n'es quand même pas assez bête pour te fier à lui ?

Blessée par cette remarque injuste, la jeune femme le dévisagea longuement. Sa désapprobation ne faisait aucun doute : il se comportait comme un homme jaloux. Ce qui n'avait aucun sens, après les confidences de cette peste de Rabasse.

Mais qu'importe ! Ils n'avaient d'autre choix que s'ignorer mutuellement. Ils se détestaient depuis trop longtemps et il n'y avait aucune possibilité que puisse un jour s'instaurer entre eux un climat de confiance.

— Paula ! Vas-tu répondre, oui ou non ?

— Bien que cela ne te regarde pas, je vais quand même éclairer ta lanterne. Je n'avais pas besoin d'un conseil professionnel.

— Privé, alors ?

Elle lui tourna le dos et fit un pas pour s'éloigner,

mais Jean-Guilhem n'était pas du genre à abandonner facilement la partie. En deux pas, il arriva à sa hauteur.

— Tu n'as jamais été d'un abord facile, Paula, mais aujourd'hui, tu dépasses les bornes. As-tu juré de me faire tourner en bourrique ? Reste là quand je te parle !

Bien déterminée à ne pas répondre, elle se dirigea vers la sortie.

Inopinément, une question lui échappa :

— Pourquoi ne m'avoir jamais dit que ma présence te pesait ?

Elle se mordit les lèvres, stupéfaite par sa propre attitude. Pourquoi n'avait-elle pas quitté les lieux en silence ?

— Qu'est-ce que tu racontes ? demanda-t-il en la rejoignant.

La meilleure défense étant encore l'attaque, la jeune femme décida de faire front :

— Naguère, tu étais plus direct. Tu n'employais pas de messager pour faire savoir que tu avais à te plaindre de moi.

— Que racontes-tu là ? Je n'y comprends rien ! Explique-toi, Paula. J'exige des éclaircissements.

— J'ai largement reçu ma part d'explications pour aujourd'hui. Au demeurant, tu n'as rien à exiger, ce qui me préoccupe ne relève pas de ton autorité.

Elle aurait aimé conclure sur cette phrase mais ne put s'empêcher d'ajouter :

— Pour plus de renseignements, adresse-toi à Mme Rabasse. Elle est intarissable à ton sujet.

Fronçant les sourcils, Jean-Guilhem l'observa intensément.

— Ah ! Je commence à voir de quoi il retourne. Vous vous êtes chamaillées, Linette et toi ? Je sais, elle a parfois la dent dure et il n'est pas toujours facile de la supporter. Néanmoins il vous faut, l'une et l'autre, faire des concessions, apprendre à vivre en bonne intelligence. De plus...

— De plus, rien du tout! l'interrompit-elle. Écoute-moi bien, professeur Palescaut, ta liaison avec la Rabasse ne m'intéresse pas, elle me laisse complètement indifférente. Mais il en est autrement lorsque j'apprends, par l'intermédiaire de cette vipère, des vérités que tu aurais été mieux avisé de garder pour toi. À l'avenir, évitez donc de m'inclure dans vos confidences sur l'oreiller, vous m'épargnerez bien des problèmes.

L'expression choquée qu'arborait Jean-Guilhem l'aurait probablement amusée en d'autres circonstances.

— Nous avons à parler...

— Non! s'exclama-t-elle, humiliée à l'idée d'évoquer les relations intimes entre Jean-Guilhem et l'infirmière en chef. Non, tout a été dit.

— Tout reste à dire, au contraire.

— Si c'est pour me signifier combien tu en as par-dessus la tête de mes problèmes, je suis déjà au courant, merci!

Il la prit par la main et, malgré sa résistance, l'entraîna vers le parc, à l'endroit où de grands arbres abritaient des bancs en pierre.

Deux ambulances stationnaient sur le terre-plein devant le garage mais il n'y avait personne en vue sur le chemin qui longeait l'arrière de l'hôpital et les bâtiments annexes. Des oiseaux piaillaient dans l'arbre d'où une grosse branche effleurait le banc sur lequel ils s'étaient assis. Le crépuscule tombant, une douceur languide invitait à la détente.

Un long moment, ils restèrent silencieux, les

yeux perdus sur la pelouse soigneusement entretenue.

Aurait-elle dû marcher sur un fil à cent mètres au-dessus du sol que Paula ne se serait pas sentie plus crispée. Quant à Jean-Guilhem, il ne se semblait guère plus à l'aise.

— Bien ! fit-il en se tapant sur les genoux comme s'il avait pris une brusque décision. Pour commencer, si tu m'expliquais en quoi Mme Rabasse et toi êtes opposées ?

Paula inspira profondément avant d'entreprendre la narration de leur altercation et, lâché par la Rabasse, l'aveu de sa liaison avec le médecin chef.

Qualifier d'intimes les caresses entre deux personnes de sexe différent était une formule juste. Linette ne s'était pas tellement écartée de la vérité, devait bien reconnaître Jean-Guilhem.

En effet, passé l'effervescence de son installation et la reprise en main des services, il avait succombé au blues des expatriés et Mme Rabasse en avait profité pour lui soutirer des confidences avec une virtuosité digne des plus fins stratèges. Elle l'avait poursuivi d'avances à peine voilées. Un soir, elle s'était décidée à lui faire découvrir le meilleur restaurant de la ville. À leur retour, sortant le jeu des baisers et des caresses, Linette l'avait enflammé de mille manières. Et lui, sans chercher midi à quatorze heures, s'était tout d'abord réjoui de sa bonne fortune. Bon sang ! Il était un homme, après tout !

À son grand soulagement, la tentatrice avait mis fin à ses chatteries en utilisant une vieille méthode des plus éprouvées lorsque des filles peu scrupuleuses souhaitent se faire épouser : allumer l'homme et le laisser sur sa faim. Fidèle en cela à un principe bien féminin : « À condition de s'y prendre avec finesse, le pas qui mène de la concupiscence au mariage sera rapidement franchi. »

Toujours est-il que, ni tout à fait coupable, ni complètement innocent, Jean-Guilhem, face à l'accusation de Paula, se sentait dans ses petits souliers. Absolument convaincu que des révélations sur ses écarts allaient être source de malaise entre elle et lui, il résolut d'escamoter ce sujet épineux. Moins Paula en saurait, mieux ils se porteraient tous les deux.

Inconsciente du cheminement des pensées de Jean-Guilhem, la jeune femme le vit se renfrogner. Apparemment, il ne la croyait pas. C'était très clair pour lui, elle était et resterait à jamais Paula la menteuse.

— Rien n'a changé, n'est-ce pas ? Tu ne veux rien oublier de mes erreurs passées, se rebella-t-elle d'une voix mordante. Bon sang, Jean-Guilhem, le jour de ton mariage, je n'étais qu'une gamine affreusement jalouse...

— Jalouse ? De Romaine ?

— De Romaine ? Non ! Évidemment, comme les autres filles, j'enviais la beauté et la toilette de la mariée, mais ça n'allait pas plus loin.

Les bras serrés sur la poitrine, elle se concentra sur ses souvenirs et céda au besoin de se remémorer la soirée du mariage, ses mensonges... et l'humiliation dont elle ne s'était jamais réellement remise.

S'obligeant à mater son orgueil et sa tendance naturelle à garder secrètes ses pensées intimes, la jeune femme se fit violence et ajouta :

— Toi seul étais l'objet de ma jalousie. Lorsqu'elle s'est remariée, ma mère ne m'a pas caché que tu étais pour elle le fils tant espéré. Le garçon qu'elle n'avait pu mettre au monde, le fils tellement désiré par mes parents. Fausse couche après fausse couche, leurs espoirs s'étaient évanouis. Avant ma naissance, elle a pu mener une seule grossesse jusqu'à son terme. Malheureusement, le bébé, un garçon, était mort-né. Ma mère ne s'en est jamais vraiment remise.

— J'ignorais tout cela, Paula.

Elle poursuivit, sans tenir compte de son interruption :

— Lorsque tu es entré dans notre vie, j'ai compris combien ma naissance avait été une terrible déception pour ma mère. Toutes ses conversations commençaient immanquablement par : « Jean-Guilhem, mon fils. » Elle était intarissable en ce qui te concernait. Toi seul comptais. Elle rappelait sans cesse tes innombrables qualités et moi j'étais torturée par la jalousie. En un mot comme en cent, à ses yeux tu étais l'incarnation de la perfection. Je prenais cela comme un désintérêt à mon égard, ce qui n'est jamais facile à supporter pour une adolescente. Aussi, à l'âge où les jeunes filles pensent surtout à rire et à s'amuser, moi je mettais toute mon énergie à travailler d'arrache-pied pour égaler ce *frère* donné chaque jour en exemple par ma propre mère.

Un long silence suivit l'aveu difficile exprimé sur un ton de profond découragement.

Soudain, du coin de l'œil, la jeune femme vit Jean-Guilhem se pencher sur elle.

— Nos parents t'adoraient, Paula. À ton avis, pour quelle raison ont-ils évité de me recevoir et de me rendre visite ?

La remarque de Jean-Guilhem lui fit monter les larmes aux yeux.

— J'ai mis des années à admettre qu'ils m'aimaient, répondit-elle d'une voix contrite.

Le stress et la fatigue accumulés tout au long de la journée s'apaisant peu à peu, la jeune femme prit une profonde inspiration et reprit à mi-voix :

— Lorsque la coupe était pleine, je rêvais du jour où tu devrais payer pour le tort que tu me causais. Voilà pourquoi, le jour de ton mariage, l'évidence de ton bonheur m'apparaissant affreusement injuste, j'ai voulu le détruire. En vérité, la conversation surprise entre Romaine et un de vos invités était sûrement des plus anodines.

Jean-Guilhem balaya l'argument d'un revers de la main et lança, l'air troublé :

— Ah oui, Romaine ! Une épouse droite et honnête s'il en fut !

L'ineffable Romaine, parangon des femmes vertueuses.

Plutôt que de répondre, la jeune femme esquissa un vague signe de tête, à peine visible dans l'ombre envahissante du parc.

Paula comprenait ! Très bien, même. Pourtant cette phrase élogieuse provoqua en elle une amertume mêlée de remords.

— Sa disparition t'a laissé inconsolable, dit-on. Elle serait la véritable raison de ton expatriation, est-ce vrai ? questionna-t-elle, mi-compatissante, mi-amicale.

Il l'observa longuement à la lueur argentée du clair de lune.

— J'avais aussi d'autres raisons, répondit-il enfin.

— En ce qui concerne Mme Rabasse…

— Par pitié, laissons de côté tes sempiternelles prises de bec avec Linette Rabasse !

Paula se leva en réprimant un soupir. Sa bataille contre l'infirmière en chef était perdue d'avance si Jean-Guilhem refusait de prendre parti.

— Eh ! La discussion n'est pas terminée, la rappela-t-il en la voyant s'engager dans l'allée menant à son bungalow. Paula, reviens ici !

En entendant cela, elle se mit à rire silencieusement.

Sacré Jean-Guilhem ! Il ne cesserait donc jamais de vouloir la dominer ?

7

En prévision du cyclone annoncé, les portes et les fenêtres des bungalows avaient été bardées de planches.

Du côté de l'hôpital, il n'y avait nulle crainte à avoir : construit pour résister aux sautes d'humeur des saisons, le bâtiment était de taille à supporter les intempéries.

Enfin, on se rassurait à le penser.

Estimé dangereux, le cyclone se réduisit en fait à une tempête tropicale, violente certes, mais moins ravageuse que prévu.

Dans Hué même, on comptait surtout beaucoup de branches cassées et trois ou quatre toitures arrachées. Aux environs de la ville, les maisons indigènes construites sur le modèle habituel (paille, roseau, bambou et feuilles de palmiers) avaient été emportées mais on ne déplorait que quelques blessures légères parmi les habitants.

Malheureusement, plus au nord, la situation se révélait beaucoup plus préoccupante. Une pluie diluvienne s'était abattue sur deux villages, gonflant ruisseaux et rizières, lesquels s'étaient rapidement transformés en un torrent boueux emportant tout sur son passage.

Aux petites heures du matin, les premiers blessés affluèrent. Le Pr Palescaut les sélectionna et les répartit dans divers services selon la gravité de leurs blessures. Puis il divisa le personnel médical en trois groupes. Se réservant les cas les plus graves, il prit la tête du premier groupe. Dans le second, Paula assistait le Dr Muller qui effectuait les interventions avant de lui confier le soin de suturer et, à son tour, elle cédait la place à deux infirmières, à charge pour elles de terminer les pansements.

Confinés dans les salles d'opération, les trois groupes travaillèrent jusqu'à la tombée de la nuit, jusqu'à ce que le dernier patient puisse enfin reposer dans un lit.

Après une rapide visite à ses propres patients, Paula pénétra dans le réfectoire où se trouvaient Jean-Guilhem, Jacques Courve et deux internes en train de prendre un repas tardif. Elle eut la désagréable impression d'interrompre une conversation.

— Suis-je de trop ? s'enquit-elle en s'adressant au Dr Courve que la question prit de court.

Il se tourna vers Jean-Guilhem qui s'empressa de répondre à sa place :

— Pas du tout ! Assieds-toi. Nous discutions d'une rumeur persistante affirmant qu'il y aurait une dizaine de filles abandonnées dans un des villages sinistrés. Mais les informations se contredisent : les uns jurent ne rien savoir sur ces jeunes filles, les autres soutiennent qu'elles sont bien là-bas, démunies de tout. Quoi qu'il en soit, demain nous en avertirons les autorités et les administrations responsables…

— Les responsables ? coupa la jeune femme avec indignation. Ils se sont pourtant montrés particulièrement incompétents aujourd'hui. Peux-tu me dire quelles dispositions ils ont prises pour venir en aide aux sinistrés ? Débordés par l'ampleur de la tâche, ils ont tout simplement déclaré forfait.

— Tu as parfaitement raison. Néanmoins, nous avons suffisamment à faire sans endosser en plus leurs responsabilités.

Nullement convaincue par la sagesse du raisonnement, Paula fixait sans la voir l'assiette déposée devant elle.

— Mange, Paula, et va te reposer, insista Jean-Guilhem tandis que les hommes quittaient la table un à un.

En dépit du conseil, elle ne put avaler une miette de son repas. Son esprit bouillonnait – *des jeunes filles livrées à elles-mêmes, l'incurie des autorités*. Déterminée à en avoir le cœur net, elle décida d'une visite de reconnaissance auprès des patients du Dr Courve.

S'adressant à un indigène assis à même le sol, elle lui demanda tout d'abord s'il comprenait le français, puis devant son silence, elle poursuivit en chinois :

— Vous accompagnez ce malade ?

Il la regarda d'un air circonspect :

— L'Homme-savant m'a permis de rester à son chevet.

Le vocable d'homme-savant désignait médecin, guérisseur et autres soignants.

— Vous pouvez rester, confirma Paula. En revanche, je veux que vous me parliez de ces filles restées au village.

— Des enfants perdues, honorable savante, se hâta de répondre l'homme en haillons. Il y a des années de cela, une dame un peu folle a fait vœu de ramasser les filles jetées hors du village à leur naissance. Elle recueille aussi les plus grandes, pour la plupart des esclaves en fuite. Elle héberge n'importe qui.

— Après l'inondation, étaient-elles blessées, malades ? Non ? Alors pourquoi ne pas les avoir emmenées avec vous ?

— Ce sont des filles ! martela-t-il, une pointe d'irritation dans la voix. À part la vieille folle, personne ne s'intéresse aux filles.

Bon sang ! N'y avait-il donc rien à faire pour mettre à mal l'idée trop répandue que les filles étaient des êtres inférieurs et inutiles ?

— Rassurez-vous, s'empressa-t-il d'ajouter, tous les garçons ont été sauvés. Pas un seul n'a été abandonné par sa famille.

Paula respira profondément pour expulser le trop-plein de sa révolte. Il était clair que clamer son indignation ne servirait à rien.

Dans cette partie de l'Asie, les filles étaient rejetées certes, mais on ne les noyait plus. Cela était déjà un progrès !

— Où se trouve votre village ?

D'après les explications fournies, il ressortait que le village était situé à moins de trente kilomètres. Par ailleurs, la majeure partie de la route qui le reliait à l'hôpital était toujours parfaitement praticable.

Soixante kilomètres aller-retour… en prévoyant large, il faudrait compter une heure et demie environ, le temps de rassembler les enfants et de les installer, une heure supplémentaire.

À condition de partir sur-le-champ, tout le monde pouvait espérer être au lit vers deux heures du matin.

En un instant, sa décision fut arrêtée : les filles seraient sauvées. Elle allait de ce pas informer

Jean-Guilhem de son projet et lui réclamer un camion et un chauffeur.

Et, nom d'un petit bonhomme, qu'il ne s'avise pas d'essayer de l'en empêcher ! L'esprit en effervescence, Paula se hâtait vers la sortie latérale menant tout droit au grand bungalow du médecin chef, lorsqu'elle le vit remonter l'allée face à elle.

Prise d'un regain de nervosité, elle s'avança vers lui.

— Tu retournes à l'hôpital ? Je voulais te parler justement.

— Que se passe-t-il ? Des ennuis ?

— Non ! Enfin... si. J'ai l'intention d'aller chercher les filles restées dans un village sinistré. Elles ont besoin de soins et je suis la mieux placée...

Un bruyant soupir de Jean-Guilhem lui coupa la parole.

— J'en étais sûr ! C'est hors de question, tu m'entends ? Si cela peut te rassurer, je réitère ma promesse ; demain, à la première heure, les services administratifs...

Le sang de Paula ne fit qu'un tour.

— À la première heure, les filles seront ici, en sécurité. Ce n'est qu'à trente kilomètres et...

Elle s'interrompit et s'efforça de respirer profondément. Une sensation d'impuissance la submergea. Car, résolument imperméable à son plaidoyer, Jean-Guilhem ne se laisserait pas influencer par des éclats de voix. Comment parvenir à émouvoir cet homme au cœur sec, depuis toujours hostile à son égard ?

— Donne-moi un camion, et dans trois heures, nous serons de retour.

Son calcul était un peu court, mais avec de la chance... et puis, qui ne risque rien, n'a rien.

Jean-Guilhem retint un sourire mais resta imperturbable. Paula, petit bout de femme qu'il dominait de toute sa taille, lui donnait l'impression d'être de force à se jeter sur lui pour le terrasser. Il la connaissait bien, la mâtine! S'il avait le malheur de lui offrir un doigt... elle lui prendrait le bras tout entier. Cela ne faisait aucun doute.

— Un camion et un chauffeur? Comme tu y vas, Paula! La situation peut encore se détériorer. Si nous voulons être en mesure d'y faire face, il nous faut garder l'ensemble de nos véhicules prêts à servir.

Le bon sens soufflait à la jeune femme de freiner son impatience. Si ce satané médecin chef persistait dans son refus, il ne lui resterait d'autre solution que d'*emprunter* un véhicule et de se lancer elle-même dans cette opération de sauvetage.

Toutefois, il y avait un hic : où dénicher un chauffeur prêt à transgresser les ordres du médecin chef? Si elle avait su conduire, la chose serait résolue. Mais...

Pendant la guerre, une amie ambulancière pleine de bonne volonté avait essayé de lui apprendre à tenir un volant. Mais la pédale d'accélérateur ressemblait tellement à la pédale de frein... et Paula les confondait si souvent qu'après une heure de cours l'amie en question n'avait jamais récidivé.

— Mon service ne souffrira pas de quelques heures d'absence, tenta-t-elle d'objecter. Un interne et deux infirmières sont de garde pour cette nuit. S'il te plaît, Jean-Guilhem, accorde-moi un véhicule et un chauffeur... S'il te plaît.

— As-tu de réelles chances de retrouver ces enfants? demanda-t-il, montrant par là qu'il commençait à fléchir.

— Toutes les chances! Un itinéraire précis, une

route parfaitement carrossable, que désirer de plus ? S'il te plaît, ne me mets pas des bâtons dans les roues.

— C'est bon ! accorda-t-il enfin. Mettons les choses au clair ; un chauffeur et un camion seront à ta disposition. Outre cela, ton boy t'accompagnera, il connaît parfaitement la région. Maintenant, entendons-nous bien. Quoi qu'il arrive, je dis bien quoi qu'il arrive, vous devez être rentrés à six heures demain matin. En termes plus précis, si les enfants ne sont pas retrouvées tout de suite, tu fais demi-tour *illico*. Nous avons besoin de tous nos véhicules ici, ne l'oublie pas.

Elle avait gagné ! Son soulagement fut tel que les mots s'échappèrent de ses lèvres.

— Oh, merci, Jean-Guilhem, merci !

Sans y prendre garde, elle lui saisit le bras. Pour la première fois depuis que Jean-Guilhem était entré dans sa vie, Paula put lire sur son visage quelque chose qui ressemblait à de la vulnérabilité. Ses yeux gris rencontrèrent les siens et ne les lâchèrent plus jusqu'à ce que, d'une voix soudain plus sobre, elle assurât :

— Nous serons revenus à temps, promis ! Hong connaît la région comme sa poche, ce qui nous fera gagner un temps considérable. De ton côté, voudrais-tu veiller à ce que l'on prépare de la nourriture et des lits ?

Cela n'avait pas été sans mal ! Hong était un homme serviable et de bonne composition. Il se montra ravi de participer au sauvetage des enfants jusqu'à l'hôpital où ils seraient hébergés en attendant une meilleure solution. Toutefois, le ton changea lorsqu'il découvrit qu'en fait il s'agissait de bouches inutiles, de filles dont personne ne voulait. Au terme d'une vive discussion, les négociations avec le boy furent finalement couronnées de succès.

En contrepartie d'une gratification raisonnable, il accepta d'accompagner Paula dans son expédition.

Sous le ciel étoilé, ils attendaient le camion devant la porte du bungalow. À leurs pieds, attendaient, prêts à être embarqués, des objets de première nécessité tels que couvertures, serviettes, plus des biscuits et des fruits secs, denrées facilement transportables. De l'eau également, au cas où le village manquerait d'eau potable.

Une fois encore, la jeune femme établissait la liste des priorités lorsqu'un bref coup de klaxon la ramena au plus pressé. Elle se précipita vers le camion, son nécessaire d'urgence à la main, tandis que Hong s'installait à l'arrière avec le sac à dos et les paquets.

En route ! Au volant se trouvait Ernest Legrand, le chauffeur attaché au service hospitalier. Avec lui, les trente kilomètres de route seraient promptement avalés.

Derrière eux, les bungalows étaient plongés dans l'obscurité, tandis qu'à l'hôpital des lumières scintillaient dans la nuit calme.

En quittant l'agglomération, la route, une ancienne piste sommairement goudronnée, se transforma en voie étroite. D'un côté, elle longeait une paroi rocheuse surplombée d'arbres immenses, de l'autre, un fossé profond, en partie masqué par des broussailles touffues. Ils avaient laborieusement parcouru une vingtaine de kilomètres lorsque le chauffeur pila brusquement en étouffant un juron. Au son de sa voix, Paula sut qu'elle n'allait pas aimer ce qu'il était sur le point de lui apprendre.

— Impossible d'aller plus loin, un arbre s'est abattu sur la chaussée, expliqua-t-il en montrant une masse de branches éclairée par les phares.

En homme d'action, il réagit très vite et sauta de la cabine, suivi par Paula et Hong. À grand renfort d'exclamations rageuses, ils tentèrent de tirer sur les branches, dans le vain espoir de soulever cet amas de bois. Mais leurs imprécations furent inutiles et les jurons également. L'arbre ne bougea pas d'un millimètre.

— Pas la peine de s'escrimer là-dessus, conseilla le chauffeur. Nous n'y arriverons pas, nous devons faire demi-tour.

Abandonner maintenant ? Une énorme boule dans l'estomac, Paula, essayant de masquer sa déception, demanda d'une voix calme s'ils étaient encore loin du village.

— Voyons voir, fit Ernest Legrand en consultant sa carte à la lueur des phares. Nous sommes ici… (De l'ongle, il désigna un endroit sur le plan.) Le village se trouve là. Disons… à huit kilomètres environ.

Huit kilomètres… ce n'était pas la mer à boire ! Il fallait à tout prix parvenir jusqu'aux petites. La jeune femme se tourna vers le boy.

— Est-il possible d'accéder au village par la forêt ? s'enquit-elle en montrant les arbres surplombant les rochers.

Hong ne put réprimer un geste de contrariété.

— M'âme docteul, ça leplésente des heules et des heules de malche dans les bois.

— Voyons, si… si nous grimpons là-haut et longeons la route par le bois pour redescendre de l'autre côté et ainsi contourner l'obstacle, suggéra-t-elle. C'est faisable ?

Ernest acquiesça, à ceci près qu'il lui était rigoureusement interdit de laisser son véhicule sans surveillance. Quant à Hong, il eut la sagesse de taire la centaine d'objections présentes à son esprit.

— Parlons peu, parlons bien, trancha le chauffeur. Si vous persistez à aller jusqu'au village, moi, de mon côté, je vais retourner à l'hôpital et demander du renfort pour dégager l'arbre, dès le lever du jour. Lorsque la route sera à nouveau praticable, je vous rejoindrai et nous pourrons alors procéder à l'évacuation des sinistrées.

Paula contempla avec appréhension l'amas de rochers dressé devant eux. Déjà, le sac sur le dos, un sachet à la main, un autre entre les dents, Hong s'attaquait à l'ascension, avec une détermination qu'elle lui enviait. Fréquemment, il posait ses bagages, se retournait pour prendre le sac de la jeune femme et l'aider à grimper la pente. À mi-hauteur, en essuyant la sueur qui perlait sur son front, elle jeta un coup d'œil en arrière et constata que le camion, ayant amorcé une prudente marche arrière, ne se distinguait que grâce à la lueur des feux de position.

— M'âme docteul, on y est, ça va aller mieux maintenant, l'encouragea Hong, à peine essoufflé, en lui tendant la main.

« Je m'étais fait tout un monde de cet amoncellement de roches, se dit-elle. Et finalement, il n'était pas aussi infranchissable que je le craignais. À partir de maintenant, nous allons progresser rapidement. »

Il leur fallut rapidement déchanter quand ils pénétrèrent dans une forêt épaisse, montant en pente douce. Des buissons d'épineux et d'arborescentes fougères tropicales entravaient leur progression, les obligeant à d'incessants détours. Les arbres, trop hauts pour permettre de se repérer, ne semblaient pas gêner le boy, pas plus que l'absence de sentier dans la végétation foisonnante. À demi courbé, Hong découvrit une trouée permettant de rallier la route. Contrairement à ses espoirs, la descente se révéla bien plus pénible que la montée. Trébuchant sans cesse sur des racines, ils devaient s'accrocher à toutes les aspérités pour ne pas dévaler la pente.

Paula commençait à ressentir les effets de la fatigue et de la faim. Son dernier repas remontait au déjeuner hâtif de la veille. Mais, à présent qu'ils avaient laissé derrière eux les obstacles les plus difficiles, la volonté farouche qui l'avait habitée tout au long de leur aventure commençait à refaire surface.

Ils marchaient depuis une petite demi-heure lorsqu'un nouveau barrage se présenta sur leur chemin : un éboulis de rochers qu'ils parvinrent à contourner en descendant de quelques mètres dans un large fossé engorgé d'une eau boueuse charriant dans ses remous des matières putrides.

Aussitôt remontée sur la route, la jeune femme, prise de nausées, se plia en deux en se tenant le ventre.

Alarmé, Hong se pencha vers elle :

— Vous êtes malade, m'âme docteul ?

— Non… c'est simplement cette odeur.

Le boy huma à petits coups puis il haussa les sourcils, l'air intrigué.

— Quelle odeul ?

Il avait le nez bouché ou quoi ? Mais peu désireuse d'entamer une polémique, Paula coupa court :

— Ça ne fait rien, Hong. Allons-y.

Au loin, une pâle lueur pointa, vite effacée par la brume en formation. Depuis un bon moment déjà, la route descendait en pente douce.

Avançant pratiquement sans visibilité, ils durent de nouveau contourner deux arbres, fort heureusement moins importants que le premier.

Au moment où ils franchissaient le dernier obstacle, le soleil pointant à l'horizon dissipa les brumes matinales. Ils découvrirent autour d'eux un terrain plat et sans rochers. La route s'incurvant à droite, Hong proposa de la quitter pour s'engager dans un raccourci : un sentier qui, subitement, plongea vers une vallée au fond de laquelle scintillait à perte de vue un lac immense.

— Les lizières, désigna Hong d'un geste large de la main.

Le boy guida Paula le long des innombrables chemins étroits fractionnant les champs de riz, saturés d'une eau boueuse qui commençait à s'évaporer. Là, ils furent contraints de marcher précautionneusement et la jeune femme s'aperçut très vite que, si elle se déconcentrait un tant soit peu, son pied se dérobait et s'embourbait dans le terrain visqueux.

Enfin, après bien des détours, ils aperçurent les premières maisons en contrebas.

Un des quelques paysans tout juste rentrés dans le village dévasté accepta de répondre aux questions de Hong. Son dialecte était inconnu et le boy traduisait au fur et à mesure pour Paula. L'homme indiqua la direction à prendre pour se rendre à la paillote des filles trouvées avant d'ajouter une longue phrase, approuvée par de vigoureux hochements de tête de son interlocuteur.

— Que dit-il, Hong? s'impatienta la jeune femme.

— La vieille femme stupide est molte et les filles sont palties. Il dit qu'il faut êtle idiot poul aller chelcher des cléatules dont pelsonne ne veut.

À sa façon d'éviter son regard, la jeune femme supputa qu'il était tout simplement en train d'interpréter les propos tenus par le paysan selon son propre point de vue.

Difficile de ne pas rétorquer. Mais, des remarques caustiques n'étant certainement pas la meilleure façon de s'attirer les bonnes grâces du boy, Paula ravala ses commentaires acerbes et questionna :

— Sommes-nous encore loin, Hong ?

— Une glosse demi-heule, mais, puisque le paysan dit que la vieille folle...

— Ça va, Hong. J'ai compris ! le coupa-t-elle d'un ton incisif.

— On felait mieux de letoulner sul la loute et d'attendle le camion.

— Nous continuons, décréta Paula fermement. Nous n'avons pas fait tout ce chemin pour capituler maintenant.

— C'est vous qui commandez, m'âme docteul, céda le boy d'une voix maussade. Mais je suis sûl qu'il n'y aula pelsonne.

Contrairement à ce qu'avait cru Paula, la maison de la vieille dame n'était pas située dans un village mais dans un gros bourg qui ressemblait à une petite ville. Une localité sale, bâtie à la va comme je te pousse. Dans la rue principale, traînaient des gens dépenaillés, coiffés de l'habituel chapeau conique en feuilles de latanier.

Des informations recueillies, il ressortit que la plupart des habitations construites près de la rivière au nord-est de l'agglomération avaient énormément souffert de l'inondation.

La maison de la vieille dame prétendument folle en faisait partie.

Les craintes de Paula redoublèrent. Parcourant

la zone sinistrée à vive allure, elle chercha dans chaque ruine rencontrée des traces de vie.

En percevant derrière une porte démolie des sanglots enfantins, elle réalisa que le but était atteint. D'un coup de pied, la jeune femme fit céder la porte et pénétra dans une pièce dévastée.

Un fatras fait de mobilier, d'escabeaux, de tables et d'un fourneau en terre cassé baignait dans une eau boueuse.

Résolument, elle pataugea dans la vase et se dirigea vers une longue et large planche surélevée d'une vingtaine de centimètres au-dessus du sol d'où provenaient les pleurs. Sur une natte qui servait de matelas, des filles de tous âges, serrées les unes contre les autres, sanglotaient à qui mieux mieux.

Paula souleva une fillette et la pressa contre sa poitrine. Encouragées, les autres se précipitèrent vers elle, les plus grandes portant les plus petites qui ne marchaient pas encore.

— Notre mère est morte, se lamenta une fillette d'une voix hachée par les pleurs.

— Elle est là-dessous, expliqua une adolescente en montrant du doigt le fond de la pièce au toit effondré.

Des larmes ruisselaient sur ses joues.

Le sens de ses responsabilités reprenant le dessus, Paula s'adressa à elle dans sa langue :

— Y a-t-il des malades parmi vous ?

— Nous n'avons pas pu nourrir le bébé et Bopha, notre sœur, a reçu une poutre sur sa jambe.

Après une auscultation rapide, il s'avéra que le nourrisson était complètement déshydraté. Paula l'enveloppa dans une couverture, le coucha dans l'endroit le plus sec et en fit autant pour la petite Bopha souffrant d'une fracture du tibia qui serait soignée dès son admission à l'hôpital.

— Personne d'autre ? s'enquit Paula. Non ? Bien !

— Il fait froid, se plaignit une petite haute comme trois pommes. Et on a faim.

Elle avait raison ; avant toute chose, il leur fallait manger et boire. La jeune femme ouvrit un sac et partagea les biscuits. Tandis que les fillettes grignotaient avec circonspection cette nourriture des Blancs, une grande fille proposa de distribuer de l'eau. Paula lui demanda :

— Vous reste-t-il un peu de riz ?

— Pas beaucoup, répondit l'adolescente. Nous avions de la nourriture en réserve dans la pièce du fond mais le toit s'est effondré sur notre mère et nous n'osons pas y aller.

— Allons, ne vous inquiétez pas, nous arriverons bien à trouver de quoi vous préparer un repas, la rassura Paula.

Puis elle interpella Hong :

— Arrange-toi pour faire du feu, et vite, s'il te plaît !

Le boy retourna les morceaux épars du fourneau et annonça avec une satisfaction mal cachée :

— Y a lien à faile, m'âme docteul. Le foulneau est cassé.

— Tant pis. Va demander de l'aide aux villageois.

— Ils donnelont lien.

— Hong... commença Paula d'une voix mesurée, tu t'arranges pour dénicher de quoi réchauffer les petites et cuire le riz, sinon tu quittes mon service et Mai-li avec toi. Est-ce clair ?

— Mais s'ils veulent pas ? insista-t-il d'une voix geignarde.

— Débrouille-toi. Offre-leur de l'argent ou n'importe quoi d'autre mais ne reviens surtout pas les mains vides !

Ils s'étaient exprimés en français et les petites ouvraient de grands yeux.

— Nous allons trouver du chauffage et un moyen pour cuire le riz, les rassura-t-elle en chinois d'une voix confiante.

— Qu'allons-nous devenir, bonne dame ? interrogea d'une voix anxieuse une grande fille maigrichonne. Notre mère est morte et personne ne veut de nous.

Tourmentées par leur devenir, elles vinrent se grouper autour de la jeune femme et attendirent en silence, en retenant leur respiration.

— Je vais vous emmener avec moi à Hué.

— Avez-vous assez de place pour nous toutes ? Et assez de nourriture ?

— Vous ne manquerez de rien, assura Paula.

Les enfants poussèrent un long soupir de soulagement. Avec l'instinct de survie propre à tous, les enfants acceptèrent cette providentielle promesse de sécurité avec confiance.

Les larmes aux yeux, Paula laissa les petites se serrer contre elle. Leur mère adoptive était morte et elles avaient besoin de sentir une présence vivante et chaleureuse.

Moins d'une heure plus tard, le riz était cuit et distribué aux enfants. Des portions si chichement mesurées que Paula et Hong refusèrent d'en avaler une seule bouchée. En effet, peu importait à la jeune femme, bouleversée, car le bébé venait de mourir dans ses bras.

Hélas, ce n'était pas la première fois qu'un petit rendait l'âme dans ses bras. Alors que ces dernières années, les réserves de son cœur trop souvent sollicité l'avaient peu à peu endurcie face aux détresses quotidiennement côtoyées, cette mort-là lui arrachait une partie d'elle-même.

Grâce au ciel, les plus grandes filles mangeaient de bon appétit et enfournaient dans les bouches grandes ouvertes des plus petites de grosses cuillerées de riz.

Une tour pointue qui dominait la ville leur servit d'observatoire. Vers trois heures de l'après-midi, Hong, posté en guetteur, aperçut une petite troupe de soldats du corps expéditionnaire dirigée à grands coups de gueule par un adjudant-chef au visage rubicond. Sur la route qui descendait en pente douce vers la partie sinistrée du bourg, il précédait d'un pas les hommes lourdement chargés, lesquels juraient à mi-voix lorsqu'ils devaient enjamber les décombres des maisons démolies. Portant pelles et pioches, des boys fermaient la marche. Leur fonction consistait à déblayer les ruines, à en exhumer les morts et à les brûler immédiatement pour parer aux risques d'épidémies.

Chef, hommes de troupe et boys passaient, indifférents aux mains tendues des mendiants qui ne cessaient d'affluer.

Pendant un long moment, Paula essaya de parlementer avec l'adjudant, puis avec les soldats, leur quémandant un peu de nourriture pour ses protégées. Toujours la même réponse, « ils étaient là uniquement pour enlever les morts, mais, qu'elle se rassure, dès que la route serait à nouveau praticable, les secours ne tarderaient plus ». Devant l'inanité de ses efforts, la jeune femme revint vers les filles, les mains vides et le cœur lourd.

Une heure plus tard, apparaissait le camion d'Ernest Legrand, rapidement rejoint par une ambulance.

Dès l'arrivée du premier véhicule, un attroupement d'indigènes se forma, avant de se disperser pour laisser place à l'ambulance. Ils la suivirent vers la zone sinistrée en criant et gesticulant pour attirer l'attention sur leur cas personnel, leurs besoins en nourriture, et l'obtention d'un secours immédiat.

Alors que Paula faisait les cent pas pour calmer son impatience, les filles, réunies dans le seul endroit totalement sec d'un petit jardin derrière la cour, se réchauffaient au soleil.

Soudain des bruits de pas rapides résonnèrent et une haute silhouette se découpa sur le seuil de la maison : l'homme fit deux pas en avant et son visage émergea de l'ombre.

— Paula ?

La jeune femme ressentit un choc dans sa poitrine. Rougissante et incapable de détacher ses yeux de celui qui se dirigeait vers elle, elle murmura :

— Jean-Guilhem...

Sa voix vibrait d'une telle émotion, qu'il en eut le cœur serré.

— Des malades ? Des blessés ? s'enquit-il d'un ton volontairement professionnel pour lui permettre de se ressaisir.

Elle hocha la tête et respira profondément.

— La vieille dame, que les petites appellent leur mère, est morte. Elle est encore sous les décombres. À part ça, une fracture et... un cas de dysenterie...

Prise de tremblements incoercibles, elle s'interrompit.

Afin de la soustraire à la curiosité des filles qui les observaient bouche bée, Jean-Guilhem lui fit signe de le suivre vers l'arrière de la maison.

— Alors, Paula ? Qu'as-tu d'autre à me dire ?

— Un bébé de trois mois environ est mort dans mes bras. Déshydratation consécutive à une dysenterie... expliqua-t-elle d'une voix hachée.

Les larmes envahirent ses yeux et roulèrent le long de ses joues.

Jean-Guilhem avait déjà vu Paula contrariée, d'humeur exécrable, de mauvaise foi, et même vindicative... mais jamais il ne l'avait vue pleurer à chaudes larmes.

Sans un mot, il vint à elle, l'entoura de ses bras puis lui frictionna doucement les épaules et le dos pour relâcher la tension de son corps. Un massage merveilleusement apaisant. Les sanglots de Paula redoublèrent et elle nicha sa tête contre l'épaule amie, cherchant inconsciemment sa chaleur réconfortante.

Enfin apaisée, elle leva les yeux vers celui dont la prévenance inhabituelle la désarmait : jouait-il au grand frère attentionné ? Ou bien, cette mansuétude soudaine cachait-elle le souci de la voir reprendre la maîtrise de ses émotions ?

— Ce n'est pas la première fois qu'un enfant meurt dans mes bras mais... face à mon impuissance, j'ai souffert comme si ce petit était le mien. Je suis désolée, murmura-t-elle, confuse de ne pas avoir été à la hauteur de la réserve qu'il attendait de chacun des médecins.

Cette excuse contenait un tel appel pathétique à son indulgence que Jean-Guilhem en fut bouleversé.

— Tu n'as pas à être désolée. C'est ma faute, jamais je n'aurais dû te laisser partir seule.

Luttant pour reprendre contenance, elle esquissa un geste pour le repousser.

Jean-Guilhem recula et la dévisagea longuement. Il aurait voulu la garder dans ses bras, l'y tenir serrée jusqu'à ce que sa souffrance soit dissipée.

— Tu as l'air complètement épuisée. À quand remonte ton dernier repas ?

Tant d'événements s'étaient succédé les uns aux autres durant ces heures interminables, qu'elle n'en avait pas la moindre idée. Elle secoua la tête en signe d'ignorance.

— Une portion de riz a été distribuée aux filles…

— Et toi, as-tu mangé ?

— Il y en avait si peu… Hong et moi n'avons pas eu le cœur de les priver du plus petit grain.

La main chaude de Jean-Guilhem lissa les cheveux de la jeune femme ; de l'index, il suivit une fine traînée de boue qui maculait son front, puis son doigt glissa le long de la pommette et vint terminer sa course sur la petite fossette de sa joue.

L'espace d'une seconde, le regard du médecin n'eut plus rien de fraternel et l'expression de son visage fit courir un frisson dans le dos de la jeune femme.

— Les enfants ont faim, se hâta-t-elle de dire pour conjurer la faiblesse en train de la gagner.

— D'ici à une petite heure, nous serons rentrés, et toi tu me feras le plaisir de t'alimenter correctement et de prendre le temps de dormir. Nous nous occuperons de tes protégées.

— Les filles ne pourront rester indéfiniment à l'hôpital, je le sais bien. Aussi, j'ai pour elles des projets dont je te parlerai plus tard.

— Nous en aviserons en temps utile. Pour le moment, il s'agit de partir d'ici. L'enfant à la jambe fracturée voyagera en ambulance avec les autres blessés. Je resterai avec ceux que nous pourrons ramener dans un premier voyage. Les autres petites et toi voyagerez dans le camion.

Paula ne put qu'acquiescer, trop heureuse de voir ses responsabilités glisser de ses épaules à celles bien plus larges du médecin chef.

Une heure plus tard, la petite Bopha était remise entre les mains du service compétent et les autres filles installées provisoirement dans le parc, à l'abri d'un grand arbre, car les places manquaient dans l'hôpital bondé.

Fort heureusement, il ne pleuvait pas.

Proche de l'épuisement, Paula faisait la navette d'une fille à l'autre pour les inciter à avaler le repas qu'on s'était empressé de leur servir. Encouragement superflu, les joues gonflées de riz, ses protégées rattrapaient les jours de diète avec une évidente bonne volonté et lançaient à leur bienfaitrice des regards emplis d'adoration.

Dans le parc se croisaient des membres du personnel et autres observateurs venus de l'extérieur. Chacun trouvait prétexte à passer par là ; les uns pour assurer le Dr Bridler de leur soutien, les autres pour lui prédire ennuis et désillusions à court terme.

Pour corser le tout, Mme Rabasse vint y ajouter son grain de sel.

— Vous permettez ? J'ai assisté à l'installation de vos indigentes et il m'apparaît que nous devons absolument avoir une petite conversation.

— Rapide alors, rétorqua Paula en lui lançant un regard noir.

Comme à son habitude, pas un cheveu ne dépassait du voile blanc de l'infirmière en chef. Sa blouse amidonnée était nette, sans une tache, sans un faux pli, alors que Paula se sentait crottée de la tête aux pieds. Cela donna à la jeune femme d'irrésistibles envies de mordre.

— Je n'arrive pas à croire que votre frère vous ait laissé commettre cette sottise.

— Une sottise ? À quelle sottise faites-vous allusion ? Ah, et puis non, ne dites rien, votre opinion ne m'intéresse nullement.

— Solidarité professionnelle oblige, ma chère. Il est de mon devoir de vous faire entendre raison : ainsi dépenaillée, vous présentez une image très déplaisante de notre établissement hospitalier.

— Sauver des orphelines et les nourrir serait-il dommageable à notre image de marque ? ironisa Paula.

— Laissons cela pour l'instant, occupons-nous plutôt de votre aspect. Je suis consternée de vous trouver dans une tenue si négligée. Si les visiteurs se réfèrent à votre apparence, je ne donne pas cher de notre réputation.

— Gardez vos réflexions pour vous, infirmière !

Laquelle releva un sourcil parfaitement dessiné.

— Je mets ces paroles sur le compte de votre fatigue, poursuivit la venimeuse d'un ton suave. Pour conclure sur le sujet, soyez certaine que nos concitoyens sont parfaitement en droit de se sentir choqués par votre ingérence dans des affaires relevant des services sociaux du gouvernement et de l'empereur d'Annam.

— Quel gouvernement ? Quel empereur ? feignit de s'étonner Paula. Si l'un et l'autre existent vraiment, ils ne se sont guère manifestés jusqu'à présent. Et de quels services sociaux parlez-vous ? De ceux qui permettent de jeter des petites filles aux ordures en prétextant que ce sont des bouches inutiles ?

— Allons, docteur Bridler, calmez-vous ! Je voulais seulement vous avertir qu'il n'y a pas assez de place ici pour tous les miséreux. La charité a ses limites. Et M. Berger, notre administrateur, ne tolérera pas d'en déférer la charge à l'hôpital. Autant vous faire à l'idée que ces enfants vont être vite renvoyées d'où elles viennent, les prendra qui voudra.

Hors d'elle, Paula vit rouge ; elle agrippa le col de la blouse impeccable et, la fureur décuplant ses forces, repoussa l'infirmière en chef le plus loin possible des oreilles de ses protégées.

— Fichez-moi la paix, la Rabasse, murmura-t-elle entre ses dents serrées. Un mot de plus, et vous aurez de bonnes raisons de le regretter.

Ivre de rage, Linette Rabasse frappa un coup sec sur la main qui l'empoignait.

— Êtes-vous devenue folle ? Votre frère va se charger de vous mettre au pas et vous allez comprendre ce qu'il en coûte de s'attaquer à moi !

— Allez-vous-en ! Retournez à votre travail, infirmière.

— Mon travail est à jour, par contre, celui d'une certaine pédiatre laisse nettement à désirer. Je tiens à vous signaler qu'en plus de nos heures de garde, nous avons dû assumer les vôtres, aboya Mme Rabasse en s'éloignant.

Bien déterminée à ne pas s'en tenir là, l'infirmière en chef s'empressa d'aller exposer sa version des faits au médecin chef.

— Ce qui vient de se passer est intolérable, et M. l'administrateur en sera informé. Devant les membres du personnel, qui pourront en témoigner, le Dr Bridler s'est livrée à des voies de fait sur ma personne. Toute maigrichonne qu'elle est, elle m'a positivement soulevée de terre.

Face à la moue dubitative de Jean-Guilhem, la Rabasse haussa le ton :

— Douteriez-vous de ma parole ?

— Ne le prenez pas mal mais, eu égard à votre… carrure, j'imagine difficilement la scène. Néanmoins, si vous souhaitez vous plaindre à

M. Berger, c'est votre droit le plus strict. Auparavant, j'aimerais connaître les motifs de cette *agression.*

Profondément mortifiée, l'infirmière en chef reprit d'une voix acrimonieuse :

— Je n'ai fait que mon devoir en m'estimant autorisée par mon ancienneté à faire remarquer au Dr Bridler la déplorable image qu'elle donnait du personnel de notre hôpital...

D'un doigt tendu vers la fenêtre ouverte, elle montra Paula agenouillée près d'une enfant.

— Constatez par vous-même ! Votre sœur est aussi dépenaillée que les petites gueuses qu'elle nous a ramenées.

Le regard à l'orage, Jean-Guilhem mit les choses au point, une fois de plus :

— Pour la énième fois, je vous certifie que le Dr Bridler et moi n'avons aucun lien de parenté. Au demeurant, ce que fait ou ne fait pas le Dr Bridler n'étant pas de votre ressort, je vous engage à vous occuper des tâches qui vous sont assignées.

— Plus celles du Dr Bridler, vous semblez l'oublier, se rebiffa-t-elle.

— Ce n'est pas à vous d'en juger, madame Rabasse ! Des médecins et des infirmières se sont proposés pour la remplacer, et...

Elle l'interrompit d'un cri :

— Quoi ! Mes infirmières ? De quel droit ont-elles pris l'initiative de suppléer le Dr Bridler sans mon accord ? Elles vont voir de quel bois je me chauffe ! Je vais de ce pas les relever de leurs fonctions en pédiatrie.

— Vous n'en ferez rien, madame Rabasse. Mes ordres priment sur les vôtres. Or, j'ai décidé que le Dr Bridler avait besoin de se reposer jusqu'à demain matin sept heures.

Comme l'infirmière en chef esquissait un geste de la main, il crut qu'elle voulait intervenir une fois encore, aussi haussa-t-il le ton :

— Étant entendu qu'elle disposera de sa journée de repos hebdomadaire en remplaçant celui ou celle qui, aujourd'hui, lui a rendu service. Pour l'instant, étant attendu pour une intervention, je ne vous retiens plus, infirmière en chef.

Il ne terminerait pas sa journée sans discuter avec Paula du sort de ses protégées, se promit Jean-Guilhem. Après une dernière visite aux patients nouvellement opérés, il prit la direction du bungalow de la jeune femme. À peine eut-il frappé à la porte qu'elle s'ouvrit, à croire que Mai-li l'attendait derrière.

Rassemblant le peu de chinois qu'il possédait, il lui demanda de prévenir le Dr Bridler de sa visite.

— Vous Hong demander ? s'appliqua à traduire Mai-li, démontrant ainsi à Jean-Guilhem que ses connaissances en chinois étaient encore plus limitées qu'il ne le supposait.

— Je veux voir le Dr Bridler, rectifia-t-il sans grand espoir d'être compris.

La servante hocha la tête et, d'un signe discret, lui enjoignit de la suivre. Tous deux traversèrent la pièce dans laquelle sommeillaient les orphelines pelotonnées les unes contre les autres pour aboutir à la chambre où Paula dormait profondément.

Mai-li se pencha et chuchota à l'oreille de la jeune femme :

— Docteul Blidlel !

— Chut ! Laissez-la se reposer, ordonna Jean-Guilhem en prenant soin de ne pas élever la voix.

Pour plus de compréhension, il posa un doigt sur sa bouche et d'un signe il signifia à Mai-li que sa présence n'était plus nécessaire. Il put constater qu'en Indochine comme ailleurs, le geste est souvent plus efficace que la parole.

La servante avait à peine tourné les talons que Jean-Guilhem s'approchait du lit.

La lueur argentée filtrait à travers les volets à clayettes et rehaussait l'éclat du teint diaphane de la jeune femme et la délicatesse de ses traits mise en valeur par la chevelure brune. Une fine chemise de nuit épousait les formes douces de son corps.

Incapable d'esquisser le moindre geste, Jean-Guilhem, immobile et fasciné, la contempla longuement. Il aurait dû se détourner, rompre le charme qui l'attirait comme un papillon vers la flamme, mais cela lui était impossible. Des réminiscences du passé envahirent son esprit et ses sens, menaçant de le submerger d'émotion. « Oh ! Paula, si tu savais... »

Sa main se tendait vers la belle endormie quand la voix ensommeillée du boy le ramena brutalement à la réalité.

— Ça va, Hong. Retourne te coucher, je m'en vais. Je verrai le Dr Bridler demain.

Reconduit avec force courbettes, Jean-Guilhem reprit le chemin de son bungalow, un retour plus soucieux que l'aller car des questions le taraudaient : il s'était longtemps conforté dans l'idée que Paula cesserait un jour de poser sur lui un regard d'adolescente jalouse. Mais, était-ce seulement possible ? Que déduire de sa conduite tout au long des heures écoulées ? Qu'elle était une femme désormais ? Oh oui ! Courageuse, à la fois énergique et sensible aux malheurs des autres.

Une femme merveilleuse.

La main posée sur la poignée de la porte, Jean-Guilhem lança :

— Hon, hon ! Paula ! J'ai une demi-heure de liberté avant ma prochaine intervention, si tu disposes d'un peu de temps…

La jeune femme releva les yeux des papiers posés sur son bureau et le gronda gentiment.

— Pourquoi n'as-tu pas obligé Mai-li à me réveiller hier soir ?

— Tu étais épuisée et tu dormais si bien, je n'en ai pas eu le cœur.

Une étincelle dans le regard, il la fixa intensément et, l'espace d'un instant, il eut l'impression étrange de voir son destin suspendu à un fil.

Mais, Paula ne fit que hocher la tête.

— Entrons tout de suite dans le vif du sujet et discutons du sort de mes protégées puisque tu es venu pour cela.

Dans les yeux de Jean-Guilhem, l'étincelle s'éteignit.

— Les filles… oui, bien sûr. Quelles sont tes intentions ? Les placer à l'orphelinat ?

— Certainement pas ! Trop d'enfants dépendent déjà des religieuses débordées de travail. Pour faciliter leur tâche, elles sépareront les petites des grandes. Mes filles se considèrent comme des sœurs. Unies par l'amour que leur portait la vieille dame qui les avait prises en charge, par le besoin d'être ensemble, elles s'accrochent les unes aux autres. Par ailleurs, les religieuses tenteront de les convertir au christianisme, un moindre mal pour les toutes petites mais néfaste pour les grandes. Elles ont déjà tout perdu, leur mère, leur maison, si on les oblige à changer de croyance, il ne leur restera aucun repère auquel se raccrocher.

— Concrètement, que proposes-tu, Paula ? Les installer chez toi ?

— Ce n'est pas l'envie qui me manque mais c'est impossible. D'une part, le bungalow est trop petit pour les loger toutes. D'autre part, je n'aurais pas assez de temps pour m'occuper d'elles.

Jean-Guilhem ne put réprimer un léger rire ironique.

— Au demeurant, comme les bungalows appartiennent à l'État, l'administration s'empresserait de te mettre des bâtons dans les roues.

— Ne t'inquiète pas, je crois savoir comment m'y prendre pour subvenir à leurs besoins.

En une phrase, elle décrivit le somptueux cadeau de Sheng le Tigre et l'argent qu'elle escomptait tirer de sa vente.

— Tu ne m'en as pas parlé, reprocha Jean-Guilhem, une pointe d'amertume dans la voix.

— À qui la faute ? Lorsque je t'ai demandé de m'accorder deux minutes d'entretien, tu m'as envoyée balader, en te servant de Mme Rabasse comme intermédiaire, qui plus est.

— Ne revenons pas là-dessus, s'il te plaît, protesta-t-il en soulignant son exaspération d'un soupir bruyant.

— D'accord, concéda la jeune femme. Vos désirs sont des ordres, professeur Palescaut.

Jean-Guilhem haussa les sourcils. Si Paula avait la moindre idée de ce qu'il désirait vraiment… elle s'enfuirait à toutes jambes.

— Revenons à tes protégées, Paula, et aux moyens de les aider efficacement.

— C'est le plus important, en effet. Onze fillettes dépendent de moi. Si, comme je l'espère, la vente de la perle peut assurer leur subsistance, un grand pas sera franchi. Quant aux personnes aptes à s'occuper d'elles, à les loger et à les instruire, j'ai en vue deux dames d'un certain âge. De façon régulière, elles rendent visite aux enfants de mon service. L'une est annamite, l'autre cambodgienne, elles ont acquis la nationalité française en épousant les frères Leport. L'aînée a perdu son mari lors d'une chasse au tigre, la cadette est veuve de guerre. Tous les biens de leurs maris étant placés en France, elles ne possèdent que leur maison : une grande bâtisse qui exige un personnel trop important pour elles, faute de moyens financiers. J'ajoute que ces dames sont parfaitement équilibrées, sensées et instruites. Toutefois, Mmes Leport ne sont pas reçues par les ressortissantes françaises qui craignent plus que tout ce qu'elles nomment « *l'enlisement indigène* ». Elles les considèrent comme de simples congaïes et refusent de répondre à leur salut. Malgré leur bonne éducation et leur dignité, Mmes Leport sont impitoyablement consignées à la porte de service. Attitude impardonnable et malheureusement définitive.

— Une grande partie de notre travail de colonisation est anéantie à cause de ce fossé creusé par le zèle des femmes françaises, renchérit Jean-Guilhem. Bon sang ! N'ont-elles aucune conscience de leur influence et de leurs responsabilités ?

Paula haussa les épaules.

— Hélas, pour cela nous ne disposons pas de remède approprié. Mais revenons au sujet qui nous préoccupe. Avant toute chose nous devons faire évaluer la perle avant de la proposer à la vente. Si un bon prix m'en est offert, j'irai consulter Mmes Leport avec la proposition suivante : qu'elles consentent à se charger du logement, du confort et de l'éducation des filles, tous les frais étant à ma charge, bien sûr. En retour, je leur assurerai une rente mensuelle à débattre au cours d'entretiens préliminaires. Qu'en penses-tu ?

Jean-Guilhem ne répondit pas tout de suite, et sa réaction fut telle que Paula se raidit, bouleversée.

— Tu es devenue un sacré personnage, Paula, reconnut-il d'une voix grave. Je retire tous les commentaires désagréables que j'ai pu faire à ton sujet. Tu es une femme compatissante et généreuse. Quelle que soit la valeur que tu attaches à mes paroles, sache que je te respecte et que je t'estime.

Une valeur beaucoup plus importante aux yeux de Paula qu'elle n'aurait pu le dire. Depuis ce fameux mariage, elle n'avait cessé de se mépriser pour les diffamations répandues sur Romaine et s'était reproché une jalousie qui lui avait valu de perdre à jamais la considération de Jean-Guilhem et son respect. Et voilà qu'aujourd'hui, il venait de les lui rendre.

— Merci, Jean-Guilhem, murmura-t-elle, les larmes aux yeux.

— Allons, ne nous attendrissons pas alors que tant de projets nous attendent. Voilà ce que je te propose : organisons-nous pour prendre notre jour de congé ensemble. Nous irons faire évaluer la perle chez les bijoutiers car, pour ce genre d'affaire, il est préférable d'unir nos forces et d'être deux. D'accord ?

En le voyant attendre devant la porte latérale de l'hôpital, Paula fut, un instant, tentée de presser le pas pour s'excuser de son retard. La retint in extremis la pensée que s'il était en avance, cela ne regardait que lui.

Chemin faisant, Jean-Guilhem se lança dans ses propres observations sur le pays si attachant dont il étudiait les coutumes. À Hué, comme dans toute l'Indochine, il existait un contraste surprenant entre la survivance des traditions séculaires, les attributs des modes importées et les techniques plus évoluées. Pour preuve, les rues de la ville où le jeune Annamite, fonctionnaire, employé ou étudiant, fier de la distinction impeccable de sa tenue européenne, côtoyait son congénère resté fidèle au turban, à la longue tunique et aux pieds nus dans les socques.

Sur la route, même disparité : pousse-pousse cahotants et vélos-pousse se rangeaient devant les autos. Et, s'ils s'étaient approchés du port, les deux jeunes gens auraient pu voir le remous des paquebots agiter frénétiquement les sampans fragiles sur lesquels vivaient des familles indigènes, avec leurs poules et leurs chiens.

Prolixe, et clair dans ses explications, le Pr Palescaut savait captiver son auditoire et était toujours écouté avec beaucoup d'attention par ses internes quel que soit le sujet abordé. Subjuguée par ses commentaires, Paula fut surprise d'arriver au terme de leur voyage sans s'être rendu compte du chemin parcouru.

Supputant la bonne affaire, le premier bijoutier consulté se frotta les mains en lançant un chiffre approximatif pour la perle exceptionnelle dont il se voyait acquéreur dans un très proche avenir.

Le second, déjà informé de la précédente démarche des vendeurs potentiels, enchérit de moitié sur la proposition initiale.

— Ne te décide pas trop vite. Le bouche-à-oreille est en train de fonctionner. En attendant la montée des enchères, je t'invite à dîner dans un restaurant français, décida Jean-Guilhem. L'endroit est modeste et il n'offre rien de gastronomique mais, outre son ambiance bon enfant, il change agréablement du tohu-bohu asiatique. Et, pour peu qu'on apprécie la bonne cuisine française, chacun y trouve son compte.

Pour Paula qui, ponctuellement, prenait ses repas au réfectoire, ce changement était fort bien venu.

L'établissement était bien éclairé, la nourriture simple, et même si le bœuf bourguignon était en réalité du buffle, la jeune femme le savoura avec plaisir.

— Les démarches pour tes protégées sont-elles en bonne voie ?

Paula le regarda d'un air étonné. Depuis le début du repas, leur conversation s'était limitée à la nourriture et à des considérations générales.

— Tu n'es pas obligée d'en parler si tu n'en as pas envie, la rassura Jean-Guilhem, reportant son attention sur son assiette.

— Je sais. Mais j'ai envie de t'en parler. Ce matin même, j'ai eu une discussion avec Mmes Leport, nous avons débattu de ma proposition et sommes tombées d'accord. Elles acceptent volontiers de s'occuper des petites. En l'état actuel, leur maison peut déjà les recevoir. Cependant, si vivre les unes sur les autres est acceptable pendant un certain temps, point trop n'en faut. Aussi conviendra-t-il d'aménager quatre chambres afin que toutes jouissent d'un minimum de confort. Un artisan est allé sur place pour une première évaluation des travaux et, dès que je disposerai de l'argent nécessaire, les nouvelles pièces seront installées. Voilà pour le court terme. Ensuite, ces dames et moi avons débattu de l'avenir. Au temps où elles vivaient dans leur village, dès que les plus grandes atteignaient leur seizième année, leur mère adoptive leur trouvait un nouveau foyer et un bon mari.

Mmes Leport feront de même. Les marieuses sont nombreuses à Hué et comme j'ai promis de donner une petite dot à mes filles en âge de se marier, elles n'auront aucun mal à trouver un bon époux. Ainsi, petit à petit, elles seront toutes casées au mieux de leur intérêt.

Raisonnement dont la sagesse fut vigoureusement approuvée par Jean-Guilhem.

Au moment du dessert, la conversation revint sur l'objet de leur sortie. Ils discutèrent longuement les propositions et autres marchandages faits par les deux bijoutiers visités.

En définitive, ce fut Jean-Guilhem qui fit la meilleure offre. Tout bien considéré, cette perle était un placement sûr et, comme lui n'avait jamais touché aux biens hérités de Romaine, l'argent dormait au fond d'une banque. Pourquoi Paula ne lui céderait-elle pas la perle qu'il lui paierait sur la base du meilleur prix proposé ? Et, plus tard, si elle se ravisait et désirait la racheter, la perle serait à sa disposition. N'était-ce pas à la fois raisonnable et équitable ?

— Formidable ! se réjouit mollement la jeune femme, s'abstenant toutefois de lui dévoiler que les économies de toute une vie ne suffiraient certainement pas au rachat d'un bijou auquel, au demeurant, elle ne tenait pas particulièrement.

Libre au Pr Palescaut d'endosser son habit de grand frère. Mais s'il comptait l'attacher avec les chaînes de la reconnaissance, il se trompait.

Indiscutablement, Jean-Guilhem faisait partie de sa vie. Depuis le premier jour, n'avait-elle pas été liée à lui par le ressentiment et la jalousie ?

Néanmoins jamais, au grand jamais, sa fierté ni son orgueil ne baisseraient pavillon devant cet homme.

8

La discussion prit un tour plus personnel lorsque Paula lui demanda ce qui avait provoqué sa décision de s'expatrier en Extrême-Orient.

— Est-ce un choix personnel ?

Jean-Guilhem fut tenté de s'en sortir par quelques platitudes mais, jugeant que Paula avait droit à la vérité, il se décida à parler.

— Un choix personnel ? Franchement, non ! Disons plutôt que différentes raisons m'y ont incité.

« Tout comme moi », pensa Paula.

D'un signe du menton, elle l'invita à poursuivre.

— Quand la guerre a éclaté, j'avais vingt-quatre ans. Frais émoulu de l'internat et le membre le plus jeune de l'antenne chirurgicale, j'avais à mon actif un certain nombre d'interventions mineures : appendicites, césariennes... bref, du tout-venant. Toutefois, le fait d'avoir assisté le patron au cours de plusieurs amputations ne m'avait vraiment pas préparé à ce qui m'attendait...

Paula détesta la suite. Pire : elle l'horrifia.

Les aléas des attributions ayant affecté leur antenne chirurgicale sur les lieux des premiers engagements de la guerre, l'arrivée des premiers blessés avait plongé le jeune chirurgien dans une horreur indescriptible.

Peu à peu, Jean-Guilhem s'englua dans ses souvenirs atroces.

— Les brancardiers nous les amenaient par vagues, comme une marée sanglante. Encore, encore. Et encore ! Un médecin-major faisait le tri : les plus gravement atteints étaient opérés sur place, venaient ensuite les blessés intermédiaires, sommairement soignés et envoyés à l'hôpital de campagne. Après avoir reçu quelques soins, les blessés légers étaient invités à rejoindre l'hôpital par leurs propres moyens. Les intransportables et les cas désespérés recevaient une forte dose de morphine pour atténuer leurs souffrances et attendaient le soulagement final dans une tente à l'abri des courants d'air...

Rivé à la table d'opération, Jean-Guilhem en avait appris davantage en quelques jours que pendant toutes ses années de médecine.

La bataille de la Marne avait été terrible. À tant couper de chairs sanguinolentes, les chirurgiens n'avaient plus d'état d'âme. Les combattants les surnommaient « les bouchers », et c'était bien ce qu'ils étaient devenus à la différence près qu'un boucher taille dans des viandes mortes d'animaux alors que les chirurgiens, eux, coupaient dans des chairs humaines vivantes et souffrantes. Et l'abomination guerrière continuait, s'étendant sur tous les fronts.

Début 1916, il avait été transféré dans un hôpital de campagne, là il s'était spécialisé en chirurgie réparatrice. Une mutation survenue à point nommé pour lui éviter la dépression à laquelle peu de chirurgiens opérant sur le front échappaient.

— La guerre terminée, des milliers de blessés

graves et de mutilés avaient pour de longs mois encore besoin de soins. J'ai choisi de travailler dans un service de chirurgie réparatrice.

L'esprit embrumé par le souvenir des atroces mutilations, Jean-Guilhem s'absorba dans ses pensées.

— En plus de la guerre, tu as eu le chagrin de perdre ton épouse… compatit Paula.

Elle s'arrêta net en voyant les muscles des mâchoires de Jean-Guilhem se contracter. Non sans appréhension, elle tendit la main pour effleurer ses poings serrés posés sur la table. Ce léger contact sembla le ramener à la réalité. Se dégageant doucement, il s'appuya au dossier de sa chaise et observa longuement la jeune femme les yeux dans les yeux comme pour prendre la mesure du degré de confiance qu'il pouvait raisonnablement lui accorder.

— J'ai bien peur de te décevoir. Vois-tu, Paula, ma pauvre et tendre épouse est morte dans un accident de montagne. Elle était avec l'homme qu'elle n'avait jamais cessé d'aimer.

Incrédule, la jeune femme se figea. Avait-elle bien entendu ?

— À sa façon, Romaine était loyale, reprit-il. Car, mourir auprès de son premier amant, de son seul amour, n'est-ce pas le comble de la fidélité ? Et… c'est tellement romantique.

Des confidences de ce genre risquaient de les rapprocher, d'engendrer une complicité que la jeune femme redoutait terriblement. Pourtant, elle ne put s'empêcher d'observer :

— Le jour de votre mariage, vous paraissiez si heureux.

— Je l'étais… pour autant qu'il m'en souvienne, je l'étais. Enfin, je crois.

Il respira longuement pour dissiper sa tension et regarda Paula comme s'il voulait lui demander la permission de continuer. Indécise, la jeune femme acquiesça d'un battement de paupières.

— Le père de Romaine... commença Jean-Guilhem d'une voix morne.

Comme s'il répugnait à concrétiser en l'évoquant l'inconduite de son épouse, il s'interrompit un instant.

Après un haussement d'épaules, il narra l'histoire d'une seule traite.

Interne en dernière année, il avait pour patron le Pr Gobert, chirurgien de grande renommée. Comme ses autres collègues, il avait occasionnellement rencontré la séduisante Romaine Gobert, laquelle ne lui avait pas fait impression. Il était en pleine période d'examens et passait son temps libre à étudier sans relâche. Outre cela, il aurait fallu être fou pour essayer de séduire la fille d'un grand patron qui pouvait briser votre avenir professionnel d'un simple claquement de doigts. D'autant que, côté aventures sexuelles, Jean-Guilhem n'avait pas à se plaindre.

— Inutile de te faire un dessin. L'internat favorise les mœurs plutôt libres des carabins. Tu as connu ça, hein, Paula ? lança-t-il avec un clin d'œil complice.

C'était plus une affirmation qu'une question. Paula y répondit par un hochement de tête, jugeant inconvenant de lui avouer que le nombre de ses aventures sexuelles avoisinait le zéro.

Déjà Jean-Guilhem reprenait son récit :

— Nous étions bien trop occupés pour nous étonner de l'irascibilité manifestée par notre patron depuis quelque temps. Du reste, ses problèmes ne nous concernaient pas. Ce en quoi je me trompais...

Les résultats des examens à peine affichés, le Pr Gobert décréta que le jeune Palescaut était un de ses meilleurs éléments. Pour le récompenser, il l'invita chez lui. Une fois, puis une autre.

Et enfin, dès que le jeune homme disposait d'un peu de loisirs.

Jean-Guilhem trouvait de l'agrément à fréquenter la fille du Pr Gobert même si les sautes d'humeurs de la jeune fille étaient assez déconcertantes. En effet, tantôt elle riait aux éclats, tantôt elle affichait un état des plus larmoyants. Néanmoins, Jean-Guilhem s'entendait assez bien avec elle. Bientôt, le père Gobert se mit à lancer des allusions sur une union possible entre son trésor de fille et son interne préféré.

L'idée fit son chemin dans l'esprit du jeune Palescaut. Il n'était pas amoureux fou de Romaine mais, tout bien pesé, devenir le gendre du Pr Gobert présentait plus d'avantages que d'inconvénients. Voilà pourquoi, un beau jour, Jean-Guilhem demanda à son patron de lui accorder la main de sa fille.

Celui-ci lui ouvrit les bras, Romaine éclata en sanglots.

Dans leur milieu, l'usage exigeait que les fiançailles durent un an, au minimum. Au bout de quatre mois, Romaine fit des pieds et des mains pour avancer la date de la cérémonie. Passablement mécontent de cette impatience à convoler, le Pr Gobert capitula cependant devant les prières et les larmes de sa fille. De son côté, Jean-Guilhem y était d'autant plus favorable que, soucieux de se conduire en fiancé respectueux, il s'était interdit de céder aux avances de plus en plus précises de sa future épouse.

À peine furent-ils rentrés d'un court voyage de noces sur la Côte d'Azur, que Romaine dut être hospitalisée d'urgence. À la grande surprise de son mari, la toute jeune Mme Palescaut fit une fausse couche. Elle était enceinte de trois mois !

De ses explications larmoyantes, il résultait qu'elle était depuis longtemps follement amoureuse d'un homme marié, père d'un enfant et, de surcroît, le fils unique d'un important soyeux lyonnais.

Plus que contrarié en apprenant incidemment cette fâcheuse mésaventure, le Pr Gobert avait alors mis sa fille en demeure de rompre séance tenante. Soumise, en apparence, à la volonté paternelle, Romaine n'en avait pas moins continué à filer le parfait amour avec le fils du soyeux. Tandis que, se fiant à la parole donnée par sa chère fille, le père Gobert entreprenait une chasse au fiancé.

Sur quel critère son choix s'était-il fixé sur Jean-Guilhem Palescaut ? Mystère !

De son côté, Romaine, soucieuse de sauver les apparences, s'était prêtée au jeu tout en se réconfortant à la pensée que ce n'étaient que des fiançailles, lesquelles pouvaient être rompues à tout moment.

Toutefois, les données de la situation changèrent brutalement lorsqu'elle découvrit qu'elle était enceinte. Et affolée de l'être.

Attaché par ses chaînes conjugales, son amant n'avait d'autre choix que jouer à l'homme invisible. Aussi, pour s'en sortir à moindre mal, Romaine n'avait eu de cesse que le mariage soit célébré.

Quant à la colère de son mari lorsqu'il découvrirait le pot aux roses, elle évitait d'y penser. Tourmentée par son sort personnel, elle s'était bornée à espérer qu'un accouchement avant terme réglerait le problème. À l'hôpital, ne disait-on pas fréquemment que les médecins, formés à diagnostiquer les symptômes de la maladie chez autrui, étaient bien souvent incapables de repérer celles dont souffraient leurs proches ? Alors, pour peu que la chance se mette de son côté, Jean-Guilhem n'y verrait que du feu.

Bien entendu, pour le Pr Gobert comme pour l'ensemble du personnel hospitalier, le mariage du Dr Palescaut et de son épouse avait été bâclé pour réparer leur faute. Quand, pour couronner le tout, le Pr Gobert s'était fâché tout rouge et avait sermonné son gendre, Jean-Guilhem avait failli perdre son sang-froid. Fort heureusement, le professeur n'ayant pas la rancune tenace, la page avait été rapidement tournée.

Par contre, dans le jeune couple, miné par la fourberie et le mensonge, les affaires étaient loin de s'arranger.

Jean-Guilhem se débrouilla pour passer le plus clair de son temps à l'hôpital, ce qui professionnellement le valorisait. De son côté, Romaine oublia vite qu'elle venait d'être cruellement échaudée et retourna à l'amour de sa vie.

La guerre vint mettre fin à cet état de choses. Le Dr Palescaut effectua son devoir au sein d'une antenne chirurgicale de la Marne. L'amant de Romaine, appuyé par des recommandations politiques, fit le sien planqué au ministère de la Guerre.

Loin de Lyon et des contingences de la vie de famille, le fils du soyeux prit un appartement à Paris, où Romaine le rejoignit. En tout bien tout honneur, puisqu'elle faisait partie de ces nombreuses bénévoles qui, sous couvert de bienfaisance, organisaient des bals de charité dans le but de recueillir des fonds pour les victimes de guerre, les veuves et les orphelins, etc.

Ce beau programme se termina au lendemain de l'Armistice, le fils du soyeux n'ayant d'autre choix que de rentrer dans ses foyers.

Quant à la pauvre Romaine, elle avait eu la douleur de perdre son père en 1917 et elle trouva bon de prendre ses quartiers dans la maison paternelle.

Le Pr Gobert disparu, plus rien ne retenait le Dr Palescaut à Lyon.

Alors qu'on fêtait le nouvel an 1920, une place lui fut offerte dans une clinique réputée, et Jean-Guilhem l'accepta.

En vertu d'un arrangement tacite, les époux Palescaut menaient chacun leur vie de leur côté et ce, dans la plus absolue discrétion. Pour éviter de susciter des rumeurs déplaisantes qui pouvaient nuire à leur réputation respective, ils acceptaient parfois d'apparaître ensemble dans les soirées.

Mme Palescaut possédait un sens de la dissimulation très développé et Jean-Guilhem n'était pas un modèle de chaleur humaine : nul ne remarqua jamais leur détachement réciproque.

Le divorce suscitant l'opprobre dans le milieu où ils évoluaient, chacun des époux Palescaut trouvait son avantage à cette duplicité. D'ailleurs, ni l'un ni l'autre n'envisageaient une séparation légale.

Jean-Guilhem ne jugea pas utile de révéler à Paula les avantages qu'il avait tirés de cette situation : son état d'homme marié le mettait à l'abri de toutes les ambitieuses (prêtes à se damner pour devenir la seconde Mme Palescaut), sans le priver pour autant des faveurs de certaines femmes soi-disant intéressées à son bonheur.

Cet état de grâce dura jusqu'à un jour de novembre, où Romaine et son soyeux, férus de ski, s'esquivèrent à la montagne. Un après-midi, tandis que les amoureux faisaient du ski de fond, une avalanche emporta Romaine.

L'amant, sorti indemne de la catastrophe, revint seul de l'escapade.

À son grand dam, Jean-Guilhem fut accablé de condoléances dont il ne savait que faire. Chacun cherchait à consoler le pauvre veuf sans enfants, lequel héritait, cela va sans dire, de la confortable succession de Mme Palescaut, étoffée d'une petite fortune léguée par son cher père. C'est alors qu'un poste de chirurgien en chef devint vacant. Le poste était promis à Jean-Guilhem pour son incontestable expérience, mais la place fut proposée à un jeune blanc-bec réformé de guerre, ayant l'avantage d'avoir pour oncle un administrateur de la clinique.

Cette dernière goutte d'eau fit déborder la coupe.

L'Indochine réclamait à cor et à cri du personnel médical qualifié. Pourquoi ne pas tenter les colonies ? lui conseillaient ses confrères informés de son palmarès et de ses compétences.

— Je suis allé au ministère des Colonies, à Paris. Un poste de professeur chirurgien faisant fonction de médecin chef venait de se libérer à Hué. Voilà, tu sais tout.

Silencieuse, Paula avait écouté Jean-Guilhem régler ses comptes avec son passé et déverser le trop-plein d'émotions emmagasinées depuis des années.

Alors qu'elle croyait la discussion terminée, Jean-Guilhem reprit la parole :

— J'ai postulé à l'hôpital de Hué, pour une durée initiale de trois ans, et...

Une exclamation poussée par une voix féminine l'interrompit :

— Quelle surprise de vous trouver ici ! s'étonnait Mme Rabasse.

Coupée, comme toujours, au plus juste, sa robe rouge soulignait sa silhouette parfaite. L'infirmière en chef était éblouissante. En comparaison, Paula se sentit soudain mal fagotée et gauche.

Sans même accorder un regard à l'homme qui l'accompagnait, Linette enchaîna :

— Puisque vous êtes à une table de quatre, nous permettez-vous de nous joindre à vous ?

— La table est toute à vous, Linette, offrit Jean-Guilhem. Nous allions justement partir.

— Pas avant d'avoir pris ensemble le verre de l'amitié. Je vous présente Vincent Carré, annonça-t-elle en pivotant vers son compagnon. M. Carré travaille au consulat.

— Enchanté, Jean-Guilhem Palescaut, rétorqua-t-il en lui tendant la main, puis il ajouta en désignant Paula : Je vous présente le Dr Bridler.

Alors que celle-ci adressait un signe de tête avenant et un léger sourire au nouveau venu, la Rabasse s'empressa de préciser :

— Le Dr Bridler est la sœur du professeur.

Le soupir excédé de Jean-Guilhem n'échappa à personne. Quittant son siège, il fit signe à Paula de se lever mais l'infirmière en chef reprit comme si de rien n'était :

— Si nous avions su que vous dîniez ici, nous serions venus plus tôt et ainsi nous aurions eu le plaisir de manger ensemble. N'est-ce pas, Vincent ?

Ces salamalecs commençaient à énerver Jean-Guilhem qui résolut de mettre les choses au point.

— Désolé, Linette, Paula et moi avons à discuter de choses importantes.

Mme Rabasse ne parut pas remarquer l'agacement qui perçait dans sa voix.

— Ah ! ces contraintes familiales ! On peut difficilement y échapper, plaisanta-t-elle.

— Combien de fois devrai-je vous répéter qu'il n'y a aucun lien de parenté entre Paula et moi ? Perdez-vous la mémoire ou le faites-vous exprès ?

Le visage de l'infirmière en chef changea de couleur, ses traits déformés par le ressentiment blêmirent, puis la colère l'emportant, elle rougit violemment. Sur le point d'ouvrir la bouche, elle se ravisa, non sans un regard rancunier à l'adresse de Paula.

— Cela dit, j'ai été enchanté de faire votre connaissance, monsieur Carré, assura Jean-Guilhem qui ne s'était rendu compte de rien. Au revoir, Linette, et bonne soirée à vous deux.

D'un geste assuré, il prit Paula par le coude et la poussa doucement vers la sortie. Incapable de rester sur un échec, la Rabasse les rattrapa et insista avec lourdeur :

— Jean-Guilhem ! Vous avez bien quelques minutes à consacrer à notre nouvel ami. M. Carré est dans les petits papiers du consul. Il peut faire beaucoup pour l'hôpital, vous savez.

Bien déterminé à ignorer l'invitation, Jean-Guilhem resserra son étreinte sur le bras de sa compagne pour la faire avancer. Elle se plaignit sourdement :

— Tu me fais mal.

— Excuse-moi, murmura-t-il en la relâchant.

Comme aimantée par une force invisible, sa main glissa le long du bras de Paula et ses doigts se mélangèrent aux siens. Surprise, la jeune femme leva les yeux vers lui, leurs regards se mêlèrent dans un étonnement intense, presque douloureux. Le brouhaha autour d'eux s'éteignit.

— Alors ? Vous vous décidez ?

La voix acerbe de Linette les ramena à la réalité, et la machine du temps se remit en mouvement :

le bruit des voix, le cliquetis des couverts parvinrent à nouveau à leurs oreilles.

— M. Carré nous attend, persévéra l'obstinée, d'autant plus hargneuse qu'elle avait vu leurs mains jointes et observé le long regard qu'ils venaient d'échanger.

— Vas-y, Jean-Guilhem, ne fais pas attendre M. Carré, moi je rentre chez moi. Ne te dérange surtout pas, j'appelle un pousse-pousse, déclara Paula sur un ton qui refusait la moindre objection.

— Eh bien, voilà ! approuva la Rabasse en se saisissant du bras de Jean-Guilhem. Puisque le Dr Bridler désire rentrer chez elle, plus rien ne s'oppose...

Sans attendre la suite, Paula traversa la salle, les jambes flageolantes.

Que leur était-il arrivé ? Que cherchait donc Jean-Guilhem en lui manifestant autant de sympathie ? Que signifiaient ses regards brûlants, ses caresses troublantes ? Pourquoi ce soir lui avait-il révélé un aspect de sa vie qu'il lui avait soigneusement dissimulé jusque-là ?

— Paula !

— Oh ! sursauta-t-elle. C'est malin de surgir sans crier gare ! Tu m'as fait peur.

— Tu ne croyais tout de même pas que j'allais te laisser rentrer seule ?

— Et toi ? Tu ne t'imagines tout de même pas que je vais t'obéir au doigt et à l'œil ?

— En l'occurrence, si ! trancha-t-il. Nous sommes partis ensemble, nous rentrerons ensemble, point final !

Son insistance commençait sérieusement à agacer la jeune femme. Qu'importait à ce butor si elle rentrait seule ou non ? La Rabasse était là pour lui tenir compagnie, n'est-ce pas ? Et il pouvait faire confiance à son infirmière en chef pour renvoyer vite fait, bien fait M. Carré dans ses foyers.

— Je n'ai pas besoin de toi !

Jean-Guilhem accusa le coup et la contempla avec une expression tourmentée. Puis il tendit la main vers elle mais se retint au dernier moment.

— Je sais, tu n'as jamais eu besoin de personne, et surtout pas de moi.

La tendre complicité qui les avait unis un bref instant s'était dissipée. Il était redevenu tel qu'elle l'avait connu dans son enfance.

Fort à propos, un couple s'approcha d'eux. L'homme interpella Jean-Guilhem et Paula en profita pour s'éclipser. Comme d'habitude devant tout restaurant ou lieu de plaisir, de nombreux vélos-pousse attendaient le client.

— Doublez votre allure et je vous paierai double, proposa Paula au conducteur du véhicule.

— Triplez ma commission et je triplerai mon allure, répondit-il en lui jetant un regard par-dessus son épaule.

— Entendu !

Dix minutes plus tard, Paula pénétrait dans son bungalow. Sa porte fermée à double tour, elle déposait sa clef sur une table basse lorsqu'elle entendit frapper.

— Paula ?

— Laisse-moi tranquille, Jean-Guilhem Palescaut ! Je n'ai rien à te dire.

— Ouvre ! Je frapperai à ta porte aussi longtemps qu'il le faudra mais je ne partirai pas d'ici avant de t'avoir parlé !

— Non ! Tu ne peux pas faire une chose pareille. Des enfants dorment dans cette maison, ne l'oublie pas.

— Calme-toi, Paula ! En fait, je voulais simplement m'assurer que tu étais bien rentrée. Je me suis fait un sang d'encre après ton départ, ici les rues sont peu sûres et…

— Ta gentillesse me surprendra toujours, persifla-t-elle. Mais maintenant, tu peux aller t'occuper de ta *chère* Linette : je suis bien rentrée et, désormais, je veillerai à ne plus jamais m'interposer entre vous deux.

— Paula, arrête de dire des bêtises. Allez, ouvre-moi et expliquons-nous calmement.

— Pas ce soir, je suis trop fatiguée. Un peu de quiétude pour cette dernière nuit avec mes filles, est-ce trop te demander ?

— D'accord ! Je vais me retirer, mais la discussion n'en est pas close pour autant.

En entendant le bruit de ses pas décroître dans la nuit, Paula entrouvrit doucement la porte.

Accrochée au-dessus des arbres, la lune ronde baignait les bungalows d'une douce lumière. Près du ruisseau, soutenus en contrepoint par le concert des bruissements nocturnes, les crapauds lançaient leurs vibrants coassements.

Le lendemain, Paula parvint par miracle à éviter de se retrouver seule avec Jean-Guilhem, invoquant un prétexte ou un autre pour s'esquiver adroitement dès qu'un tête-à-tête se profilait dans leur environnement.

Les jours suivants, elle mit tout en œuvre pour éviter les approches, autant celles venant du Pr Palescaut que de la Rabasse.

Toutefois, une proposition directe émanant de la table des médecins la prit de court :

— Veux-tu déjeuner avec nous, Paula ? l'invita Jean-Guilhem.

— Je… Non. Nous avons un point de service à

examiner, Mme Vergne et moi, éluda-t-elle, affichant une amabilité de façade.

— Une autre fois alors, lui répondit-il d'un ton posé.

Cependant, la désapprobation visible dans son regard gris prouvait qu'il n'était pas dupe et son excuse ne l'avait pas empêché de percevoir la rancœur qu'elle s'efforçait de dissimuler.

Quant à l'infirmière en chef, elle n'en perdit pas une miette et s'empressa de décocher à Paula un sourire si visiblement triomphant que la jeune femme dut serrer les dents pour retenir l'apostrophe violente qui lui brûlait les lèvres.

— Docteur Bridler, je veux vous voir cet après-midi dans mon bureau, décréta Jean-Guilhem d'un ton sec.

Fronçant les sourcils, elle le regarda à travers la table.

— À votre disposition, monsieur, laissa-t-elle tomber d'une voix neutre.

Quand il faut y aller, il faut y aller, soupira Paula.

La main sur la poignée de la porte, elle s'arrêta pour fixer le Pr Palescaut droit dans les yeux. Défi qui tourna court, car la fatigue marquait le visage de Jean-Guilhem et c'est le cœur serré qu'elle réprima la tentation de le réconforter.

Rien de surprenant à cela, se reprit-elle. Depuis des années, on lui avait enseigné la compassion raisonnée. Son impulsion n'avait donc rien à voir avec un élan personnel. Pas plus que le frisson lui parcourant le dos dès que lui revenait en mémoire l'instant unique où, les yeux dans les yeux, ils avaient oublié le reste du monde.

— Pour quelle raison voulais-tu me voir ? l'interrogea-t-elle d'une voix qui trahissait quelque peu sa confusion.

— Savoir où en était l'installation de tes protégées, et son financement.

— Ah ! Une collecte de vêtements a satisfait aux premières nécessités. Quant aux besoins urgents... mes économies permettent d'y faire face...

Elle s'abstint toutefois de lui remettre en mémoire qu'à l'origine cette épargne était avant tout destinée au remboursement de la dette qu'elle croyait avoir contractée envers lui. Elle reprit :

— ... et d'attendre que se présente un acquéreur pour la perle.

D'un geste de la main, il lui signifia que la chose étant entendue, il ne voulait plus en entendre parler.

— L'autre soir cette question a été réglée une fois pour toutes. L'acquéreur, c'est moi ! Et en attendant le déblocage des fonds, j'entends bien assumer les premiers frais.

Un instant, tentée de repousser son offre, la jeune femme finit par acquiescer d'un brusque signe de tête, à la manière d'une enfant mécontente d'être obligée de céder.

Du coin de l'œil, elle perçut le regard déterminé de son interlocuteur et pressentit une conclusion morale sur la façon de s'incliner devant l'inévitable.

Toutefois, après un instant de silence, il poursuivit d'un ton conciliant :

— Tu vois, à part les détails à régler au fur et à mesure qu'ils se présenteront, tout s'arrange donc pour le mieux.

La proposition de Jean-Guilhem étant belle et bien définitive, elle méritait une reddition complète.

Pourtant... sapristi ! Il lui en coûtait de s'y résigner !

Décidée à avoir le dernier mot, Paula tapota ostensiblement le cadran de sa montre.

— Je suis désolée, mais…

— Bien sûr, soupira-t-il, l'air désabusé.

Avant qu'elle puisse esquisser le moindre mouvement, il l'avait déjà rejointe. Mais la jeune femme évita de le regarder tandis qu'il maintenait la porte ouverte et s'écartait à demi pour la laisser passer.

Les filles s'accoutumèrent facilement à leur nouvel environnement. D'autant plus aisément que leurs hôtesses étaient naturellement bonnes et comprenaient d'instinct les problèmes auxquels elles avaient été depuis toujours confrontées.

Au fil de ses fréquentes visites, Paula en éprouva même un léger sentiment de jalousie, jusqu'à ce qu'elle comprenne que Mmes Leport se comportaient en véritables mères avec les petites. Malgré toute sa bonne volonté, elle réalisa alors qu'elle-même n'aurait pu mieux faire.

À l'hôpital, elle s'arrangea pour éviter les services aux heures où Jean-Guilhem avait l'habitude d'y officier. Sa technique était si bien ajustée qu'au cours des jours suivants, elle le croisa rarement. Fort heureusement, car la jeune femme, plutôt mal à l'aise, ne cessait de se poser des questions sur une relation qui, d'un état de dissentiment latent, s'était transformée en une sensation troublante. Si lentement, si subtilement… qu'il était impossible d'en situer le point de départ.

Ce soir-là, elle avait presque atteint son bureau lorsque Jean-Guilhem déboucha à l'angle d'un couloir adjacent. Ils s'immobilisèrent en même temps en échangeant de part et d'autre un bref regard. L'espace d'un instant, Paula hésita entre saluer le médecin chef ou feindre l'inattention. Préférant la seconde option, elle pressa le pas et s'engouffra en hâte dans son bureau où Jean-Guilhem s'empressa de la rejoindre.

— Comptes-tu m'éviter encore longtemps ? lança-t-il d'un ton sarcastique.

Alors qu'elle se préparait à s'installer devant son bureau sans répondre, il la retint par le bras.

— Je t'ai posé une question.

— Que veux-tu dire ? Je ne comprends pas, se déroba-t-elle en s'asseyant dans son fauteuil.

— Tu comprends très bien, au contraire. Je t'ai connue plus franche, Paula. Si tu as quelque chose à me reprocher, dis-le, bon sang !

Que dire ? S'informer de ce qui avait bien pu changer entre eux pour qu'elle devienne si sensible à sa présence ? Lui avouer qu'un trouble sensuel la traversait désormais dès qu'il était devant elle ? Lui dire qu'elle s'abrutissait de travail pour éviter de penser à un avenir possible entre eux ? Lui révéler qu'il avait fait naître en elle une émotion qu'aucun homme ne lui avait fait ressentir ? Quant à son sommeil, autant n'en pas parler... si elle parvenait à y sombrer, ce n'était que pour glisser dans des rêves qu'elle jugeait indécents et pervers.

Comment exprimer ces sensations qu'elle-même comprenait si mal ?

Paula avait toujours mis un point d'honneur à se comporter de façon raisonnable, à peser chacune des décisions concernant son avenir. Et voilà qu'à présent elle craignait de dire ou de faire quelque chose qui menacerait le cocon préservé dans lequel elle s'était réfugiée.

Jean-Guilhem contourna le bureau sans cesser de parler.

— Voyons, Paula ! Tu n'as plus dix-sept ans pour

jouer à « *un coup, je te vois, un coup, je ne te vois pas* ». Conduis-toi en adulte, explique-toi, bon sang !

Lorsqu'il se pencha vers elle, Paula esquissa un geste de recul comme pour éviter son contact. Un bref coup d'œil sur le visage figé de Jean-Guilhem l'assura qu'il avait parfaitement saisi le message.

— Très bien ! Cette fois, on discute ! décida-t-il en s'asseyant sur le bord du bureau. J'en ai plus qu'assez de tes manières ! Depuis plus de quinze jours, tu m'évites systématiquement. Pourquoi tant d'aversion ? As-tu à te plaindre de moi pour une raison ou une autre ? T'ai-je donné l'impression de t'avoir manqué de respect ? Me ferais-tu payer le ressentiment que t'inspire Mme Rabasse ? Je me pose mille questions et il serait temps d'éclairer ma lanterne.

Abasourdie, Paula rentra la tête dans les épaules. Jean-Guilhem avait parfaitement analysé tous les sentiments qu'elle éprouvait. Rien n'y manquait, pas même sa féroce jalousie à l'égard de la Rabasse.

— S'il te plaît, Paula, soupira-t-il, la main tendue.

Son visage avait perdu toute agressivité, et il semblait calme, presque abattu. Une boule se forma dans la gorge de la jeune femme. Elle leva les yeux, leurs regards demeurèrent un instant rivés l'un à l'autre.

Venu du couloir, l'appel du boy affecté à la convocation des médecins les ramena à la réalité : « *Le plofesseul Palescaut est sollicité aux ulgences !* »

Paula fut la première à détourner la tête. Jean-Guilhem se leva à regret.

— Je dois y aller. Cependant, il faut éclaircir la situation. Ce qui se passe entre nous...

— Rien ne se passe, nia-t-elle, incapable d'affronter à nouveau son regard. La situation n'est pas inédite, nous n'avons jamais pu nous supporter. Cela ne va pas changer du jour au lendemain.

— C'est ça ! Fais l'autruche, Paula. Néanmoins, quoi qu'il arrive, nous aurons cette discussion, un jour ou l'autre… Oh, oui ! Nous l'aurons !

La voix de Jean-Guilhem était sèche. Cependant, la jeune femme discerna en lui une tension qu'elle n'avait jamais pressentie auparavant.

Il détourna la tête, comme s'il appréhendait que Paula ne lise dans ses yeux ce qu'il voulait lui cacher.

— Maintenant, professeur Palescaut, si tu veux bien me laisser… j'ai besoin d'être seule.

Avant de quitter la pièce, il l'observa avec un air de dérision désabusée.

— Cesse donc de te conduire comme une jouvencelle innocente. La tournure prise par nos relations n'est pas la fin du monde. Depuis que nous nous sommes retrouvés, il était évident qu'un jour ou l'autre cela nous arriverait.

« *Le plofesseul Palescaut est sollicité aux ulgences !* »

— Cette fois, je dois y aller, à très bientôt, Paula.

Paula consulta des dossiers, signa quelques papiers, mais elle avait la tête ailleurs et ne parvenait pas à chasser Jean-Guilhem de ses pensées. Elle si prudente, si raisonnable, cela ne lui ressemblait guère de tomber amoureuse. Malgré sa méfiance pour un sentiment perturbateur comme l'était l'amour, aucun doute ne subsistait au sujet de ses sentiments. Elle aimait Jean-Guilhem tel qu'en lui-même… suffisant, sûr de lui… et profondément humain, avec une tranquille assurance dépourvue de sécheresse et une générosité le faisant apprécier de tous.

Les coudes sur le bureau, elle laissa tomber sa tête entre ses mains.

Les propos tenus par Jean-Guilhem n'étaient pas clairs. Que signifiaient ses paroles tour à tour arrogantes ou doucereuses ? Les doutes, les peurs, jusqu'alors difficilement contenus par Paula, remontèrent en surface, submergèrent sa confiance en elle, lui substituant insidieusement une amère déception. Quelle idiotie d'avoir imaginé un instant que l'amour pouvait s'installer entre eux !

Ennemis ils étaient, ennemis ils resteraient. Alors, les chimères et les tendres sentiments... autant en faire son deuil.

9

La journée avait été calme, routinière. Jusqu'à ce qu'un appel du médecin de garde aux urgences n'annonce l'arrivée de plusieurs diphtériques, amenés par les brancardiers au pavillon des contagieux. Parmi eux, six enfants de moins de quatorze ans. Patients du Dr Bridler, ils firent l'objet d'une sérothérapie catégorique destinée à aider leur organisme à éliminer rapidement toxines et bacilles. Malheureusement, les deux plus jeunes souffraient du *croup*, nom donné à la location laryngée de la diphtérie composée de fausses membranes grisâtres qui, se formant, obstruaient le larynx, avec le risque d'entraîner l'asphyxie. Maladie contre laquelle on luttait par la sérothérapie et des badigeons profonds et répétés destinés à éliminer les membranes adhérentes.

Les patients venaient tous d'un village situé au nord. De quoi se tourmenter, car pour dix diphtériques transportés à l'hôpital, combien étaient restés sur place en dépit de l'obligation de déclarer tout cas de maladie contagieuse ?

Quoi qu'il en soit, le doute n'était plus permis, ils avaient affaire à un début d'épidémie.

Aussi, le Pr Palescaut fit annoncer qu'il attendrait

les chefs de service, médecins et internes, dans son bureau à dix-neuf heures.

— Convoquée, vous aussi, par le grand chef, pour un conseil de guerre ? ironisa Jacques Courve en croisant Paula dans le couloir. Dans ce cas, je vous y accompagne, belle dame.

Si Jean-Guilhem fronça les sourcils en les voyant entrer ensemble et souriants, il se garda du moindre commentaire. Après avoir brièvement résumé les faits, il donna ses directives : « Se rendre dans le village contaminé par la maladie – recenser les malades – lui envoyer immédiatement un boy avec des informations précises sur la situation – traiter les patients les moins touchés sur place et faire évacuer les plus atteints sur l'hôpital. »

— Un médecin, deux internes, deux infirmières ! Qui est volontaire ? Docteur Courve ?

Lequel se sentit dans l'obligation d'acquiescer, sans oser rétorquer qu'il ne s'était nullement proposé.

— Bien ! Choisissez vos internes en fonction de leurs plans de travail. Un conseil cependant, essayez d'emmener Xuan et Le Tu avec vous, ce sont des éléments valables, ils ont fait leurs preuves. Pour les infirmières, voyez cela avec l'infirmière en chef. Départ dans une heure.

Alors qu'après une ultime tournée elle quittait son service, Paula tomba sur Jean-Guilhem qui, dans le hall d'entrée, l'attendait de pied ferme.

— Tout va bien, Paula ?

— Nous nous en sortons, comme d'habitude, répliqua-t-elle avec conviction.

Lorsqu'ils quittèrent le bâtiment, une brise annonciatrice d'orage ébouriffait la cime des arbres. Paula respira profondément. Le repos que prenait le ciel des tropiques avant de se déchaîner, durant lequel bruits et odeurs s'intensifiaient, enchantait la jeune femme.

— Tu ne pourras jamais regagner ton bungalow à temps, pronostiqua Jean-Guilhem en scrutant l'horizon.

À peine avait-il prononcé ces mots que, précédée d'un grondement de tonnerre assourdissant, une pluie diluvienne s'abattit sur le parc, violente et drue. Pris dans un déluge à couper le souffle, aveuglés et trempés jusqu'aux os, ils avaient le plus grand mal à avancer.

— Par ici, cria Jean-Guilhem en l'entraînant vers son bungalow.

Lorsqu'ils l'atteignirent, la jeune femme s'engouffra précipitamment sur le perron aménagé en véranda. Dans la semi-pénombre, ils s'observèrent avidement.

La chemise de Jean-Guilhem, rendue transparente par l'eau, soulignait les muscles de sa poitrine et de ses bras.

Prenant soudainement conscience de l'indécence des vêtements collés sur son corps, Paula se laissa choir dans un des deux fauteuils en bambou garnissant la véranda puis essora le bas de sa jupe d'une main légèrement tremblante.

— Tu vas rester ici jusqu'à la fin de l'orage, décréta Jean-Guilhem en s'installant dans l'autre fauteuil, face à elle.

Accoudés à une petite table ronde, ils regardèrent la pluie tomber et tourbillonner sur l'allée menant à l'hôpital dont ils ne parvenaient même plus à distinguer les contours dissimulés par l'épais rideau déversé par le ciel.

La jeune femme se tourna vers Jean-Guilhem et ouvrit la bouche pour lui parler mais la referma aussitôt. Fascinée par le profil de son compagnon, elle en avait oublié ce qu'elle voulait lui dire. De minuscules gouttes de pluie perlaient sur les mèches égarées sur son front et Paula dut se faire violence pour ne pas passer sa main dans les cheveux de Jean-Guilhem tant son trouble était grand. Sans doute conservait-elle, enfoui dans sa mémoire, le souvenir de leur étreinte, là-bas, dans le jardin de la maison dévastée des filles.

Comme s'il avait deviné ses pensées, Jean-Guilhem tourna la tête vers elle et fixa la jeune femme intensément. Pour Paula, plus rien n'existait, ni les parfums exaltés par l'orage, ni le bruit crépitant de la pluie. Seul lui importait ce regard troublant et caressant sur son visage qui lui brûlait la peau. Envahie par une délicieuse impression d'irréalité, elle retint son souffle.

Jean-Guilhem se leva, s'approcha de la jeune femme et tendit la main pour l'aider à se lever.

— Viens ici, Paula.

Sans réaliser comment cela s'était fait, elle se retrouva prisonnière dans ses bras, le visage enfoui au creux de son cou où une artère battait fébrilement tout près de sa bouche. Cette découverte la plongea en plein désarroi comme si, subitement, le ciel s'ouvrait devant elle. Qui bougea le premier? Elle, en jetant un bras autour du cou de Jean-Guilhem dans un élan de tout son être? Ou lui qui, en étouffant un gémissement dans les cheveux de la jeune femme, mit ses mains en coupe autour de son visage tandis que ses lèvres glissaient jusqu'à son oreille et murmuraient :

— J'ai tellement rêvé de cet instant... Embrasse-moi, s'il te plaît. Embrasse-moi...

Tout au plaisir de connaître enfin le goût de sa peau, de découvrir la chaleur de ses lèvres, elle obéit en frissonnant. Il réagit à ses caresses en la serrant de toutes ses forces contre lui. Paula éprouvait une telle faim de cet homme, un désir si profond de s'unir à lui qu'il ne lui était plus possible de nier la vérité : inconsciemment, elle devait avoir eu envie de lui depuis la nuit des temps.

Leurs lèvres se joignirent et la jeune femme sentit la main frémissante de Jean-Guilhem remonter le long de sa nuque pour se perdre dans son épaisse chevelure bouclée. Écartant le col du chemisier, il chercha le contact de sa peau nue avec une avidité qui égalait la sienne. Tandis que son baiser se faisait plus exigeant, sa bouche devenait plus avide d'instant en instant comme s'il ne parvenait plus à maîtriser le désir que la jeune femme lui inspirait. Lorsqu'elle s'arqua sous la caresse de ses doigts, en s'abandonnant à un plaisir qu'elle n'avait jamais ressenti, il murmura :

— Je te veux, Paula. Si tu savais comme j'ai envie de toi !

Sa voix rauque, chargée de passion, mettait ses sens à vif. Sans comprendre comment la chose s'était faite, elle se retrouva libérée de son chemisier, libre de sentir leur peau se toucher. Incapable de résister à la tentation, elle posa la main sur le torse nu de Jean-Guilhem, laissa courir ses doigts sur sa poitrine avec une sorte d'émerveillement. Et lorsqu'il la plaqua passionnément contre lui et lui donna à sentir la force de son excitation, elle frissonna de bonheur. La chaleur de Jean-Guilhem, le désir exprimé par son corps viril, Paula les découvrait avec l'extraordinaire impression de les avoir toujours connus. Même l'odeur de sa peau lui semblait familière. Exactement comme si ces sensations faisaient partie d'elle depuis l'éternité, comme si elle en avait éprouvé la nostalgie tout au long de sa vie.

Pour l'instant, elle savourait le bonheur de sentir Jean-Guilhem trembler tout entier de l'urgence de la posséder. Bientôt, le moment arriverait où...

S'immisçant brutalement dans le désir grandissant qu'ils éprouvaient l'un pour l'autre, des bruits de voix retentirent soudain à l'extérieur. Ils sursautèrent.

— Courve ! maugréa Jean-Guilhem d'une voix crispée en se détachant à regret de la jeune femme. Je reconnaîtrais sa voix entre mille.

En sentant l'air frais sur sa poitrine, Paula reprit brutalement conscience de l'endroit où elle était. Et avec qui. En toute hâte, elle rajusta ses manches sur ses épaules.

— Comment ai-je pu... s'effara-t-elle en boutonnant fébrilement son chemisier.

Dans l'altération de sa voix, Jean-Guilhem perçut un rejet et le refus d'assumer.

— Paula, écoute-moi ! Tu sais aussi bien que moi que cette attirance a toujours existé entre nous.

Anéantie par son affirmation, la jeune femme évita son regard.

— Ce n'est pas vrai, eut-elle le front de soutenir.

— Alors, dis-moi, que fais-tu ici ? reprit-il d'un ton impatient. Que tu n'aies pas compris que je te désirais quand tu étais adolescente, je veux bien l'admettre. Mais le temps a passé et, l'expérience aidant, tu connais mieux la vie maintenant et tu sais reconnaître ce que veut un homme...

Libre à lui de le croire. Tourmentée par un profond désarroi, Paula ne parvenait plus à raisonner. Elle devait impérativement quitter cet endroit de perdition.

Bouleversée par la rapidité des événements, la jeune femme s'enfuit en courant et, arrivée chez elle, s'enferma à double tour. Adossée contre la porte, elle épia les bruits du dehors. La voix d'un boy s'excusant de n'être pas prêt parvint jusqu'à elle.

Mon Dieu, si Jacques Courve ne s'était pas manifesté à cet instant précis, Jean-Guilhem et elle…

Elle se mordit le poing en s'évertuant à refouler l'obsédante vision.

Jean-Guilhem rompit le silence en tambourinant sur sa porte et en clamant une fois de plus *qu'ils avaient à parler*.

— Non ! s'écria-t-elle avec effroi, ulcérée à l'idée d'avoir à évoquer une scène qui à présent l'accablait de honte. C'était une erreur. N'en parlons plus jamais. Je préfère l'oublier.

— Quand il s'agit d'affronter des problèmes personnels, tu te défiles toujours. Ton refus de tout dialogue me rend fou. Cela dit, tu as raison de garder ta porte fermée, car sinon, rien ne m'empêcherait de t'entraîner de force dans ta chambre pour te montrer…

— Ne crie pas si fort ! On pourrait t'entendre !

De derrière la porte lui parvint un grognement de lassitude.

— Oh ! Et puis à quoi bon… En fin de compte, tu n'es qu'une froussarde.

Inutile d'entrer dans les détails, de lui révéler ce qu'il dissimulait depuis longtemps. L'amour qu'il éprouvait pour Paula était comme un virus tenacement ancré en lui et contre lequel il n'avait jamais pu totalement s'immuniser.

La jeune femme tendit l'oreille et soupira de soulagement en entendant le bruit de ses pas décroître dans la nuit. La tension, en se dénouant peu à peu, la vida de ses forces. Les jambes tremblantes, elle se laissa glisser à terre, le dos appuyé contre la porte.

Qu'allait lui dire Jean-Guilhem lorsqu'elle l'avait interrompu ? Qu'avait-il à lui *montrer* ? Qu'il parviendrait à la dominer par les sens ? Ça, elle le savait déjà. Pourquoi s'efforcerait-elle d'élever une muraille entre eux, sinon pour éviter la répétition de ce genre de situation ? Cette question en amena une autre : depuis quand éprouvait-elle ce désir pour lui sans oser se l'avouer ? L'idée de vouloir un homme avec une telle intensité, au point de perdre tout intérêt pour la gent masculine en général, était terrifiante.

Pourquoi n'était-elle pas tombée amoureuse de Jacques Courve ? Il était gentil, beau garçon. Et intelligent, ce qui ne gâtait rien !

Aimer son ennemi de jeunesse était une absurdité. Jean-Guilhem Palescaut n'était qu'un libertin, un homme à tenir à distance.

Non, pour rien au monde elle ne s'exposerait aux meurtrissures que lui apporterait immanquablement une liaison avec lui. D'autre part, si ce diable d'homme découvrait qu'elle n'avait jamais eu d'amant et qu'il détenait seul le pouvoir de la faire fondre de désir, de s'abandonner à ses caresses... il aurait beau jeu de se moquer d'elle !

Les yeux brûlants des larmes qui n'aspiraient qu'à couler, Paula réalisa avec accablement que déjà la décision ne lui appartenait plus.

Elle s'apprêtait à se mettre au lit, l'esprit obnubilé par les événements de la soirée, lorsque, après un timide « wouh ! », Mai-li pénétra dans la chambre.

— Docteul Blidel ! Un messager du seigneul Sheng...

— Encore ! maugréa Paula d'une voix peu amène.

S'imaginait-il qu'elle était à ses ordres ? Qu'il lui suffisait de claquer les doigts pour la voir se précipiter chez lui ?

— Que me veut le seigneur Sheng, cette fois ?

Mai-li haussa timidement les épaules en signe d'ignorance. Paula n'insista pas et se drapa dans le peignoir tendu par sa servante.

Une voix impatiente derrière la porte retint son attention. Contrairement aux règles implicites lors de négociations, le messager cédait à une hâte fébrile en complète contradiction avec les usages préconisant la modération.

— Que se passe-t-il, Hong ? s'impatienta Paula.

La réponse vint de l'homme du seigneur Tigre ; après les compliments de politesse débités d'une traite, il livra le message impératif de son maître : la femme médecin était attendue au palais du seigneur Sheng dans les plus brefs délais.

— Une autre épouse en couches ? questionna-t-elle.

Les préoccupations du seigneur Sheng étaient autrement plus importantes : Petit Tigre son fils avait passé une très mauvaise nuit. Il ne semblait pas impossible qu'il ait contracté la maladie rapportée par ses sœurs aînées et attrapée chez leur grand-mère, laquelle vivait dans un village situé au Nord.

— Décrivez-m'en les symptômes.

La jeune femme dut expliquer le mot avant que le messager reprenne ses explications. Les filles souffraient de la gorge et les femmes au service de la première épouse avaient repéré des « peaux » en formation dans le fond de leur bouche qui gênaient la respiration des enfants.

Diphtérie !

Il n'en fallut pas davantage pour inciter Paula à la promptitude. Elle écrivit un court billet au

Dr Muller pour lui demander la permission d'emmener quelques heures durant Sou-an, l'infirmière supplémentaire de garde ce soir-là.

— Mai-li, sors ma trousse et prépare-moi une blouse blanche ! Hong, explique à l'envoyé que, si je parle sa langue, je ne la comprends que lorsqu'on s'exprime lentement. Pendant que je me rends à la pharmacie de l'hôpital, tu fileras chez le Dr Muller à qui tu remettras cette lettre. Tu attendras sa réponse. Après quoi, tu iras chercher un pousse-pousse…

L'air mécontent, le messager intervint :

— Le seigneur Sheng mon maître a mis une voiture à votre disposition.

La première fois aussi, une voiture avait été mise à sa disposition… à l'aller. Quant au retour, merci bien ! Non seulement, ils avaient dû se débrouiller seuls, mais en prime ils avaient bénéficié du spectacle d'une exécution. Paula n'était pas près de l'oublier !

— Tu le remercieras de ma part. Mais je veux emmener mon boy avec moi et j'ai besoin d'un second pousse-pousse.

— Mon maître… tenta de nouveau l'homme du Tigre.

Paula avait déjà tourné les talons. Il s'agissait de faire vite et de ne rien oublier. Elle emballa rapidement le sérum antidiphtérique et le matériel médical destiné à éviter l'asphyxie des patients en désobstruant pharynx et larynx de leurs fausses membranes.

Devant la grande porte, un garde attendait en faisant les cent pas. Dès qu'il aperçut la voiture, il poussa des exclamations aiguës et houspilla visiteurs et domestiques pour réclamer le libre passage du véhicule.

Signe évident d'urgence absolue : un autre garde se précipita pour tenir ouverte la porte de l'auto et pousser les deux femmes sous le porche, où une servante, visiblement effarée, leur fit signe de la suivre au pas de course.

— Sou-an, ne t'arrête sous aucun prétexte, enjoignit Paula, le souffle court.

Ordre inutile, car les rares personnes rencontrées se rangeaient prestement afin de leur laisser la voie libre.

Au terme de leur course, les trois femmes atteignirent le pavillon du maître où, manifestement, elles étaient attendues.

Émergeant de l'ombre, une jeune fille, presque une fillette, s'approcha du groupe.

— Oh ! Que faites-vous là ? s'étonna Paula.

La seconde épouse de Sheng leva vers elle un regard anxieux.

— Le père de mon fils m'a interdit d'entrer dans sa chambre.

Le seigneur Sheng craignait-il une éventuelle contamination pour son épouse ?

— Je suis très inquiète pour mon fils. S'il vous plaît, permettez-moi de vous accompagner, vénérable femme savante. Peut-être qu'en votre présence mon époux ne me renverra pas.

— Le seigneur Sheng va s'impatienter, avertit la servante avant de se retirer après un rapide salut.

Dès que la porte s'entrouvrit, la jeune mère se glissa à l'intérieur à pas de loup. Elle longea le mur et se réfugia dans le coin le plus sombre de la pièce.

Quelle ne fut pas la surprise de Paula en voyant Sheng le Tigre s'avancer vers elle, le regard empli d'une intense anxiété.

— Mon fils est malade, guérissez-le ! ordonna-t-il

d'une voix forte pour couvrir les cris du bébé couché dans un berceau en lattes de bambou.

— La mère de l'enfant est entrée avec moi, l'informa Paula en se dirigeant vers le berceau. Y voyez-vous un inconvénient, seigneur Sheng ?

Aux yeux du maître, la question ne valait d'autre réponse qu'un vague signe de la main vers une forme agenouillée et à demi cachée par un large rideau de satin. Il avait parfaitement remarqué.

— Cette petite sotte se met à sangloter dès que mon fils pleure.

— C'est encore une enfant, seigneur, plaida Paula. Permettez qu'elle demeure dans la pièce avec son fils.

— Soignez mon fils et ne vous occupez pas du reste, trancha Sheng d'un air excédé.

Paula poussa le berceau devant la fenêtre afin d'examiner l'enfant en pleine lumière. Elle prit sa température… à peine plus élevée que la normale.

— Sou-an, tiens-lui la bouche ouverte, s'il te plaît, demanda Paula qui, en s'aidant d'un abaisse-langue, se mit en devoir de regarder attentivement la gorge de l'enfant.

Lequel hurlait et se démenait comme un beau diable. Aucun signe d'inflammation.

— Chut, chut, chut… Petit Tigre, l'apaisa-t-elle en imprimant un mouvement de va-et-vient au berceau.

L'enfant se calma et, fixant Paula de ses beaux yeux noirs, il agita ses mains. La jeune femme lui sourit, le bébé lui rendit son sourire, découvrant alors une gencive rougie anormalement avant de se mettre à mordiller rageusement son poing. Son expression se modifia, il poussa un cri perçant qui alerta son père et le plongea dans la consternation.

Avant tout, rassurer Sheng le Tigre et la mère du petit, toujours tapie dans le coin le plus sombre.

— Votre fils n'a pas de fièvre, il n'est pas malade. Il va bientôt avoir une dent et elle le fait souffrir. Ce n'est pas grave, tous les enfants passent par là, sa nourrice a dû vous le dire.

— Sa présence le faisait pleurer, je l'ai éloignée de lui.

La langue démangeait Paula de lui objecter qu'il serait au courant de ces choses s'il s'était un tantinet intéressé à ses filles.

De sa trousse, elle sortit un flacon de baume dentaire. Puis, prenant l'enfant dans ses bras, elle le berça, enduisit son index de baume et, précautionneusement, le glissa sur la petite gencive qu'elle massa d'un doigt léger.

— Ce médicament va soulager la douleur pendant un bon moment. Je suis sûre que la nourrice aurait agi ainsi si vous ne l'aviez pas tenue à distance.

À sa demande, Sou-an lui présenta un linge imbibé d'eau avec lequel Paula rafraîchit le petit visage barbouillé de larmes et de morve. L'enfant ne broncha pas, fasciné par la chaînette pendue au cou de la jeune femme. Il tendit ses petits doigts en direction de l'objet convoité. Voyant qu'il ne réussissait pas à l'atteindre, il rougit de colère et tendit les bras vers son père.

Le seigneur Tigre prit le bébé, respira son visage avec amour comme le faisaient les mères asiatiques. Puis, l'installant contre son épaule, il posa sa joue sur la petite tête brune et son regard s'illumina d'une lueur d'adoration attendrissante.

— Mon fils n'est pas malade ? Vraiment ? insista-t-il avec une moue dubitative. Je me demande si vous possédez une connaissance des maladies aussi bonne que vous le prétendez.

— Si telle est votre opinion sur moi, pourquoi m'avoir fait demander ? lança-t-elle vivement.

. Sou-an étouffa un cri avec sa main, personne n'osait parler sur ce ton-là à un si puissant personnage.

Lorsque Paula se dirigea vers la porte, Sheng la retint par le bras. Il avait passé des heures dans l'inquiétude la plus noire. Dès que son fils pleurait, il sautait du lit pour le prendre dans ses bras. Mais dès que l'enfant s'endormait, il s'imaginait qu'il était mort.

— Mon fils et moi avons passé une très mauvaise nuit, maugréa-t-il en guise d'excuse.

La jeune femme se dégagea d'une secousse.

— Eh bien, vous voilà rassuré, à présent. Mais, franchement, je ne m'attendais pas à un tel comportement de votre part, riposta Paula d'une voix mordante.

— Je ne suis pas d'humeur à discuter de mon comportement. Surtout pas avec une femme.

Paula le fixa un long moment d'un air furibond.

— Faites du bien à un baudet… marmonna-t-elle entre ses dents.

L'espace d'un instant, elle crut voir briller une lueur d'admiration dans les yeux bridés du Tigre.

— Votre fils s'est endormi, donnez-le-moi, dit-elle enfin.

Lorsqu'il lui tendit l'enfant, Paula le prit contre sa poitrine et, après avoir déposé un léger baiser sur ses cheveux noirs et raides, elle le déposa entre les bras de sa mère.

— Mettez-le au lit, seconde épouse, recommanda-t-elle. Il a besoin de dormir.

Paula contempla l'enfant pendant que sa mère l'installait délicatement dans son lit.

— Votre fils est adorable. D'une beauté parfaite…

Deux sourdes exclamations l'interrompirent.

Tandis que, d'un regard éperdu, la seconde épouse quêtait l'approbation de son seigneur, Paula eut la surprise de voir une rougeur de contrariété envahir le visage du maître de maison. Il baissa les paupières en signe d'acquiescement au message muet de la mère de son fils.

— L'enfant est une fille insignifiante et disgracieuse, chevrota aussitôt la deuxième épouse. Nous ne devrions pas la garder, elle est vraiment trop laide.

— Que signifie ceci, Sou-an ? Ai-je dit ce qu'il ne fallait pas ?

— Docteul Blidlel, il ne faut jamais attiler l'attention de dieux en se léjouissant ouveltement de la pelfection d'un fils. Les dieux sont jaloux, ils poulaient bien le leplendre.

— Pardonnez-moi, balbutia Paula, désolée d'avoir commis un tel impair. Je connais mal vos usages.

— Vous ignorez beaucoup de choses, docteur Bridler, reprocha avec hauteur le seigneur Sheng. Je me demande comment votre famille a accepté de vous laisser exercer un métier d'homme.

L'envie de lui enjoindre de s'occuper de ses propres affaires la démangea, néanmoins Paula trouva la force de s'en abstenir. Mais pas question toutefois de laisser le mot de la fin à ce butor.

— Vous devriez vous reposer et laisser sa mère s'occuper de votre fils, suggéra-t-elle. Moi, je vais me rendre au chevet des filles de votre première épouse.

— Pourquoi ? Je vous ai appelée pour soigner mon fils. Pas pour autre chose, trancha le Tigre sur un ton péremptoire.

— Comme l'indiquent les symptômes qui m'ont été décrits, vos filles souffriraient d'une maladie contagieuse. Si c'est le cas, je serai dans l'obligation de les faire hospitaliser.

Méditant apparemment ces paroles, Sheng se tourna vers la jeune femme.

— Allez-y, ordonna-t-il.

À peine avait-elle fait trois pas que Paula entendit le maître des lieux crier dans son dos :

— Et revenez vite, femme !

Elle s'arrêta aussitôt et pivota sur elle-même.

— Je mettrai le temps qu'il faudra, se rebiffa-t-elle en le regardant droit dans les yeux.

Sheng le Tigre souffla bruyamment par le nez, signe évident de l'effort qu'il faisait pour s'exhorter à la patience.

— J'excuse votre insolence car il semblerait que vous avez des difficultés à comprendre notre culture. Les filles ne méritent pas autant d'égards. Les nourrices prennent soin d'elles et c'est tout à fait suffisant.

Paula réagit comme s'il l'avait frappée. Les yeux étincelants de fureur, elle recula d'un pas.

— Avez-vous écouté un mot de ce que j'ai dit ? Elles sont probablement atteintes d'une maladie mortelle. Et nous risquons de nous retrouver avec une épidémie sur les bras. Alors, à moins de me retenir de force, je vais de ce pas ausculter vos filles !

Horrifiée par une telle outrecuidance, la mère de Petit Tigre s'était si profondément tassée dans son coin qu'elle ressemblait à un ballot de linge.

Quant au seigneur Sheng, il ne comprenait absolument pas pourquoi la femme blanche s'insurgeait avec autant de véhémence contre une coutume aussi solidement ancrée.

Pour ne pas perdre la face, il eut recours à un argument péremptoire :

— Dans une famille, seuls les mâles sont importants et vous le savez parfaitement.

Sa trousse sous le bras, Paula se dirigea vers la porte sans se départir de son air résolu.

— Seriez-vous en train d'insinuer qu'en Asie les petits mâles viennent directement de leur père au berceau sans passer par le ventre d'une femme ?

Pris de court, le Tigre décida d'adopter le parti d'acquiescer d'un signe de la tête sans pour autant dissimuler son agacement.

Tête basse, Sou-an sortit de la pièce sans faire plus de bruit qu'une souris. Le Dr Bridler et elle n'étaient pas depuis une demi-heure dans la maison de Sheng le Tigre que déjà, elles avaient largement mérité cent coups de bâton.

Trois quarts d'heure plus tard, l'auto noire du seigneur Sheng empruntait le chemin de l'hôpital, emmenant à son bord les filles du seigneur.

Par chance, les deux petites étaient seules à présenter des symptômes de diphtérie. Probablement parce que leur isolement dans le pavillon de leur mère avait limité les risques de contagion.

Des brancardiers et deux infirmières attendaient l'ambulance qui suivait la voiture noire sans parvenir à la doubler, la route étant trop étroite pour deux véhicules roulant de front.

Ajoutant à l'exaspération de Paula, elle vit la silhouette du Pr Palescaut se profiler sur le chemin menant à l'hôpital.

Lorsqu'il aperçut la jeune femme, il se précipita vers elle.

— D'où viens-tu si tôt le matin ?

Le ton tranchant de sa question la prit de court. À contrecœur, elle relata les derniers événements.

Il eut un curieux regard, et ses lèvres ébauchèrent un pli amer, comme s'il venait de subir une épreuve.

— Une autre fois, avertis-moi avant de te déplacer. D'autre part, n'oublie pas de faire désinfecter la voiture avant de la renvoyer.

Elle ouvrait la bouche pour le remettre à sa place, lorsqu'elle comprit qu'il la provoquait délibérément. Devant l'exaspération affichée sur son visage, Jean-Guilhem retint la réflexion caustique qui lui montait aux lèvres. L'espace d'un instant, il avait oublié combien elle était fière. Finalement, il haussa les épaules. À quoi servait de s'apitoyer sur l'ironie d'un sort qui, après lui avoir laissé espérer son tendre abandon, tenait hors de sa portée la femme qu'il rêvait de posséder ? Il aurait dû être capable d'assumer sa frustration. Mais, étrangement... il n'en était que plus épris.

Paula, qui le regardait à la dérobée, vit ses traits se contracter, elle ressentit son attitude comme une marque de dédain à son égard. Aussi se félicita-t-elle de ne pas s'être livrée corps et âme à son ennemi de toujours.

Toutefois, l'instant n'était pas à l'introspection car les brancardiers attendaient ses ordres.

Afin de juguler le début d'épidémie, chacun avait donné le meilleur de lui-même. La journée leur avait semblé à la fois trop courte et interminable pour venir à bout de leurs multiples tâches.

Tant thérapeutiques que prophylactiques, les soins à donner au pavillon des contagieux prolongèrent la soirée bien après l'heure. Enfin arriva le moment où internes et infirmières entamèrent leur garde de nuit. Après une ultime tournée, le Dr Bridler prit congé en renouvelant la consigne formelle de l'appeler en cas de nécessité.

Sur le chemin de son bungalow, Paula marchait lentement. Soudain, avant qu'elle ait eu le temps de réagir, Jean-Guilhem lui barra le passage.

— On ne peut pas continuer comme ça, Paula !

— Plus tard ! Je t'en prie, plus tard. Je suis épuisée.

Elle n'avait pas la force d'écouter une fois de plus la même antienne : la soirée d'hier était une erreur, et c'était sa faute. Qui avait encouragé l'autre par une attitude provocante ? Qui avait perdu la tête la première ?

Elle, bien sûr !

Gagner quelques heures de répit, repousser le plus longtemps possible le moment où il la mettrait face à ses responsabilités, voilà tout ce qui lui importait à présent.

Mais Jean-Guilhem ne l'entendait pas de cette oreille. Il tenta de saisir son bras. La jeune femme se déroba et se précipita vers son bungalow. Sa réaction eut pour résultat d'aggraver la situation.

Elle se sentait trop vulnérable pour affronter ses reproches sans craquer. Qu'adviendrait-il d'elle si Jean-Guilhem découvrait l'immensité de son pouvoir ?

À bout de souffle, elle ralentit sa course. Une poigne de fer l'agrippa par le bras et lui fit exécuter un demi-tour.

— Lâche-moi ! Je n'ai rien à te dire ! lança-t-elle, excédée.

— Moi, si ! Cette situation stupide ne peut pas durer.

— Laisse-moi, Jean-Guilhem. Je suis épuisée.

Là-dessus, elle escalada les marches du perron et, s'adossant à la porte, ferma les paupières, comme pour mieux souligner sa ferme résolution de mettre fin à la discussion.

— Paula, murmura Jean-Guilhem.

Pour la première fois de la journée, il prononça son prénom avec douceur et sans irritation. Troublée, Paula ouvrit les yeux et surprit son regard posé sur elle. Dans ses prunelles grises brillait une expression d'attente douloureuse.

— Laisse-moi entrer, s'il te plaît.

D'instinct, la jeune femme sentait qu'il lui fallait s'éloigner de cet homme qui avait depuis toujours symbolisé un danger pour elle. Jean-Guilhem et les souvenirs amers qu'il rappelait, l'attirance qu'elle ressentait pour lui et, plus que tout, l'impact sensuel qu'il faisait peser sur elle.

La force de refuser lui manqua. Elle acquiesça en silence, la gorge nouée par l'émotion.

Jean-Guilhem ouvrit la porte, puis s'effaça pour la laisser passer. Toutefois, il la retint par le poignet et la contempla avec une telle intensité, qu'elle vacilla sous l'emprise de son regard.

Dans le silence troublé seulement par le chant lointain des crapauds, elle perçut les battements assourdis et précipités de son cœur. Il l'attira contre lui.

— Sois raisonnable, Jean-Guilhem. Ne recommençons pas... Hier soir était une erreur que nous ferions bien d'oublier très vite.

— Peut-être peux-tu y parvenir, moi pas.

Elle leva les yeux vers lui et vit son regard s'assombrir.

— Désolée de te contrarier mais... je suis perturbée par le côté déconcertant des événements, admit-elle. De plus, je ne suis pas habituée à...

Elle se tut, embarrassée à la pensée d'avoir failli lui avouer son inexpérience amoureuse. L'occasion de se moquer d'elle aurait été trop belle pour Jean-Guilhem !

— Entrons, dit-il brusquement en poussant le battant. Plus vite nous aurons fermé la porte, plus tôt nous pourrons nous expliquer.

— Va-t'en, s'il te plaît, murmura-t-elle d'une voix plus propre à émoustiller son compagnon qu'à l'inciter au départ.

Pour toute réponse, il la serra entre ses bras.

— Nous ne devrions pas faire ça, balbutia-t-elle.

Démentant ses propres paroles, Paula glissa ses doigts dans les cheveux de Jean-Guilhem et plongea ses yeux dans son regard embrasé. Très vite, elle oublia ses objections, ne pensant plus qu'à goûter les lèvres qui s'étaient emparées des siennes avec une voracité bouleversante. Tout arrivait si vite, elle se sentait dépassée par les événements. Mais comment résister à une telle flamme ?

Sa passion trouvait en Paula un écho éperdu. D'elle-même, sa bouche cherchait celle de Jean-Guilhem et, à chaque baiser échangé, Paula sentait sa sensibilité s'exacerber. D'instant en instant, leur intimité s'approfondissait, se faisait de plus en plus grisante. Leurs corps tendus l'un vers l'autre se transmettaient leur fièvre, leurs mains se cherchaient, se perdaient en caresses ardentes. Cheveux, hanches, rondeur d'un sein, souffle lourd interrompu par un gémissement de plaisir. Pourraient-ils mettre un terme à cette merveilleuse étreinte ?

Paula, incapable de contrôler davantage les battements affolés de son cœur et les élans de son corps, ne le souhaitait pas. Jean-Guilhem encore moins !

Silencieux, le monde autour d'eux avait suspendu sa course comme il sait si bien le faire pour tous les amants du monde.

La respiration de Jean-Guilhem se précipita à mesure que leur étreinte gagnait en intensité.

Doucement, il s'écarta d'elle et contempla son visage troublé, tout en s'efforçant de retrouver un souffle plus régulier.

— J'ai tant rêvé de cet instant. Tu ne peux pas imaginer à quel point j'avais envie de savourer tes lèvres, de te toucher... Je veux que tu m'aimes, Paula. Si tu savais combien je le veux!

Le son fébrile de sa voix altérée par le désir bouleversait la jeune femme tout autant que le contact de ses lèvres.

Désormais plus rien n'arrêterait les forces inexorables qui déferlaient en elle et la poussaient vers lui. Même si ce moment si intensément partagé n'était qu'un violent désir physique, rien ne pourrait les arrêter, ils iraient jusqu'au bout.

Tout en la contemplant d'un regard brûlant de désir, il dégrafa son chemisier, en écarta les pans et mordilla la pointe dressée de ses seins à travers la soie du soutien-gorge. Sous la délicieuse torture, Paula ne put retenir un gémissement de plaisir. Se libérant enfin d'une retenue qui dictait sa conduite depuis tant d'années, elle déboutonna d'une main fébrile la chemise de Jean-Guilhem, impatiente de sentir sa peau nue contre la sienne, de découvrir son corps comme lui découvrait le sien.

— Pas ici, chérie, allons dans ta chambre, murmura-t-il contre ses lèvres.

Se dévorant mutuellement de baisers, ils se déshabillèrent l'un l'autre et titubèrent jusqu'au lit, toujours étroitement enlacés. Ils se contemplèrent en silence comme pour fixer à jamais l'image de cet instant, puis submergés par un désir dévastateur, ils se jetèrent dans les bras l'un de l'autre.

— Tu es plus belle que je n'osais l'imaginer, encore plus belle que dans mes rêves les plus fous.

Paula ne se reconnaissait plus. Quoi! C'était elle,

cette femme éperdue et lascive ? Celle dont tout l'être s'était concentré dans un plaisir éblouissant qui l'emportait dans une spirale de sensations merveilleuses ? Celle qui enfin allait connaître l'amour ?

Incapable d'arrêter le va-et-vient de ses mains sur le corps de Paula très fort serré contre lui, Jean-Guilhem frissonna de tout son être.

— C'est bon de te tenir ainsi, murmura-t-il d'une voix enrouée par l'émotion.

Bon ? Paula trouvait cela extraordinairement merveilleux ! Jamais elle n'avait même rêvé d'un tel enchantement.

— Mon ange, nous allons être l'un à l'autre... Enfin !

Même si cette nuit devait être la seule qu'elle avait à partager avec lui, la jeune femme l'assumait en toute conscience. Pour la première fois de sa vie, elle revendiquait le privilège de sa féminité.

Un point la préoccupait pourtant, sa virginité n'était somme toute qu'un détail pour Jean-Guilhem. Mais appréciait-il les surprises de ce genre ? Ou même, était-il homme à ne pas s'en apercevoir ? Après tout, rien ne l'obligeait à mentionner ce trois fois rien.

Dans un sursaut de conscience, elle repoussa Jean-Guilhem des deux mains.

— Attends ! J'ai quelque chose à te dire.

— Pas maintenant, Paula, par pitié ! Ne me demande pas de partir maintenant, je ne le supporterais pas. J'ai envie de toi depuis si longtemps !

— Je t'en prie. S'il te plaît...

Il perçut son trouble et lui demanda à mi-voix :

— Qu'y a-t-il, chérie ?

— Eh bien... Je n'ai jamais...

Alors que, tout naturellement, les mots pour désigner chaque partie du corps et chacune de ses fonctions lui étaient depuis longtemps très familiers, elle se sentait patauger lamentablement.

Jean-Guilhem fixa sur elle un regard intrigué.

— Essaies-tu de me dire que… ?

Quelle idiote ! Elle aurait mieux fait de se taire.

— … que tu es encore vierge ? Pourquoi ne me l'as-tu pas dit plus tôt ?

— L'occasion ne s'en est pas présentée… Et, en fait, cela n'a aucune importance. Si tu trouves ridicule d'être toujours vierge à vingt-quatre ans, je suis de ton avis, sache-le, et également désolée par cet état de fait, ajouta-t-elle en baissant la tête pour lui cacher sa confusion.

— Désolé ! Tu crois vraiment que j'en suis désolé ? protesta-t-il. Oh ! Paula… Tu es la lumière de ma vie.

Il l'embrassa, et leur baiser passionné les laissa pantelants de volupté. Paula enfin s'abandonnait à son instinct de femme et découvrait avec ivresse le pouvoir sensuel qu'elle détenait sur Jean-Guilhem. Quant à lui, il était tellement fou de désir qu'à chacune des caresses de la jeune femme sa virilité se faisait plus pressante, plus exigeante.

— Maintenant, chérie, pensons à nous, rien qu'à nous, haleta-t-il à son oreille. Je veux que ce moment soit inoubliable pour nous deux, nous l'avons tant attendu…

Le souffle d'un désir violent balaya en Paula les dernières traces de raison. Avec un élan de tout son être et en dépit de la douleur fugitive, sa chair accueillit celle de son amant et l'épousa étroitement comme si elle l'attendait depuis la nuit des temps. Plus rien n'existait hormis l'ouragan les emportant vers des rivages enchantés, leurs deux corps enlacés, et la fièvre délicieuse qui les submergeait.

Arrachée hors du temps, Paula étouffa un gémissement, mais ne s'en rendit compte qu'à la réaction de Jean-Guilhem qui la serra plus fort contre lui. Parcouru d'un ultime frisson, il s'abandonna et, ensemble, ils quittèrent ce monde pour l'univers des amants heureux.

Le plaisir reflua lentement, la ramenant à la vie, épuisée et merveilleusement comblée. Sa tête posée sur la poitrine de Jean-Guilhem, elle sentit les battements précipités de son cœur et s'en émut.

Un sentiment de plénitude l'envahit. Désormais, quel que soit l'avenir, elle aurait connu le plus grand des bonheurs entre les bras de Jean-Guilhem et la certitude que son amant l'avait désirée avec une intensité égale à la sienne.

Brisée de fatigue, Paula glissa vers le sommeil bien que Jean-Guilhem l'enserrât trop étroitement pour qu'elle puisse se dégager. Sa dernière sensation avant de sombrer dans l'assoupissement fut les lèvres de Jean-Guilhem sur son front en un baiser émouvant de tendresse et de douceur. Une combinaison d'émotions intenses et si douces que, sous l'effet de la fatigue, Paula était prête à jurer que son amant tenait à elle autant qu'elle-même tenait à lui.

Un sourire aux lèvres, elle s'endormit, attendrissante.

Les traits tendus, Jean-Guilhem resta un long moment à contempler la jeune femme caressée doucement par un rayon de lune filtrant à travers les interstices du volet. Si Paula avait eu le pouvoir de lire dans ses pensées, elle aurait été étonnée et bouleversée. Jamais il n'avait éprouvé une telle jouissance. Il était à la fois exténué et comblé. Avant Paula, aucune femme n'avait suscité en lui ce sentiment de renaître à la vie, neuf, pur. Avec elle, tout était sublimé par les sentiments qu'il lui portait, l'amour physique prenait une dimension nouvelle, un dépassement de soi dans le partage avec l'être aimé. Seule Paula avait eu le pouvoir de faire vibrer dans toutes ses fibres des émotions qu'aucune autre femme n'avait éveillées en lui. Impossible pour Paula de ne pas le ressentir. Elle s'était abandonnée avec une fougue, une sensualité troublante et tellement imprévisibles.

Confiante comme une enfant, elle dormait blottie contre lui. Elle lui avait fait le plus merveilleux des cadeaux qu'une femme puisse offrir à un homme. Et ce présent inespéré lui avait été donné avec une passion qui la lui rendait plus précieuse encore.

« Pourquoi moi ? se demandait-il. Est-il possible qu'elle m'ait attendu, moi ? »

Comment le savoir ? Paula était si secrète, si résolument indépendante. Pas une seule fois elle n'avait évoqué ses sentiments. Toutefois, ses murmures, ses caresses, sa jouissance même exprimaient mieux que des paroles ce que ses lèvres taisaient.

Bien sûr, il avait assouvi la faim irrésistible qu'elle lui inspirait, néanmoins cela ne lui suffisait pas. Il rêvait d'un avenir commun. Il la voulait corps et âme, et à jamais. Depuis toujours, il savait que la fière et délicieuse Paula était la femme de sa vie, mais aujourd'hui, il en avait la certitude.

Un instant, il déplora sa réserve. Il aurait dû lui crier son amour à la seconde où elle s'était si généreusement offerte à lui. La situation serait claire à présent.

La gorge nouée par l'émotion, il effleura la rondeur des seins d'un doigt léger. Paula frissonna. Il remonta le drap défait et en voila son corps adorable. Tenté un instant de passer la nuit avec elle pour savourer le bonheur de se réveiller à ses côtés, il s'obligea, bien à contrecœur, à y renoncer.

La situation et surtout les commentaires qu'elle susciterait risquaient d'être suffisamment difficiles à affronter. Si, de plus, ils se laissaient surprendre par des domestiques trop bavards…

Par ailleurs, il craignait d'imposer trop vite à Paula une intimité susceptible de l'effrayer.

Mais demain… il plaiderait sa cause, lui avouerait combien elle avait compté, et comptait encore, pour lui.

10

Un rayon de soleil sur ses paupières closes la fit cligner des yeux. Elle s'étira langoureusement dans son demi-sommeil et brusquement, prenant conscience de sa nudité, Paula se redressa, les joues en feu, effarée par le souvenir des événements de la veille : Jean-Guilhem avait imprimé sa marque sur chaque parcelle de son corps et elle n'avait rien fait pour l'en dissuader.

Grâce au ciel, il s'était abstenu de passer la nuit avec elle.

À présent, seule et libérée d'une émotion par trop intense, la jeune femme était confrontée à la réalité de son égarement. Pour l'heure, Jean-Guilhem était la dernière personne qu'elle souhaitait voir. Quant à l'accuser d'avoir abusé d'elle… impossible ! Pas après lui avoir donné mille occasions de vérifier qu'être dans ses bras lui faisait perdre tout contrôle d'elle-même.

Tandis que les images évanescentes de leurs étreintes passionnées traversaient sa mémoire, elle repoussa le drap et examina ses hanches, ses seins, ses jambes. Semblable à la Paula d'hier, elle se sentait pourtant différente, comme si les mains de Jean-Guilhem, en modelant son corps, l'avaient réveillée d'un long sommeil.

Qu'allait-il advenir d'eux maintenant ? Jean-Guilhem ne lui ayant fait aucune promesse, leur relation n'avait guère de chances de perdurer. Comment lui en vouloir ? Il n'avait jamais prétendu l'aimer et, Dieu merci, il ignorait la force des sentiments passionnés qu'il lui inspirait.

Combien de temps lui faudrait-il pour découvrir qu'elle était désespérément amoureuse de lui ? Ces sentiments-là étaient un embarras bien inopportun pour eux. En conséquence, la meilleure solution ne serait-elle pas pour elle de rentrer en France ? Mais impossible avec son contrat qui la liait à l'hôpital pour dix-huit mois encore.

Une pensée traversa son esprit : Jean-Guilhem souhaitait peut-être la voir disparaître de sa vie. Peut-être redoutait-il aussi de ne plus parvenir à se débarrasser d'elle ?

Aucun risque !

Car, à tout prendre, cette nuit n'était pas seulement l'aboutissement d'une fascination profondément ancrée en eux, c'était également une sorte de libération définitive de leur passé commun.

Ce chapitre de leur vie étant désormais refermé, quelle opinion Jean-Guilhem portait-il sur son ennemie de jeunesse ? Regrettait-il l'épisode de la nuit passée ? Pour sa part, jamais elle ne pourrait oublier qu'il lui avait fait découvrir la passion. Comment le pourrait-elle, d'ailleurs ? Les traces du plaisir pris ensemble étaient encore si présentes sur elle et dans son cœur !

Légèrement dépressive, le Dr Bridler n'avait toujours pas surmonté son désarroi lorsqu'elle pénétra dans le hall de l'hôpital.

Opportunément pour elle, il n'y eut aucun creux au cours de la matinée. Dans le service, chacun vaqua des salles de pédiatrie au pavillon des contagieux. Trop contente de laisser ses soucis de côté, Paula participa activement à cette agitation.

De son côté, Jean-Guilhem dut assurer une série d'interventions.

Tandis que Paula bénissait un emploi du temps surchargé lui évitant provisoirement des retrouvailles embarrassantes, lui déplorait le sien qui reculait d'autant le moment de revoir la femme follement aimée.

Vers midi, ils se croisèrent dans le couloir menant aux bureaux des chefs de service. Maudissant cette rencontre, Paula longea le mur en évitant de frôler le Pr Palescaut. Celui-ci paraissait las et, lorsqu'il la regarda, ses yeux semblèrent se voiler d'une sorte de déception. Craignant de trahir la force de ses sentiments, la jeune femme se hâta de détourner la tête.

— Pas si vite, Paula !

Que voulait-il encore ? La prier de garder secrète une aventure déjà regrettée ? Qu'il se rassure, elle n'avait pas l'intention de crier sur les toits qu'elle était désespérément amoureuse de lui.

— À propos de cette nuit…

— Je n'ai pas envie d'en parler.

Jean-Guilhem s'approcha, la dominant de sa haute taille. Lorsqu'il voulut la retenir par le bras, elle lui jeta un regard si glacial que, spontanément, il suspendit son geste.

— Défense de toucher, c'est ça ? s'exclama-t-il. Une attitude plutôt contraire à celle d'hier soir, non ?

En voilà un que le tact n'étouffait pas !

Pourquoi s'en étonner ? Après tout, elle recevait tout simplement la monnaie de sa pièce. Quand on s'arrange pour s'attirer ce genre de sarcasmes, il ne reste plus qu'à les subir sans se plaindre.

Cependant, Jean-Guilhem n'était pas homme à désarmer sans combattre.

— Tôt ou tard, il faudra bien te décider à accepter de me parler.

— Te parler de quoi ? Nous avons fait l'amour, et alors ? Est-ce utile d'en faire toute une histoire ? objecta Paula qui n'avait pas pour habitude de se rendre à la première escarmouche. Écoute, Jean-Guilhem, mon service tourne à plein régime et nous sommes tous sur la brèche, je ne peux m'attarder davantage.

Une vive contrariété se lisait sur son visage crispé.

— Eh bien, vas-y ! Mais ne te crois pas quitte pour autant.

Son patient reconduit, Paula s'accorda le temps de finir sa tasse de thé avant de faire entrer la personne suivante dans son cabinet de consultation. C'était une Annamite d'âge mûr, entrevue la veille dans le pavillon de la première épouse du seigneur Sheng où elle occupait les fonctions de surveillante des nourrices et autres femmes au service des enfants. Paula l'invita à s'asseoir, puis lui demanda avec tact si elle parlait français. Visiblement, elle n'entendait que sa langue. Elle lui expliqua donc qu'elle comprenait quelque peu le chinois mais à condition que son interlocutrice s'exprime lentement et surtout avec les mots les plus couramment utilisés.

Le visage de la gouvernante se plissa dans un effort de concentration, en signe d'assentiment, elle tapa des mains sur ses maigres genoux et entreprit de faire part à la jeune femme des desiderata de sa maîtresse, la première épouse du seigneur Sheng. Effectivement, celle-ci souhaitait retrouver ses filles au plus tôt.

— Je le regrette, mais vous devrez lui expliquer

que les petites doivent rester hospitalisées quelques jours de plus.

L'Annamite ne put réprimer une sourde exclamation de mécontentement.

— La première épouse du seigneur Sheng est la petite-cousine de l'empereur, signala-t-elle en inclinant deux fois le buste comme le faisaient tous les Annamites bien élevés à l'évocation de Kai-Dinh, l'empereur d'Annam. Elle ne vous permettra pas de retenir ses filles plus longtemps dans votre hôpital.

— C'est pourtant indispensable si nous voulons les guérir complètement.

— Ma maîtresse en référera à son cousin l'empereur, objecta la gouvernante en exécutant sa double courbette de respect.

Le Dr Bridler l'écouta sans la quitter des yeux. Pour ne pas froisser son interlocutrice, elle inclina deux fois la tête en répliquant d'une voix ferme :

— L'empereur a décrété que TOUS les diphtériques devaient être hospitalisés pour éviter l'extension de la contagion à la population tout entière.

— La loi de notre empereur ne s'étend pas aux membres de sa famille, objecta la gouvernante avec les inclinaisons d'usage.

Comment faire entendre raison à cette entêtée ? Paula prit une profonde inspiration avant de rétorquer :

— Nous ne gardons pas les malades plus longtemps qu'il n'est nécessaire. La première épouse du seigneur Sheng devra donc patienter encore quelques jours. Expliquez-lui que le traitement commençant à faire son effet, les petites seront rapidement guéries et pourront alors rentrer chez leur mère.

Et, pour montrer sa bonne volonté, elle ajouta :

— Voulez-vous voir les petites ? L'heure des visites est passée mais je ferai une exception pour vous. Vous pourrez constater par vous-même que les filles du seigneur Sheng sont très bien soignées.

Comprenant que toute discussion était terminée, la gouvernante acquiesça sèchement. Elle se leva en marmonnant, salua et se hâta de suivre l'infirmière appelée par le Dr Bridler pour la raccompagner.

La journée avançait et rien ne marchait comme d'habitude. Sans rapport avec la surcharge de travail de son service, Paula devait bien admettre que sa nervosité venait de son agitation intérieure.

Déjà, le soleil passait au-dessus du muret dentelé du perron, raccourcissant les ombres projetées au sol, assombries par les arbres alentour, les rendant plus denses, plus foncées.

Mai-li l'attendait avec un dîner prêt à être servi lorsque, beaucoup plus tard qu'à son habitude, Paula regagna son bungalow. La jeune femme accepta une citronnade préparée par la domestique puis, sans tenir compte de ses objections, l'invita à se retirer dans sa chambre sans plus attendre.

Elle sirotait pensivement sa boisson lorsqu'une ombre sur le sol lui fit lever la tête.

— Jean-Guilhem ! Co... comment es-tu entré ?

Sans détacher son regard du visage de son amant, Paula posa sur la table basse le verre que ses mains tremblantes menaçaient de lâcher.

— La porte était ouverte, je l'ai poussée, tout simplement. Tu devrais prendre l'habitude de la fermer avec tous les...

Jean-Guilhem, s'interrompant brusquement, poussa un profond soupir de lassitude.

— Je devine tes pensées, Paula, et aussi tes doutes et tes incertitudes. Mais, sincèrement, il m'est impossible d'oublier ce qui s'est passé entre nous. Toutefois, je peux te faire une promesse, notre relation n'interférera en rien dans notre vie professionnelle, si là est ton inquiétude.

— Pas d'interférence entre amour et travail... sur ce point, je te fais confiance, tu as une grande habitude de ce genre de situation, n'est-ce pas ?

— Qu'entends-tu par là, s'il te plaît ?

— Ne joue pas à l'innocent ! Pour toi les femmes sont avant tout des objets sexuels, c'est de notoriété publique. Ta réputation de séducteur pour tous les membres du personnel féminin n'est plus à faire...

Les yeux écarquillés, Jean-Guilhem s'exclama d'un ton faussement admiratif :

— TOUT le personnel féminin ? Eh bien... j'en ai, une santé !

Paula faillit sourire, mais le cœur n'y était vraiment pas.

— Ah, Paula ! Tu n'as pas très bonne opinion de moi, n'est-ce pas ?

La jeune femme fronça les sourcils et détourna les yeux.

— En ce qui me concerne, tu es un excellent chef d'hôpital, admit-elle d'une voix contrainte.

— Ne détourne pas la conversation, ce n'est pas ton avis professionnel qui m'intéresse en l'occurrence, et tu le sais parfaitement.

Oui, il avait raison. Elle le dévisagea franchement. L'heure n'était plus aux tergiversations. Il fallait éclaircir la situation une bonne fois pour toutes.

— En dépit de mon évident manque de pratique, je ne suis pas sans savoir qu'un homme ne vit pas les relations physiques de la même façon qu'une femme. Il n'a pas besoin de tenir à elle pour faire l'amour. Cela dit, si le nombre de tes aventures amoureuses m'indiffère, être ajoutée à la liste de tes conquêtes m'ennuie passablement.

Tout en écoutant attentivement ce qu'elle s'efforçait de lui faire comprendre, Jean-Guilhem hocha la tête à plusieurs reprises d'un air consterné.

— Tu crois vraiment que ce qui s'est passé entre nous ne tendait qu'à la seule satisfaction d'un désir physique, Paula ?

Lorsque celle-ci acquiesça d'un signe, il reprit d'une voix vibrante :

— Je viens d'avoir trente-trois ans, et je ne prétends pas avoir vécu comme un moine. Mais, crois-moi, il y a une énorme différence entre prendre du plaisir avec une femme – à savoir le sexe pour le sexe – et faire l'amour à la femme aimée. Cette nuit a concrétisé mes souhaits les plus fervents. Peut-être est-ce différent pour toi, cependant, j'en doute car, vois-tu, une femme ne s'abandonne pas dans les bras d'un homme ainsi que tu l'as fait sans éprouver l'ombre d'un sentiment. Surtout lorsqu'en plus, elle fait l'amour pour la première fois. Alors, ne me dis pas que cette nuit ne représente rien pour toi, je ne te croirais pas.

— Arrête ! le supplia Paula. Et ne t'imagine aucune obligation envers moi sous prétexte que j'étais vierge.

— Qui parle d'obligations ? s'emporta Jean-Guilhem. Pas moi ! Je t'aime, petite idiote. C'est tout simple, je t'aime.

— Tu m'aimes ? répéta Paula d'un ton incrédule.

— Oh, oui ! Et depuis longtemps, affirma-t-il en s'asseyant à ses pieds. Depuis très longtemps. En fait, j'ai passé des années à penser à toi. As-tu idée de ce qu'éprouve un homme en tombant amoureux d'une adolescente qui le déteste ? La violence de mes sentiments pour toi m'effrayait. Tout comme le risque de te perdre m'angoisse aujourd'hui. Car je ne peux en rien t'obliger à m'aimer!

Il s'interrompit brusquement quand Paula lui tendit les bras, l'attira à elle et, se haussant sur la pointe des pieds, couvrit son visage de baisers.

— Oh! Jean-Guilhem, jure-moi que ce n'est pas un rêve.

Ils se dévisagèrent un moment en silence, en proie à la même émotion. Jean-Guilhem approcha ses lèvres de celles de Paula, s'en empara longuement puis murmura tout contre sa bouche :

— Est-ce suffisant comme preuve, mon petit cœur, ou souhaites-tu passer dans un endroit plus intime pour une meilleure confirmation?

— Embrasse-moi encore. N'est-il pas un adage où il est dit « qu'il faut deux vérifications pour faire une certitude » ? répondit Paula en le prenant par la main pour l'entraîner vers sa chambre.

Emportés dans un tourbillon de sensations, ils s'aimèrent intensément, bouleversés de se retrouver enfin après une séparation qui leur avait paru à tous deux interminable.

Au creux de ce moment extraordinaire qui succède à la tourmente amoureuse, lorsque les amants reposent enlacés, les aveux et les révélations peuvent alors aisément passer de cœur à cœur.

— Je t'aime, de toute mon âme et pour toujours, chuchota Paula à l'oreille de son amant.

Jean-Guilhem recula légèrement pour mieux l'admirer. Son visage reflétait une intense émotion.

— Huit ans... murmura-t-il. Depuis huit ans je rêve de t'entendre prononcer ces mots-là. J'étais tellement certain que tu me détesterais jusqu'à la fin des temps.

— Je le croyais aussi. À l'époque de mon adolescence, je faisais preuve d'une agressivité permanente.

Et tu étais ma bête noire, aussi dès qu'il m'était possible de m'en prendre à toi, je ne m'en privais pas. Et tu me le rendais bien. Qu'est-ce qui t'a fait changer d'avis à mon égard ?

Il rit doucement.

— Toi, mon amour. Te souviens-tu du dimanche où je suis venu pour vous inviter à mon mariage ?

À voir la moue de Paula, l'événement ne semblait pas l'avoir marquée outre mesure.

— Ça remonte aux calendes ! J'avais dans les...

— Dix-sept ans ! Eh, non, je n'ai rien oublié. Nous nous sommes trouvés nez à nez au pied de l'escalier. Tu rentrais de promenade... Tu as ôté le foulard qui maintenait ton chignon et tes cheveux sont retombés jusqu'à ta taille. À cet instant même, j'ai eu la vision de la femme ravissante que tu allais devenir. J'ai eu l'impression d'avoir mis mes doigts dans une prise électrique. La seconde précédente, j'étais un jeune homme raisonnablement épris de sa future épouse, et tout à coup, bing ! Ma vie calme, mon mariage prochain, toutes mes certitudes basculaient. Je t'en ai terriblement voulu d'ailleurs.

— Je n'y étais pour rien, se défendit Paula.

— Exact ! Cependant, mets-toi à la place du fiancé arrivant trois semaines avant ses noces, les invitations de mariage à la main, et qui s'en retourne la tête pleine d'une jeune fille dont il ne parvient plus à chasser l'image de sa mémoire. On peut être tourneboulé pour beaucoup moins, non ?

Paula sourit. Son regard valait toutes les déclarations d'amour. Immédiatement, les traits de Jean-Guilhem se détendirent et un éclair de tendresse illumina son visage.

— Le jour de mon mariage n'a pas été très plaisant. Je cherchais désespérément à t'éviter, lorsque tu es venue me raconter ce que j'ai considéré, à l'époque, comme une machination de ta part. Romaine et un inconnu, occupés à se faire des mamours dans le jardin. Cette énormité a été, en quelque sorte, un soulagement pour moi. Enfin, je pouvais tenter d'oublier cette folie qui était la mienne de m'être entiché d'une gamine caractérielle, mythomane et jalouse.

— Eh bien, tu n'y vas pas de main morte, s'indigna Paula.

— Pardonne-moi, chérie. Je luttais simplement contre ma propre folie. Toutefois, peu de temps après, force m'a été d'admettre que tu avais dit vrai. À nouveau, tu t'es glissée dans mes pensées. Plus grave encore, dès qu'il m'arrivait de croiser une jolie brune au teint clair et aux yeux bleus, ton souvenir revenait m'obséder. Et m'attrister, certain que j'étais de ne plus jamais te revoir. Et ce soir… tu es là, dans mes bras et nous nous aimons.

— Pourquoi n'es-tu pas resté dormir avec moi, la nuit passée ? reprocha-t-elle.

— Je n'ai pas osé. Je voulais te laisser le temps de reprendre tes esprits, et ne pas m'imposer trop tôt au risque de tout gâcher entre nous. Je me disais aussi que si tu m'aimais, je n'avais plus rien à craindre. De plus, tu étais épuisée par une longue journée de travail.

— En me réveillant seule ce matin, j'ai pensé que mon manque d'expérience ne pouvait retenir un homme tel que toi. Et aussi que tu préférais quelqu'un de semblable à toi, une partenaire au courant des règles du jeu… une passade facile à oublier et aux lendemains sans histoires.

— Femme de peu de foi ! Tu me troubles comme aucune autre n'y est parvenue jusqu'à maintenant. Crois-tu réellement que toutes les femmes me font cet effet-là ? Te quitter cette nuit a été un véritable crève-cœur pour moi. Mais, il y a autre chose : je n'accepterais pas que des bavardages inconsidérés te mettent dans une position inconfortable. Pour moi, c'est égal, j'ai l'habitude, mais je ne permettrais jamais que l'on médise de toi, ma Paula.

— Rien ne reste secret très longtemps dans un hôpital. Inutile de nous leurrer, les commentaires vont aller bon train et notre réputation en pâtira à coup sûr.

— Pas si nous prenons les devants. Écoute-moi, chérie, acceptes-tu de m'épouser et d'exaucer ainsi mon vœu le plus cher ?

La serrant dans ses bras, Jean-Guilhem poursuivit sans lui laisser le temps de répondre :

— Je veux t'épouser, mon petit cœur, et te donner des enfants. Je veux passer le reste de ma vie avec toi et ne plus jamais te quitter.

À travers le brouillard de ses larmes, la jeune femme esquissa un sourire tremblant.

— Je le veux, moi aussi, oui, de toute mon âme.

Il plongea son regard dans le bleu indigo des prunelles de son amante et vit s'y refléter les promesses d'un amour partagé.

— Nous sommes nés pour nous aimer jusqu'à la fin des temps, ma chérie. Nous allons annoncer nos fiançailles dès demain. Et nous nous marierons le plus tôt possible.

— Un an me paraît un laps de temps raisonnable pour des fiançailles, certifia Paula d'une voix résolue.

— Trois mois, contra-t-il aussitôt.

— Six !

— Marché conclu, céda Jean-Guilhem, heureux d'avoir obtenu plus qu'il n'espérait.

Enlacés et si absorbés par leur amour qu'ils en avaient oublié le reste du monde, ils chuchotèrent dans la quiétude de la nuit et se confièrent leurs secrets.

— Tu as dû avoir une sacrée surprise en me voyant arriver ici ! lança Paula d'un air malicieux...

Lèvres serrées, Jean-Guilhem secoua la tête, balançant entre vérité et mensonge de complaisance.

— Alors ? Pas de réponse ? insista-t-elle.

— À vrai dire, je... j'étais parfaitement au courant de ton affectation. En fait, je... l'ai organisée.

Elle encaissa le choc puis, d'une voix mal assurée, ajouta :

— Ce n'est pas possible, voyons ! Ma décision a été prise quelques semaines avant de partir.

— Dès que la lettre d'acceptation de ta candidature a été postée, j'en ai été avisé.

Abasourdie, elle se pencha vers le visage de Jean-Guilhem, éclairé par un mince rayon de lune filtrant à travers le volet :

— Comment as-tu su que j'avais sollicité un poste de pédiatre ? Et surtout, comment pouvais-tu prévoir que je répondrais à cette annonce ?

— En m'informant de ton projet d'ouvrir un cabinet de pédiatre, notre notaire de Lille m'a avisé de ton intention de vendre la maison. Il m'a également fait part de ton désappointement, pour ne pas dire ta fureur, en apprenant que ce bien m'appartenait en propre. Sans avoir une idée exacte de l'état de tes finances, je me doutais bien qu'elles n'étaient guère très brillantes. D'autant que tu devais te contenter de remplacements mal rémunérés. Par ailleurs, je savais aussi que tu n'accepterais aucun subside de ma part. J'ai cherché désespérément le moyen de te venir en aide d'une façon anonyme. Ce n'était pas facile, car tu es fière et beaucoup trop finaude pour accepter une subvention sans te renseigner sur sa provenance. Je me creusais vainement la cervelle. Jusqu'au jour où, en allant au ministère des Colonies où je me rendais en vue d'obtenir un poste outre-mer, la solution m'est apparue. Car, à ma surprise, un ami y occupait le poste de chef de cabinet au service de recrutement du personnel. Grâce à lui, j'ai appris que plusieurs postes étaient à pourvoir à l'hôpital de Hué où de profonds changements étaient en cours. Sans perdre une minute, j'ai pris mes dispositions et, toujours par l'entremise de cet ami, pour qui les lèche-bottes se mettent en quatre, un inspecteur des hôpitaux s'est fait un plaisir d'aller à Lille pour t'informer personnellement de la création, dans les prochains mois, d'un service pédiatrique à Hué. Sans oublier au passage de te faire miroiter les avantages d'un poste fort bien rémunéré en Extrême-Orient.

— L'inspecteur des hôpitaux… commença Paula, stupéfaite. Mais tu es un infâme intrigant ! Et si je n'avais pas répondu à ton attente ?

Jean-Guilhem haussa les épaules.

— C'était quitte ou double. Cela dit, je te connais bien, Paula, et je savais que tu ne resterais pas les bras croisés à ruminer l'humiliation d'avoir contracté une dette à mon égard. Que tu chercherais tous les moyens pour me rembourser, c'était évident.

En alternance, une partie du personnel de garde se restaurait pendant que l'autre partie assurait les services. Aussi les médecins en étaient à la fin de leur déjeuner lorsque Paula pénétra dans le réfectoire. En l'apercevant, Jean-Guilhem se leva immédiatement et tendit la main vers elle pour l'inviter à le rejoindre.

— Votre attention, s'il vous plaît ! lança-t-il d'une voix forte.

Lorsque le brouhaha familier s'estompa et peu à peu s'éteignit, Jean-Guilhem entoura les épaules de la jeune femme d'un bras protecteur.

— J'ai le plaisir de vous annoncer que le Dr Bridler et moi venons de nous fiancer.

Un silence éloquent s'ensuivit. Hommes et femmes évaluaient le couple et le dévisageaient avec une incrédulité évidente. Quelques cris venus de la table des infirmières fusèrent, puis la salle croula sous un tonnerre d'applaudissements.

Deux personnes ne mêlèrent pas leurs voix aux ovations : le Dr Courve, qui jetait à Paula des regards aussi mélancoliques que déçus, et la Rabasse, visiblement assommée par l'incroyable nouvelle. Se ressaisissant promptement, elle opposa au couple un visage altéré par une jalousie féroce.

Une crainte irrationnelle envahit subitement Paula qui se serra un peu plus contre son compagnon. « Jean-Guilhem est à moi, elle ne peut rien y changer », se rassura-t-elle en défiant des yeux l'infirmière en chef.

Laquelle lui rendit son regard de défi. L'espace d'un instant, le temps suspendit son cours.

À demi levée de son siège, Linette Rabasse lança d'une voix forte :

— Fiancés, dites-vous ? Vous oubliez un peu vite vos liens familiaux, me semble-t-il.

Dans l'attente de l'inévitable affrontement, un brusque silence s'installa derechef dans le réfectoire. Du regard, le Pr Palescaut fit le tour des tables.

— J'avais dix-neuf ans et j'étais en faculté de médecine lorsque mon père a épousé la mère du

Dr Bridler. Paula avait douze ans. Cette différence d'âge eut pour résultat que Paula et moi n'avons jamais vécu ensemble. Comme vous pouvez le constater, nous n'avons aucun lien de parenté, si ce n'est le mariage de nos parents ensemble.

Puis, se tournant vers l'infirmière en chef, il poursuivit :

— Il faudra vous satisfaire de mon explication, car il n'y en aura plus d'autre désormais. Paula et moi ne devons aucune justification à qui que ce soit. Est-ce clair, madame Rabasse ?

Cette dernière, blême de rage, se tint coite un instant. Puis, après un bref hochement de tête, elle se leva et, sans un mot, fila à grands pas vers la sortie.

La porte était à peine refermée sur elle que des applaudissements éclatèrent à nouveau.

Soudain, il y eut une ruée vers les différents services pour apprendre à qui attendait d'être relevé la stupéfiante nouvelle : le Pr Palescaut et le Dr Bridler étaient fiancés !

Si bien que les amoureux se retrouvèrent seuls avec les boys en train de desservir les tables et de remplacer les nappes.

— D'ici à dix minutes tout le monde sera au courant, prédit Jean-Guilhem d'un air satisfait. Désormais, nous sommes libres de faire comme bon nous semble. Il n'est pas question d'habiter ensemble pour le moment car cela ferait jaser. Mais n'oublie pas de prévenir Mai-li qu'à partir de demain il lui faudra préparer deux petits déjeuners au lieu d'un. Et ce, chaque matin, car j'ai bien l'intention de passer toutes mes nuits avec toi.

C'était la solution idéale. Paula retint un soupir de soulagement. Durant une seconde, elle avait redouté d'entendre Jean-Guilhem prôner qu'ils devraient s'en tenir à la lettre aux convenances d'usage.

— Tu en es sûr ? demanda-t-elle pour la forme.

— Je n'ai jamais été aussi sûr de ma vie. Certain aussi de n'avoir jamais aimé et désiré une femme autant que toi, mon amour.

Le pavillon des contagieux vécut encore de dures journées. Mais, par bonheur, l'épidémie de diphtérie fut contenue à l'intérieur d'un cordon sanitaire instauré par les autorités gouvernementales. Bientôt les malades purent rentrer chez eux au grand soulagement du personnel hospitalier que ce surcroît de travail avait mis sur les genoux.

Quant à nos deux amoureux, ils s'adoraient mutuellement, unis dans le seul culte d'une unique trinité : toi, moi, nous. Ils ne voyaient personne en dehors des heures de service.

Pour eux, les saisons n'existaient plus. Il pleuvait quand la terre avait soif et le soleil brillait pour faire éclore de magnifiques fleurs. Pour le reste…

Ils ne demandaient à la vie que des années et des années sans saisons où le temps s'écoulerait heureux et tranquille, tissé de mille bonheurs quotidiens et de merveilleux enchantements nocturnes.

Ajoutés les uns aux autres, les jours devinrent des semaines et les semaines des mois.

Au début de l'année, on compta, dans la seule ville de Saigon, une douzaine d'échauffourées violentes, durement réprimées par l'armée. Des troubles plus spectaculaires éclatèrent en août. Dix-huit conjurés furent condamnés à mort. Le bruit de cette tentative de sédition se fit entendre par-delà les frontières de l'Indochine et jusqu'en métropole.

En septembre, à Hué même, un nouveau complot nationaliste fut découvert et l'agitation prit une nouvelle tournure. Elle se traduisit par une tentative de soulèvement contre l'empereur, l'attaque d'une caserne de soldats d'infanterie et se solda par l'arrestation puis la condamnation de quarante-huit opposants, dont vingt-trois à la peine capitale. Au nombre de ceux-ci, plusieurs personnages importants, farouches adversaires de Kai-Dinh, empereur d'Annam, dont Sheng le Tigre.

— Docteul Blidel !

La voix chuchotante de Mai-li fit sursauter Paula au moment où elle allait glisser dans le sommeil. Elle se dressa, un doigt sur la bouche, et se leva rapidement.

— Chut ! Tu vas réveiller le professeur, chuchota-t-elle.

Selon un arrangement entre les deux amants, en cas d'appel de l'hôpital, le sollicité se levait discrètement en respectant le sommeil de l'autre.

Cette fois, non seulement la convocation émanait du seigneur Sheng, mais l'urgence était d'une tout autre nature.

Sheng le Tigre, incarcéré dans l'ancienne prison impériale, requérait sa présence. Une question de vie ou de mort pour les membres de sa famille, assurait son émissaire.

Oscillant entre refus prudent et adhésion mesurée, Paula jugea plus sage de se renseigner auprès du garde avant de prendre une décision.

Pourquoi elle ? Pourquoi en pleine nuit ? En réponse à la première question, un signe d'ignorance. À la seconde, il expliqua qu'à la prison un des gardiens – fils d'un serviteur proche du seigneur Sheng et sympathisant de la cause nationaliste – était de surveillance. Il serait seul pendant quelques minutes et pourrait la faire pénétrer à l'intérieur pour lui permettre d'entrer en contact avec le prisonnier.

Entrer… ? Mais aurait-il la possibilité de l'aider à sortir aussi facilement que le prétendait le garde ? Un instant, en proie à l'hésitation, elle eut la tentation de solliciter les conseils de Jean-Guilhem. Toutefois, la pensée de la discussion qui, à l'évidence, s'ensuivrait, l'incita à renoncer. Son compagnon chercherait par tous les moyens à la dissuader de s'embarquer dans une aventure potentiellement dangereuse. Nul besoin qu'on mette en évidence la folie de se lancer dans une telle équipée, elle en était parfaitement consciente.

— Allons-y ! déclara-t-elle en s'installant dans le pousse-pousse avant que l'envie de rebrousser chemin ne la taraude.

Suivant les directives du garde, le conducteur du véhicule contourna l'édifice de pierre grise construit sur les ruines d'un ancien palais impérial dont les souterrains servaient de prison d'État.

Paula fut amenée jusqu'à une discrète entrée et confiée à un gardien qui l'entraîna dans de longs couloirs humides jusqu'à un escalier suintant. Une véritable descente aux enfers : interminables couloirs aux murs gluants, aux odeurs nauséabondes. La marche cauchemardesque s'arrêta au dernier niveau, là où l'air était le plus difficile à respirer.

— Faites vite, je risque ma tête, la brusqua le gardien.

La jeune femme, plongeant les doigts dans son sac, en sortit deux pièces et les lui mit dans la main.

— Laissez-moi votre torche, s'il vous plaît, dit-elle.

— Quelques minutes, consentit le gardien en plantant le flambeau dans une torchère du mur.

Devant Paula se dressaient les barreaux d'une basse-fosse creusée dans le roc. La jeune femme s'avança prudemment. Un bruit de chaînes retentit et un visage fantomatique surgit devant elle.

— Docteul Blidlel ! lança le prisonnier d'une voix rauque. J'étais inquiet, je me demandais si vous alliez venil.

— Seigneur Sheng, qu'attendez-vous de moi ? s'enquit-elle à voix basse.

Le prisonnier ne répondit pas directement.

— La vie de mon fils est menacée. Mon corps sera à peine refroidi qu'il sera en grand danger de mort.

— Mais non, voyons ! Petit Tigre est encore un bébé, il vient tout juste de faire ses premiers pas, contesta la jeune femme d'une voix incrédule.

Une fois encore, Sheng contourna la question.

— J'ai servi à la cour de Kai-Dinh suffisamment longtemps pour connaître les procédés de l'empereur, et l'influence exercée sur lui par ses conseillers, expliqua le prisonnier. Sous couleur de prudence, ceux-ci ont décrété qu'un noble n'était pas vraiment mort aussi longtemps qu'il lui restait un fils en vie. Une aubaine pour l'empereur qui compte faire main basse sur tous mes biens.

— Mais… l'empereur est riche !

— Il *était* riche autrefois, lorsque les impôts tombaient directement dans les coffres impériaux. Maintenant, les Européens, en particulier les Français, se bousculent sur les bonnes affaires dans le but de faire rapidement fortune. Que reste-t-il à Kai-Dinh ? Les biens des anciens dignitaires morts sans héritiers !

— Si vous croyez que le gouvernement français de Saigon permettrait une telle ignominie ! Le gouverneur...

Dans l'ombre, Sheng le Tigre ricana :

— Le gouverneur tient à sa tranquillité. Moins il y a de vagues avec les autochtones, mieux il se porte. Et, dans la mesure où leurs litiges n'affectent en rien la position du gouvernement, il fermera les yeux sur les sévices des impériaux. D'ailleurs, comment saurait-il ce qui se passe chez moi ? Personne ne peut y entrer ou en sortir.

— Quand les Français de métropole seront au courant de ces méthodes...

— La métropole est loin, docteur Bridler, objecta le prisonnier. Je vais être exécuté d'ici à quelques heures et mon fils sera à la merci des sbires de l'empereur.

— Je ne vois toujours pas ce que vous attendez de moi ni pourquoi vous m'avez fait venir. D'autre part, mesurez-vous le danger de faire confiance à une inconnue susceptible de vous dénoncer ?

— Vous n'en ferez rien, j'en ai la certitude ! Vous savez pourquoi ? Parce que, dès que vous vous fixez un but, nulle intimidation ne peut vous en détourner. Et surtout, vous n'avez jamais eu peur de moi. Ce qui m'incite à penser que vous êtes capable d'agir avec détermination, sans tenir compte des obstacles.

De l'autre côté des barreaux, Paula étudiait le visage du seigneur annamite éclairé à intervalles réguliers par la lueur tremblotante de la torche.

— Qu'espérez-vous de moi ? demanda-t-elle enfin.

En bon Asiatique, Sheng le Tigre éluda la question directe.

— À l'heure où, sur les conseils de son entourage, l'empereur m'a banni de sa cour en invoquant ma sympathie pour la cause nationaliste, j'ai su que j'étais condamné à plus ou moins longue échéance. Petit à petit, j'ai liquidé l'ensemble de mes biens. Au fur et à mesure des ventes, l'argent a discrètement été placé dans une banque anglaise à Hong Kong.

Paula ne lui coupa pas la parole mais elle profita de ce que Sheng reprenait sa respiration pour l'interroger :

— Concrètement, qu'attendez-vous de moi ?

— Que vous alliez chercher mon fils et sa mère et les meniez sur la route du port où ils embarqueront sur un bateau prêt à appareiller.

— Votre première épouse ne peut-elle faire cela ? objecta Paula.

L'Annamite soupira bruyamment avant d'expliquer ce qui pourtant tombait sous le sens :

— Il ne faut pas y compter. Au demeurant, je n'ai jamais eu confiance en ma première épouse qui m'a été présentée par l'empereur au temps de ma faveur. En l'occurrence, elle se ferait un plaisir de servir les desseins de l'empereur son cousin en me trahissant. D'un autre côté, la mère de mon fils est encore une enfant craintive. Elle refusera de suivre ma première épouse car celle-ci la déteste. Peut-être même s'affolera-t-elle au risque de faire échouer le plan prévu.

La jeune femme demeurait sceptique.

— Croyez-vous qu'elle se montrera plus raisonnable avec moi ?

— Sûrement ! Elle n'osera pas s'opposer à la femme médecin qui a sauvé la vie de son fils en même temps que la sienne. De plus, elle vous a vue m'affronter, et cela, dans sa tête sans cervelle, est la preuve d'un courage sans limites.

— Admettons ! Expliquez-moi donc, seigneur Tigre, de quelle manière je pourrais pénétrer chez vous alors que l'entrée en est interdite ?

Sheng approcha son visage contre les barreaux. Son air était toujours impassible mais, dans son regard, l'expression pathétique d'un père inquiet convainquit Paula de consentir à sa demande. Pourtant, il se reprit vite et, d'une voix calme et autoritaire, il lui exposa la soigneuse planification de l'opération, prouvant par là qu'il était bel et bien un fin stratège militaire. Et que son surnom de Tigre était parfaitement mérité.

— Mon garde est sûr. Suivez-le en toute confiance jusqu'à ma demeure, il vous conduira à une porte cachée et, par un passage secret connu seulement de nous deux, il vous amènera au pavillon de la mère de mon fils. Là, n'hésitez pas à user de votre autorité pour contraindre ma seconde épouse à vous suivre immédiatement avec mon fils sans avertir âme qui vive de son départ. Le retour s'effectuera par le même chemin. Des hommes à moi vous attendront à l'extérieur avec deux vélos-pousse. Le premier pour mon épouse, le garde suivra à quelques mètres, l'autre pour vous et mon fils. Prenez bien soin de cacher son visage. Rien ne peut vous arriver, car personne ne fera le rapprochement entre une femme blanche avec un enfant dans ses bras et une femme médecin française en train d'enlever le fils de Sheng le Tigre. Pour plus de sécurité, veillez à laisser une bonne distance entre les deux véhicules.

Sous couleur d'avoir omis quelque chose, il répéta ses consignes :

— Vous avez bien compris ? D'abord, la mère de mon fils escortée par le garde. Vous laisserez passer un moment puis, après vous être assurée que tout est normal, vous remettrez mon fils à sa mère. Votre rôle s'arrêtera là.

— Si, par malheur, les choses tournaient mal...

— Silence, femme ! Le temps nous est compté.

— Seigneur Sheng ! coupa une voix dans l'ombre. La dame doit partir. Vite !

— Allez, dit Sheng le Tigre. Le destin de mon fils est entre vos mains.

— Comptez sur moi, seigneur Sheng, lança Paula, la gorge nouée à la pensée qu'elle ne le reverrait plus.

Pour seule réponse, un bruit de chaînes traînées sur un sol rocailleux. Quelle force d'âme ! Dans moins de trois heures, il ne serait plus de ce monde. Comme tout être humain, Sheng le Tigre devait craindre la mort. Pourtant, dans son comportement, rien ne le laissait paraître.

La jeune femme dut s'y reprendre à deux fois pour respirer à fond.

— Adieu, Sheng le Tigre, murmura-t-elle à mi-voix.

— Vite, femme ! l'exhorta le gardien. Il ne faudrait pas être surpris par le gardien chef. Il arrive très tôt le matin des exécutions. Car, voyez-vous, cet homme est cruel, il se délecte à tourmenter jusqu'à la fin celui qui va mourir. C'est sa manière à lui de se divertir.

11

À vol d'oiseau, l'extrémité nord du domaine de Sheng le Tigre était à moins de deux cents mètres de la prison. Au sol, il fallait emprunter un lacis de ruelles imbriquées les unes dans les autres, rallongeant le trajet d'un bon kilomètre.

Sans émettre un seul mot, le garde conduisit Paula jusqu'à un passage secret par un labyrinthe de souterrains. Ici, c'était le royaume de l'obscurité parfois trouée par la flamme d'une torche tenue à bout de bras. Petit à petit, le boyau se resserra et une lueur diffuse filtra au fond d'un long tunnel.

Le garde repéra une torchère et y planta son flambeau. D'un geste, il ordonna le silence et l'immobilité totale, puis il entrouvrit une grille entièrement dissimulée par la végétation et observa longuement les alentours.

C'était l'heure indécise entre la nuit finissante et l'ébauche de l'aurore.

Très lentement, il fit le tour du monticule recouvrant l'invisible souterrain. Enfin rassuré, il ôta ses chaussures, les posa sur le sol et enjoignit Paula d'en faire autant. Sans bruit, ils parcoururent un large espace où, çà et là, étaient disséminés cours et pavillons de plus ou moins grande importance. Ils bifurquèrent sur la droite et Paula reconnut, à une distance de quarante mètres environ, l'imposant pavillon de la première épouse, celui-là même où, plusieurs semaines auparavant, elle avait ausculté les deux fillettes. Derrière une porte, une tête se profila pour disparaître aussitôt.

De concert, ils pressèrent le pas, jusqu'à une épaisse porte de bois par laquelle ils se faufilèrent avant de traverser trois pièces chichement éclairées par des veilleuses.

Tout à coup, une servante se dressa sur leur passage, la bouche ouverte sur un cri rapidement étouffé d'un tranchant de main sur sa glotte. La femme s'écroula. Sans un regard pour sa victime, le garde poursuivit son chemin.

Aux premiers mots du garde rapportant les ordres de son maître, la mère de Petit Tigre parut tellement secouée que Paula craignit une crise de nerfs. Visiblement, l'idée de quitter les lieux où elle vivait depuis son mariage pour partir vers l'inconnu terrifiait la femme-enfant. Paula tenta de la prendre par les épaules afin de lui expliquer l'imminence du danger et la décision prise par son époux de les mettre, son fils et elle, hors de portée des sbires de l'empereur. En pure perte, ses explications étant couvertes par les sanglots hystériques de la seconde épouse qui, au comble de la terreur, se débattait entre ses bras.

Comment la persuader de quitter ce palais dont elle n'avait plus franchi le seuil une seule fois depuis le jour de son mariage ? Le temps pressait. La mère de Petit Tigre ne réalisait ni l'urgence ni la gravité de la situation. Un quart d'heure s'était déjà écoulé en vaines prières pour la convaincre de les suivre.

Finalement, le garde excédé arracha l'enfant des bras de sa mère et le mit d'autorité entre ceux de Paula.

— Le maître nous a ordonné de sauver son fils, nous n'avons pas le temps de nous attarder. Si vous ne voulez pas nous accompagner, tant pis, nous vous abandonnerons à la fureur des gardes de l'empereur. Nous trouverons bien une autre femme pour servir de mère au fils de seigneur Sheng.

La manière forte employée par le garde ramena la jeune femme à la raison.

Les premiers rayons de soleil éclairaient les cours lorsque la seconde épouse du maître eut enfin réussi à dominer sa panique. Ils purent se préparer à fuir. Retraverser discrètement les cours ne fut pas chose facile. Pourtant, ce qui attendait Paula et le garde lorsque la jeune mère réalisa qu'elle devait s'engager dans l'obscur souterrain dépassa en tourment tout ce qu'ils auraient pu imaginer. Profondément secouée, la pauvre petite endurait une aventure traumatisante, dont elle ne parvenait pas à comprendre le sens.

— Pourquoi me faire entrer là-dedans ? répétait-elle, épouvantée. Non, non !

Si bien que le garde, finissant par mettre sa menace à exécution, planta là l'épouse de son seigneur et s'engouffra dans l'entrée sombre en poussant devant lui Paula et le bébé suspendu à son cou.

— Ne me laissez pas ! s'affola la mère. Ne m'enlevez pas mon fils. Je vous obéirai et ne vous causerai plus d'ennuis.

Enfin ! Il était temps !

Pas à pas, ils progressèrent dans le tunnel et Paula mit tout en œuvre pour encourager la jeune femme terrifiée, lui promettant à chaque instant l'achèvement du parcours et le dénouement rapide de leur épopée.

Au fur et à mesure qu'ils se rapprochaient de la sortie, un bourdonnement sourd tissé d'appels et des vociférations d'une foule surexcitée parvint jusqu'à eux.

Suivi de la seconde épouse, agrippée à un pan de son vêtement, le garde entrebâilla la porte. Une clarté vive effaça les ténèbres et leur permit d'apercevoir, en contrebas, la rue noire de monde. Le garde esquissa un mouvement de recul qui l'amena près de Paula.

— Je vais aller voir ce qui se passe, refermez bien la porte derrière moi. Attendez ici et surtout veillez à empêcher l'épouse du maître d'essayer de sortir.

Sur ces paroles, il se glissa à l'extérieur et s'éloigna rapidement.

D'autorité, Paula mit Petit Tigre dans les bras de sa mère et repoussa la porte. Dès qu'ils furent à nouveau dans le noir, l'épouse de Sheng fondit en larmes. Pour ne pas être en reste, le bébé éclata en sanglots.

— Calmez votre fils, recommanda Paula. Ce n'est pas le moment de nous faire remarquer.

Chuchotements, frôlements de soieries, baisers, l'enfant s'apaisa. Dans l'obscurité, Paula s'efforçait de ne pas penser et de supporter la lenteur angoissante d'une interminable attente. Par intermittence, des sanglots étouffés dans l'ombre la faisaient sursauter.

Soudain l'incohérence de sa situation lui sauta à l'esprit. « Que fais-tu dans le noir, à subir sans agir ? » La réponse s'imposa d'elle-même. Elle avait pour mission première dans la vie de prendre soin des enfants, de les guérir, de les sauver si possible. Le mobile qui l'avait poussée à se lancer dans cette aventure était évident. Un tout petit enfant était menacé de mort… se porter à son secours était son seul choix. Si elle s'était dérobée, le souvenir de Petit Tigre, avec son visage rond couleur de miel, ses yeux pareils à deux perles noires et sa bouche rouge ouverte sur quatre minuscules dents, l'aurait hantée jusqu'à la fin de ses jours.

Et si l'homme s'était enfui ? Un moment, la jeune femme douta de son retour, puis elle reprit espoir et se remit à patienter.

Lorsque la silhouette du garde s'encadra dans le passage, Paula connut un sentiment de délivrance, proche de l'euphorie.

— Que se passe-t-il dehors ?

Dehors ? Pour prévenir un éventuel soulèvement des nationalistes et de leurs sympathisants, l'exécution d'un de leurs chefs avait été avancée de deux heures. Précipitation à vrai dire inutile, car la nouvelle de ce changement d'horaire s'était rapidement ébruitée. Le visage empreint d'une sombre détermination, l'homme poursuivit d'une voix sourde :

— J'ai vu des gardes impériaux revenir du palais du seigneur Sheng. Visiblement, ils nous cherchent et contrôlent tous ceux qui se pressent vers les lieux de l'exécution. Bientôt les gens seront trop nombreux pour qu'ils puissent les identifier. Vous profiterez de la cohue pour rejoindre un vélo-pousse dont le conducteur vous amènera à la route du port en se glissant à travers la foule vers la première rue accessible. Quant à moi, j'ai prévenu mon coureur de pousse-pousse de nous attendre à deux rues d'ici. Conformément aux ordres du seigneur Sheng, l'épouse du maître et moi partirons les premiers. Vous, vous attendrez ici que l'on vienne vous chercher.

Le garde fit un pas vers l'épouse de Sheng.

— Nous partons tout de suite, donnez votre fils à la femme blanche.

Les traits de la jeune mère se crispèrent, les coins de sa bouche s'affaissèrent tandis que ses regards éperdus faisaient la navette entre le garde et Paula. Écartelée par la douleur, elle poussa un cri et se précipita à l'intérieur du tunnel, son précieux enfant serré contre elle.

Avec un rugissement étouffé, l'homme bondit, lui arracha le bébé et le tendit à Paula.

— Soumets-toi à l'inévitable, si tu ne veux pas voir mourir ton fils sous tes yeux. Si tu veux sauver sa vie, tu dois le laisser partir avec la femme blanche que les gardes n'oseront pas contrôler. Maintenant, suis-moi en silence !

Cette brutale mise en demeure opéra un effet salutaire sur la seconde épouse habituée depuis toujours à se soumettre aux mâles sommations.

Si bien que l'instant d'après, Paula se retrouva seule dans l'obscurité, avec Petit Tigre qui lui étreignait le cou de toutes ses forces.

Alors qu'une fois de plus, elle entrebâillait la porte, une main d'homme, en repoussant le battant, la fit sursauter.

— C'est le moment, dit l'homme en français, couvrez le visage de l'enfant.

À mesure qu'ils avançaient vers la rue noire de monde, des clameurs s'enflaient, descendaient, reprenaient. Une véritable marée humaine leur barra le passage et les repoussa en arrière. Enfin, l'homme parvint à se frayer un passage à coups de coude, et ils purent s'enfoncer au cœur de la populace hurlante et sifflante. Impossible de dévier vers une rue adjacente. La protection de l'enfant étant son souci majeur, Paula craignait qu'une bousculade n'arrache Petit Tigre de ses bras. Son cœur tambourinait dans sa poitrine à lui faire mal.

Soudain, un remous de la foule les rejeta du côté des ruelles menant devant la prison.

— Ils nous entraînent vers le lieu de l'exécution ! hurla l'homme en enveloppant Petit Tigre et la jeune femme de ses bras musculeux. Il faut coûte que coûte nous sortir de là.

Mais ils avaient beau lutter, ils étaient emportés par le flot humain.

Quelle force surnaturelle leur permit de traverser les rangs serrés des badauds ? Par quel miracle un remous les rejeta-t-il dans une ruelle moins engorgée ? Quel prodige leur fit retrouver, deux rues plus loin, le vélo-pousse dissimulé aux regards dans l'ombre d'une cour ? Paula ne le comprit jamais.

Devant la grande porte de l'ex-palais impérial, un attroupement s'étoffait de seconde en seconde aux abords d'une estrade entourée par plusieurs membres de la maréchaussée et des *marsouins*, fusil aux pieds.

La lourde porte de la prison s'ouvrit et une clameur annonça l'apparition du condamné, escorté de quatre gardes impériaux, une main posée sur le pommeau de leur sabre.

Les mains liées derrière le dos, le seigneur Sheng, refusant toute aide, monta sur l'estrade où se dressait la lance pourvue de la planchette sur laquelle s'étalaient la liste de ses méfaits et la sentence rendue. Le Tigre fit face à la foule hurlante et, lorsque le bourreau posa les mains sur ses épaules pour le forcer à s'agenouiller devant le piquet où il allait être attaché, il releva fièrement le menton. Geste salué par le hurlement des spectateurs des premières rangées, propagé de rang en rang, s'amplifiant jusqu'à se transformer en une rumeur assourdissante.

Ce fut le signal d'une bousculade. L'estrade fit entendre un sourd craquement sous la poussée de la foule. Pour faire bonne mesure et accroître l'affolement, une voix anonyme hurla dans un porte-voix :

— Sauve qui peut ! On nous assassine !

Ce fut la ruée sur les soldats qui tentaient de contenir les assaillants. Des tirs de fusil éclatèrent çà et là. Mais, gênés dans leurs mouvements, agressés par des jets de pierres et des coups de bâton, les gardes, les *marsouins* et la maréchaussée se replièrent en toute hâte vers la porte de la prison, tandis qu'appelés à la rescousse des soldats débouchaient sur la place pour tenter de dégager l'emplacement.

Trop tard ! Aidé par la foule et les nationalistes, le prisonnier s'était échappé.

À l'instant où le conducteur posa le pied sur la pédale, des cris perçants et des détonations éclatèrent non loin d'eux. Véritable coup de starter, le vacarme incita l'homme à accélérer sa vitesse. Tandis qu'il s'éloignait avec sa charge d'âmes, les bruits s'assourdirent, ramenant son allure à une plus juste mesure. Si grandes que fussent ses responsabilités, il n'aurait pu soutenir ce train infernal encore longtemps car le trajet était long jusqu'au port.

Alors que, soldats français et gardes impériaux convergeaient vers un même point, nul ne prêta attention au vélo-pousse dans lequel une femme blanche berçait un enfant enveloppé dans un large tissu destiné à le protéger du soleil.

Ils étaient à mi-course lorsqu'une voiture vint se

ranger à droite du vélo-pousse. La portière s'ouvrit avec fracas et le seigneur Sheng, jaillissant de l'intérieur, s'empara de son fils et s'engouffra dans le véhicule qui déjà reprenait sa route.

— Merci quand même ! s'écria Paula, estomaquée par les manières expéditives du seigneur.

Sans plus de façons, le conducteur l'abandonna à elle-même et prit la fuite à toutes jambes, laissant là son engin, lequel, de toute évidence, ne lui appartenait pas.

Un instant interloquée, elle comprit très vite qu'il ne lui restait plus qu'à se mettre en quête d'un nouveau moyen de locomotion.

Incroyable ! Quatre heures seulement s'étaient écoulées depuis le moment où elle avait quitté son amant endormi. Quatre heures au fil desquelles les événements s'étaient précipités à une telle rapidité qu'elle commençait seulement à réaliser les risques encourus.

Aussi, lorsque vêtue de sa blouse blanche, Paula pénétra dans son service, elle n'en crut pas ses yeux. Tout était comme à l'habitude, y compris l'interne de service qui passait tranquillement de lit en lit comme il le faisait chaque jour. Les heures cauchemardesques qu'elle venait de vivre n'avaient en rien perturbé ses collaborateurs et assistants.

Paula s'apprêtait à reprendre ses visites de chef de service lorsqu'elle aperçut Jean-Guilhem marchant à grands pas dans sa direction.

— Je t'ai cherchée partout. Où étais-tu ? l'interrogea-t-il d'une voix frémissante d'inquiétude.

À peine entama-t-elle le résumé des événements que le Pr Palescaut s'assombrit. À la fin du récit – d'où elle omit volontairement l'épisode de la marée humaine sur le point de les engloutir, Petit Tigre et elle –, il laissa éclater sa colère.

— Pour l'instant, je suis attendu en salle d'opération, mais nous reparlerons de cela en détail ce soir, promit-il en lui décochant un regard qui signifiait : « Tu ne perds rien pour attendre. »

En dépit de la brièveté de l'échauffourée rapidement circonscrite, on dénombrait plusieurs victimes, tant parmi les forces de l'ordre que chez les participants. Déjà les premiers blessés étaient dirigés vers les services compétents selon la gravité de leurs blessures. Jean-Guilhem ne quitta le bloc que pour se restaurer. Comme Paula assistait le Dr Muller, ils ne se croisèrent pas une seule fois durant cette longue et épuisante journée. Aussi, lorsqu'ils se retrouvèrent dans leur bungalow la nuit venue, Jean-Guilhem était sur le point d'éclater comme un ressort trop tendu.

— Tu te rends compte dans quel pétrin tu t'es fourrée ? commença-t-il sans même s'accorder une détente en dégustant le verre préparé à son intention par Hong, comme il aimait faire après une journée particulièrement difficile.

De son côté, Paula n'était pas à prendre avec des pincettes. À bout de forces, la jeune femme s'effondra littéralement dans le fauteuil en rotin de la véranda.

— Qu'aurais-tu fait à ma place ? Dis-le-moi puisque tu es si malin. Aurais-je dû abandonner Petit Tigre à son sort ? Devais-je…

— Ton attitude a été fort noble, reconnut-il. N'empêche que tu t'es fait rouler dans la farine par cet opportuniste de Sheng. Son coup était fort bien préparé et toi tu n'y as vu que du feu. Sheng le Tigre t'a utilisée pour sortir son fils de son palais, ensuite, il s'est enfui comme un lâche.

Paula secoua longuement la tête.

— Il ne pouvait agir autrement. Et d'ailleurs, qui

sommes-nous pour reprocher à un homme de tenter l'impossible pour soustraire son fils à une mort certaine ?

Déjà, Jean-Guilhem regrettait ses remarques cuisantes dans lesquelles entrait pour beaucoup la fatigue de la journée.

— Peut-être ! Peut-être aurais-je agi de même. À la différence près que je ne t'aurais certainement pas jetée dans la gueule du loup. Alors, ne me demande pas de lui pardonner de t'avoir fait courir un tel risque. J'étais fou d'inquiétude ce matin en ne te voyant ni au bungalow, ni dans ton service.

Il effleura doucement une mèche de ses cheveux, puis ses doigts glissèrent vers le visage de Paula et caressèrent doucement sa joue. La réaction de la jeune femme fut immédiate, elle se coula dans ses bras et se blottit contre lui.

— Mon amour, murmura-t-il, la voix fêlée par l'émotion. Le pressentiment de te savoir en danger ne m'a pas quitté de la matinée. C'est idiot, je le sais. Surtout venant de moi qui ai toujours qualifié les prémonitions d'histoires de bonne femme ! Ne sachant pas où tu étais, j'ai compris combien tu comptais pour moi. Si jamais je devais te perdre...

— Oublie cela, mon chéri. C'est déjà du passé. Seul le présent importe. Et notre avenir. Bientôt, les papiers nécessaires à notre mariage nous parviendront. Et rien ni personne ne pourra plus alors se mettre en travers de notre bonheur.

Les internes de nuit n'eurent pas à tirer de leur sommeil leurs patrons respectifs. Cela permit aux deux amants de rattraper un peu les heures de repos perdues.

Au matin, les commentaires allaient bon train sur les événements de la veille, et l'exécution brutalement interrompue par un coup de main des nationalistes, et sa parfaite mise au point.

Après cette courte et sanglante échauffourée, vite réprimée, les responsables de l'armée et du service d'ordre étaient dans leurs petits souliers. D'autant que le condamné en fuite avait été aperçu embarquant sur un bateau. Un branle-bas de combat avait été donné et un navire de guerre lancé sur les traces du bâtiment vite rattrapé. Mais Sheng le Tigre, sa seconde épouse et leur enfant n'avaient pu être localisés. Ils semblaient avoir disparu de la surface du globe !

Ce dont Paula se réjouissait en secret. Son sourire tenait toujours bon lorsque, aux environs de dix heures, deux fonctionnaires de police demandèrent à la voir, toutes affaires cessantes. Reçus aussitôt, ils lui tendirent une lettre, laquelle intimait à la destinataire d'accepter de les suivre jusqu'au bureau du représentant du gouverneur.

— De quoi s'agit-il, messieurs ? questionna-t-elle d'une voix volontairement neutre.

— Navrés, docteur, mais nous l'ignorons.

— Accordez-moi un instant, le temps d'avertir le Pr Palescaut, mon chef direct, et je suis à vous.

Au milieu d'une opération particulièrement délicate, Jean-Guilhem ne pouvait être joint. Alors Paula rédigea rapidement un billet exposant la situation.

Introduite dans une antichambre, la jeune femme dut attendre en compagnie d'un gardien de la paix qu'on veuille bien la recevoir. Enfin, le représentant du gouverneur vint la chercher en personne et l'emmena dans son bureau où il prit place après lui avoir offert de s'installer dans un fauteuil. Observant l'homme, sa fine moustache et son expression préoccupée, Paula sentit l'inquiétude la gagner. Que lui voulait-on ?

— Docteur, je représente le gouverneur. J'ai reçu ce matin une lettre émanant de lui où il me priait de vous convoquer afin que vous nous fournissiez quelques explications. Pouvez-vous, docteur, nous dire quelle raison vous a poussée à rendre visite au seigneur Sheng, à la prison ?

— Je ne vois pas…

— Entendons-nous bien, docteur. L'affaire est d'importance. Les relations entre le gouverneur et l'empereur Kai-Dinh sont tendues en ce moment. Je vous répète donc ma question : pour quelle raison êtes-vous allée voir Sheng le Tigre, hier matin ?

— Le seigneur Sheng m'a fait appeler en urgence par un de ses gardes.

— À part vous, a-t-il reçu d'autres visites en prison ?

Paula secoua la tête d'un air dubitatif :

— Franchement, je l'ignore. Quant à son appel, il ne m'a absolument pas surprise. Il avait déjà eu recours à mes services lors de l'accouchement très difficile de sa seconde épouse.

S'étant promis de dire la vérité dans la mesure où cela ne mettait personne en cause, la jeune femme s'abstint donc de mentionner la présence de Jean-Guilhem et de l'interne à ses côtés pendant l'accouchement.

— Il a encore fait appel à moi pendant l'épidémie de diphtérie. Ses filles en étaient atteintes, et le seigneur Sheng craignait pour la santé de son fils. Cette nuit, certaine qu'il s'agissait d'un problème de santé, je me suis rendue à sa convocation sans discuter.

— À la prison ? Sans discuter ?

— Je me suis contentée de suivre son garde sans me soucier de l'itinéraire. Par ailleurs, n'étant nullement intéressée par la politique, j'ignorais tout de la situation de Sheng. C'est peu de dire que ma surprise a été grande en me retrouvant devant la prison.

Après tout, le mensonge n'est pas fait pour les chiens !

L'homme secoua la tête d'un air préoccupé.

— Qui vous a fait entrer ? Un factionnaire ?

Paula se rappela les paroles du gardien. « *Le gardien chef est un homme cruel, il se délecte à tourmenter celui qui va mourir.* »

Puisqu'il fallait trouver un responsable, autant choisir cet immonde individu.

— Le gardien chef, affabula-t-elle. Je lui ai même donné de l'argent afin qu'il accepte de me laisser sa torche.

La surprise peinte sur le visage de son interlocuteur lui apporta une intense satisfaction. Puis il se plongea dans ses réflexions. Après avoir respecté un moment sa méditation, Paula reprit la parole :

— Je ne voudrais pas vous presser mais... mes malades m'attendent.

— Un peu de patience, docteur, nous en sommes aux préliminaires. Expliquez-moi en détail en quoi Sheng le Tigre avait besoin de vous.

— Pour sauver la vie de son fils.

— La vie de l'enfant était-elle en danger ? s'enquit-il d'une voix incrédule.

— C'est ce qu'il m'a juré. D'après lui, les héritiers mâles d'un seigneur condamné à mort pour crime politique sont, dès que la sentence est exécutée, impitoyablement assassinés. Ordre de l'empereur.

— Quelle absurdité ! Jamais l'empereur n'a donné d'ordre dans ce sens. Vous avez cru à cette fable ?

— Oui, et j'y crois encore. C'est la raison pour laquelle je suis allée jusqu'à la demeure du seigneur Sheng afin de persuader sa seconde épouse de partir avec son fils, de se rendre au port et d'y embarquer à bord d'un navire prêt à lever l'ancre.

— Hum... je vois. Vous allez prétendre aussi que vous ignoriez la destination de ce navire, fit-il d'un ton goguenard.

En effet, elle l'ignorait. Néanmoins, en se fiant au bon sens, il était permis de penser que le seigneur Sheng rejoindrait Hong Kong, là où était placée sa fortune. Toutefois, il était hors de question pour elle de révéler le résultat de ses cogitations. Sheng avait besoin de temps pour mettre sa petite famille à l'abri.

— Absolument pas ! Sheng me l'a confié, répondit-elle de son air le plus innocent. Il s'est réfugié dans une bourgade au nord de Pékin.

— Le nom de cet endroit ?

La jeune femme esquissa une moue incertaine et afficha la plus grande perplexité.

— Koug-an... et quelque chose d'autre. Un nom imprononçable.

— Je m'en doutais... enfin, passons ! Donc, vous avez sauvé l'enfant et sa mère. Qui vous accompagnait ? Un garde ? Bien ! Êtes-vous en mesure de le reconnaître ?

— Oui ! Enfin, je le suppose. Cependant, je dois vous avouer que, pour moi, les Annamites se ressemblent tous.

L'homme retint un sourire, elle n'était pas la seule dans ce cas. Lui-même...

— Que saviez-vous du coup de force visant à l'évasion de Sheng le Tigre ?

— Pas ça ! répliqua-t-elle avec un geste sec des deux mains. Le seigneur Sheng s'est bien gardé de m'en parler.

Elle ajouta pour faire bonne mesure :

— Sinon, croyez-vous vraiment que je me serais mêlée de cette histoire ?

— Racontez-moi donc toute l'histoire, docteur. De l'instant où le garde est venu vous chercher jusqu'au moment où vous êtes rentrée à l'hôpital, mission accomplie.

Paula lui fit un récit rapide et expurgé de son expédition.

— ... une voiture s'est arrêtée à côté de moi et l'enfant m'a été arraché des bras par Sheng lui-même, conclut-elle. Sans un merci, ni un mot de reconnaissance, avouez que c'est un peu fort ! s'offusqua-t-elle, sa voix contenant juste le zeste d'indignation nécessaire pour se concilier la sympathie de son interlocuteur.

— Avec les grands, il faut s'attendre à tout, approuva ce dernier. Enfin, soit ! Vous vous êtes montrée extrêmement imprudente, docteur. Vous allez recevoir un blâme pour cette maladresse. Et, je vous le dis sans ambages, l'affaire n'est pas terminée. Nous serons appelés à nous revoir.

Il la raccompagna jusqu'à la porte et lança aux deux fonctionnaires :

— Raccompagnez le Dr Bridler à l'hôpital.

Comme prévu, ils se revirent. Le lendemain, le représentant du gouverneur n'était plus seul, à ses côtés se tenait un commissaire de police. Ce dernier prit la parole dès que Paula fut assise.

— J'ai le regret de vous annoncer une mauvaise nouvelle, mademoiselle : la première épouse de Sheng le Tigre vous accuse d'avoir, de votre propre main, tué une de ses servantes.

— Moi, je... ? Mais... ce n'est pas vrai !

Le commissaire, penché vers elle, reprit d'une voix insinuante :

— Traiteriez-vous la cousine de l'empereur de menteuse ?

— Absolument et sans conteste, oui ! Son pavillon est à l'autre bout du domaine du seigneur Sheng. Celui de la seconde épouse et de son fils est, lui, à proximité du passage secret. Que serais-je allée faire à l'autre extrémité de la propriété ? Je vous le demande !

— La cousine de l'empereur affirme vous avoir reconnue. Pour preuve elle nous a fait de vous un portrait saisissant de ressemblance.

La garce ! Paula maîtrisa sa fureur du mieux qu'elle put.

— Cela lui était d'autant plus facile que je suis allée soigner ses filles lorsqu'elles ont eu la diphtérie. Elles ont été emmenées à l'hôpital en vertu du décret relatif à la limite des risques de contagion des maladies épidémiques. Et, toujours en vertu de ce même décret, je les ai consignées au pavillon des contagieux en dépit des protestations de leur mère. Celle-ci a fini par trouver un moyen de se venger en me compromettant dans cette histoire.

— Ce qui reste à établir, intervint le représentant du gouverneur.

Paula respira profondément, la scène avait un côté irréel qui commençait sérieusement à l'éprouver.

— Que dois-je faire pour vous convaincre ? Que me reprochez-vous ?

Le commissaire ouvrit la bouche mais la jeune femme ne lui laissa pas le temps de la réponse.

— Est-ce un crime que vouloir sauver un enfant d'une mort certaine ? Si oui, arrêtez-moi tout de suite car c'est ce que je m'efforce de faire chaque jour. Pour quelle raison aurais-je laissé mourir cet enfant-là ? Il est le fils d'un opposant à l'empereur ?

Cela m'est égal, en ce qui me concerne, tous les enfants ont la même valeur ! La politique, les opinions divergentes ne sont pas de mon ressort. Je suis médecin, pas suffragette.

Un mince sourire étira les lèvres fines du commissaire.

— Si mon approbation sur ce point précis peut vous réconforter, je vous l'accorde.

Paula passa une main lasse sur son front.

— Merci.

Le représentant revint à la charge :

— M. le gouverneur a beaucoup insisté sur la gravité des faits qui vous sont reprochés. Entre l'empereur et le représentant du gouvernement français, des dissensions existent à propos de territoire, de prébendes et autres subventions. Et vous vous êtes ingérée dans un problème de politique interne desquels, dans la mesure du possible, nous évitons de nous mêler. En un mot comme en cent, par votre faute, l'empereur a perdu la face ET la fortune de Sheng le Tigre. Ce qui, convenez-en, fait beaucoup pour un homme un tantinet susceptible.

La jeune femme en convint volontiers tout en songeant que cela ne faisait pas avancer ses propres affaires.

— D'autre part, M. le commissaire ici présent est allé recueillir la déposition de la première épouse du seigneur Sheng et son accusation de meurtre ne tient pas la route, si vous me permettez cette expression…

D'un cœur brusquement allégé, Paula permit l'expression et toutes celles qui conviendraient à son interlocuteur.

— … d'après notre enquête, la victime faisait partie du personnel de la seconde épouse et non de la première, comme celle-ci le prétendait. Elle est morte, le larynx écrasé, par un coup trop puissant pour avoir été porté par une femme aussi fluette que vous. En outre, la première épouse a implicitement reconnu qu'au cours d'une discussion avec son cousin l'empereur la *disparition* du fils de son mari avait été très sérieusement envisagée, renchérit le commissaire.

— Pourquoi vous en être pris à moi, puisque vous étiez certain de mon innocence ?

— Il est de mon devoir d'examiner tous les aspects d'une affaire de meurtre.

— Certes, mais je vais mettre du temps à oublier cette histoire, croyez-moi !

Le représentant considéra un instant le visage crispé de Paula avant d'esquisser un sourire navré.

— Du temps, vous en aurez, docteur. Le gouverneur vous invite à regagner la France par le prochain bateau.

— Impossible ! Je suis liée à l'hôpital par contrat pour encore dix-huit mois.

— Il est annulé. Vous n'avez pas le choix, docteur.

Comme elle ouvrait la bouche pour protester, son interlocuteur l'arrêta d'un signe de la main et reprit un ton au-dessus :

— Faites-moi la grâce de m'écouter sans m'interrompre : sous le choc de l'exécution manquée et du soulèvement prémédité, l'empereur réclame toujours le nom des fauteurs de troubles. Mais il ne va pas tarder à exiger l'arrestation des coupables. À plus ou moins longue échéance, il obtiendra la vôtre pour assistance à criminel. En raison de certaines divergences, et l'empereur étant en position de force, nous ne pourrons la lui refuser très longtemps. Arrestation aussi fâcheuse pour vous que pour nous : imaginez un peu le retentissement de l'événement sur la population blanche de ce pays. Et sur le gouvernement. Je vous le répète, pour l'instant, Kai-Dinh possède tous les atouts et nous ne pouvons rien y changer.

— Mais enfin, vous n'êtes pas à sa botte ! s'impatienta Paula.

— Non. Mais... disons qu'il manque un peu d'huile dans les rouages de notre mutuelle coopération. Alors, si nous voulons vivre en bonne intelligence et éviter les accrochages, nous devons céder. Soyez assez raisonnable pour comprendre ce que peut vous coûter un refus de rentrer en France. La prison ! Et cette fois, pas en visiteuse.

Paula acquiesça d'un signe, trop secouée pour se risquer à commenter la sombre prédiction.

Le commissaire quitta sa pose dégagée et, arborant un air extrêmement sérieux, fit face à Paula.

— Écoutez, mon petit. Je vais vous parler comme je le ferais avec ma fille. Kai-Dinh est un sournois qu'il ne fait pas bon de contrarier. Tout ce qu'on vous demande, c'est tout simplement de sauver votre peau. Vous disparue, l'entourage de l'empereur trouvera une autre victime expiatoire à lui mettre sous la dent, je puis vous l'assurer. Votre carrière n'en souffrira pas, nous vous donnerons un document qui stipulera qu'étant de santé précaire, vous ne supportez pas le climat de l'Indochine et vous voyez donc contrainte de mettre fin à votre contrat.

— Quand dois-je partir ?

Un soupir de soulagement s'échappa des lèvres du représentant.

— Un bateau pour la France lève l'ancre demain vers midi. Vous y embarquerez discrètement en fin de matinée.

Soudainement livide, Paula fixa tour à tour les deux hommes.

— J'attendais les papiers nécessaires à la cérémonie de mon mariage...

— Votre mariage sera repoussé, voilà tout. Ne tentez pas de vous soustraire à l'ordre du gouverneur, vous ne pourriez l'emporter. Et lui non plus, car il perdrait la face, vous savez ce que cela signifie en Asie ? Vous nous posez un problème extrêmement embarrassant qui se résoudra de lui-même après votre départ. Cela dit, une chambre a été préparée ici à votre intention. Bien entendu, il vous est interdit de quitter la résidence jusqu'à l'heure du départ.

— Je ne peux pas rentrer chez moi ? s'indigna-t-elle.

— Nous ne pouvons le permettre. Vous n'avez pas l'air de réaliser que vous êtes en danger ! Toutefois, rassurez-vous, personne ne viendra vous chercher ici, nous sommes en mesure d'assurer votre sécurité. Et notre tranquillité d'esprit, par la même occasion.

— Puis-je au moins retourner à l'hôpital annoncer mon départ à mon fiancé, le Pr Palescaut ? Ne me refusez pas cette faveur, car je ne quitterai pas Hué avant de le revoir.

Les sourcils du représentant se froncèrent et son visage s'assombrit.

— Vous n'êtes pas en position d'avoir des exigences, docteur.

Il fit quelques pas de long en large, puis s'appuya des deux mains sur le bureau avant de s'asseoir sur le bord.

— Cependant, poursuivit-il, je veux bien envoyer un agent remettre à votre fiancé un message écrit de votre main. Êtes-vous satisfaite ?

Paula le remercia du bout des lèvres, après son ultimatum sans concession, c'était bien le moins qu'il puisse lui accorder.

La tête vide, la jeune femme arpentait la chambre où on l'avait assignée en se rongeant les sangs. Elle n'avait pas jugé bon d'informer Jean-Guilhem des derniers événements. Et pour dire la vérité, elle redoutait le moment où son fiancé ne manquerait pas de s'emporter en jurant qu'il s'attendait à des répercussions de ce genre.

Il devait être au courant de la situation à présent, comment allait-il réagir en apprenant l'imminence de son départ ?

Paula sursauta vivement lorsque la porte s'ouvrit sous une poussée violente et que Jean-Guilhem pénétra en trombe dans la pièce, l'air déconcerté.

— À quoi joues-tu, Paula ? Peux-tu me le dire ?

Ah, Seigneur ! Il ne savait pas de quoi il retournait ! C'était à elle de lui annoncer la mauvaise nouvelle... Brisée par l'imminence de la séparation, Paula défaillit.

Ils se regardèrent, indécis, à quelques pas l'un de l'autre.

— Que se passe-t-il, Paula ?

La gorge serrée par l'émotion, elle éclata en sanglots, les yeux fixés sur son amant qu'elle distinguait à peine à travers ses larmes. Il avança la main et la posa doucement sur ses cheveux, puis, la serrant contre lui, il appuya sa joue contre la sienne.

— Raconte-moi tout, ma douce.

Commençant par la convocation du représentant du gouverneur, elle exposa les faits et conclut sur l'ordre qui lui avait été donné de rentrer en France par le premier bateau.

— Je n'y comprends rien. Qu'est-ce qui se passe exactement ? s'impatienta Jean-Guilhem.

— Eh bien, je… mon prochain départ. Je dois très vite quitter Hué…

— C'est hors de question ! clama-t-il d'une voix forte. Crois-tu réellement que je vais te laisser partir ?

— Je n'ai pas le choix. C'est cela ou la prison. Je t'en prie, ne crie pas, Jean-Guilhem, essaie plutôt de comprendre. Le gouverneur s'efforce d'éviter des dissensions avec l'empereur. Pour ce faire, il sacrifiera sans hésiter toute source de conflit. En l'occurrence, moi, une femme médecin sans importance, qui lui pose un sérieux problème. D'autant plus grave que les apparences sont contre moi.

— Ridicule ! Tu es incapable de commettre un crime.

— Toi, tu le sais, mon chéri. Le commissaire et le représentant du gouverneur n'en doutent pas, eux non plus. Mais ce n'est pas suffisant.

— Je ne peux y croire, balbutia Jean-Guilhem, pétrifié.

À la note d'incrédulité dans sa voix, Paula comprit que l'éventualité d'une séparation commençait malgré tout à germer dans son esprit.

— De combien de temps disposes-tu avant de…

— Le navire appareille demain midi, réponditelle sans lui laisser le temps de poursuivre.

Après une seconde de stupéfaction, il réagit vivement :

— Demain ! Je vais de ce pas en discuter avec le représentant. Ou, mieux encore, demander audience au gouverneur pour obtenir au moins un délai. Il n'aura pas le cœur de s'y opposer en apprenant que d'ici à une semaine, peut-être moins, nous aurons reçu les papiers nécessaires à notre mariage. Il ajournera ton départ et le reportera après la cérémonie.

— N'y compte pas, les enjeux sont trop importants. De plus, j'ai accepté d'embarquer sur ce bateau.

— Et moi, je refuse de te laisser partir.

— Tu n'y peux rien changer, hélas. La situation est simple : un condamné à mort s'est échappé au cours d'un audacieux coup de main, plus désolant encore, une fortune est passée sous le nez de l'empereur. Résultat : il a perdu la face. Faute de tenir un vrai coupable, il est bien résolu à se venger sur la première personne mêlée de près ou de loin à cette offense. Que faire en pareil cas ? La réponse est limpide : pour apaiser son courroux et éviter l'affrontement, il faut livrer une victime à sa vengeance. Ou bien, le caresser dans le sens du poil en lui annonçant le bannissement à vie de son empire pour la coupable. En y réfléchissant bien, il faut bien avouer que la relégation représente pour moi un moindre mal.

— Puisqu'il en est ainsi, je pars avec toi !

Paula posa la main sur ses lèvres, pour l'obliger à se taire.

— Non, mon amour, implora-t-elle à mi-voix. Ne me promets pas l'impossible. Tu es lié par ton contrat et…

Il l'interrompit avec force :

— Au diable ce contrat !

— Tu es médecin chef d'hôpital et, à ce titre, tu es tenu d'honorer ton engagement sans faillir. Ici, tu es le seul chirurgien expérimenté, et tu le sais pertinemment. Médecins, internes, malades, tous comptent sur tes compétences. Si tu les abandonnes avant d'avoir trouvé un remplaçant pourvu d'une qualification égale à la tienne, tu te sentiras terriblement coupable et tu ne te le pardonneras jamais.

Jean-Guilhem attrapa le poignet de la jeune femme.

— Mon contrat ne se terminera pas avant une année, tu le sais. Quant au voyage de retour, il va prendre un bon mois. Être séparés l'un de l'autre un temps aussi long ne signifie-t-il rien pour toi ?

Ils se regardèrent avidement, et l'expression de leurs visages rendit toute réponse superflue : aucun mot n'aurait pu exprimer un plus total amour, une si grande peine.

Les lèvres tremblantes, Paula fit un effort poignant pour se contrôler.

— Nous sommes forts, mon amour, nous saurons attendre. Et un jour... fit-elle dans un sanglot. Je n'ai pas le choix, Jean-Guilhem.

— Un jour ? Dans treize ou quatorze mois, tu veux dire ! l'interrompit-il avec véhémence. Ah, maudit Sheng ! Si seulement nous ne l'avions jamais rencontré, nous serions encore heureux, nous ne serions pas sur le point de nous quitter !

L'espace d'un long instant, il crut qu'elle renonçait à répondre, mais il l'entendit murmurer :

— Je suis désolée... ce qui est fait est fait. Mon cœur saigne à l'idée de te quitter. En contrepartie, Petit Tigre est en vie. Et même si nous le payons abominablement cher... je ne regrette pas de lui avoir porté secours.

Sa voix se fêla et Jean-Guilhem dut tourner la tête pour ne pas perdre courage car les yeux de Paula s'étaient à nouveau remplis de larmes.

— Chaque jour écoulé nous rapprochera de celui où nous serons de nouveau ensemble. Les mois passeront vite, tu verras, termina-t-elle courageusement.

Se forçant à adopter un ton mesuré, il assura :

— Non, ils ne passeront pas vite, nous en sommes parfaitement conscients. Mais une chose est certaine : à toute heure du jour et de la nuit, ta pensée m'accompagnera. Maintenant, mon petit cœur, que puis-je faire pour t'aider ?

— Eh bien... retourne au bungalow et demande à Mai-li de préparer mes bagages, puis apporte-les-moi. Attends... ! Il y a encore tellement de choses... Ah, oui ! Crois-tu que le directeur de l'hôpital acceptera de m'établir un certificat avec des références ?

— Lui, je n'en sais rien. Mais, moi, oui ! Étant médecin chef d'établissement, je suis le plus qualifié pour le rédiger, d'autant que tu es, et de loin, le meilleur pédiatre qu'il m'ait été donné de rencontrer dans toute ma carrière. Tu mérites largement les références élogieuses que je vais m'empresser de te donner.

La jeune femme réfléchit un moment, puis :

— Plus tard, lorsque tu auras un moment de libre, pourras-tu aller expliquer la situation aux dames Leport et assurer aux filles que je les aime et ne les oublierai jamais ? Je pars contrainte et forcée mais une partie de mon cœur restera toujours avec elles. Tu le feras, n'est-ce pas ?

Jean-Guilhem haussa les épaules. Comparé au départ de la femme qu'il aimait, le contretemps d'une visite aux filles représentait vraiment peu de chose.

— Il sera fait selon ta volonté. À présent, je vais rentrer à l'hôpital pour donner des consignes car personne ne doit compter sur moi avant demain après-midi. Ensuite, je file à ton bungalow prendre tes bagages et je reviens le plus vite possible. Nous ne nous quitterons plus jusqu'à...

Départ était un mot qui ne pouvait franchir ses lèvres. Pas encore. Jamais, peut-être.

Il l'embrassa avec une fièvre possessive et désespérée à laquelle Paula répondit sans réserve.

La vie leur faisait grâce de quelques heures de passion. Jusqu'au lendemain, rien d'autre ne compterait pour eux que s'aimer et s'aimer encore.

Combien de fois firent-ils l'amour cette nuit-là ? Ils n'auraient su le dire.

Ils mirent dans leurs étreintes un désespoir poignant, une intensité douloureuse en ultime offrande à leur passion et au déchirement de la séparation. La chambre d'amis du représentant du gouverneur était devenue leur royaume, le dernier lieu protégé de leur amour.

La nuit s'estompa, le ciel s'éclaircit, ils continuèrent à s'aimer dans le jour naissant. Lorsque Paula s'endormit dans les bras de son bien-aimé, son visage ruisselait de larmes.

Ils se firent leurs adieux avant de quitter la chambre où ils avaient passé leurs derniers instants d'intimité. L'immense désolation qu'ils ressentaient à l'idée que, de longs mois durant, ils ne dormiraient plus dans les bras l'un de l'autre leur brisait le cœur.

Escortés par deux gendarmes en armes assurant la protection de Paula, ils se dirigèrent vers le quai d'embarquement. Le chagrin les avait vidés de toutes forces et ils étaient si las qu'ils n'avaient aucune conscience du spectacle offert par leur couple à l'attention des voyageurs et des personnes présentes. Nombre d'entre eux palabraient sur ces deux Européens reconduits *manu militari* par la maréchaussée tels des criminels. Du quai, ils donnaient haut et fort leur avis aux passagers accoudés au bastingage.

Les deux amants n'entendaient rien, leur esprit enregistrant seulement qu'ils ne se verraient plus pendant de longs mois. Rien ne leur importait sauf leur séparation imminente.

Au moment où on s'apprêtait à retirer la passerelle, les gendarmes se placèrent de part et d'autre et firent reculer les curieux qui, sans vergogne, venaient s'informer de l'affaire.

— Je regrette, monsieur, l'arrêta un gendarme en retenant Jean-Guilhem par la manche. Vous n'êtes pas autorisé à monter à bord. Le navire va lever l'ancre, il est temps maintenant de faire vos adieux.

En effet, l'homme préposé à la passerelle montrait de visibles signes d'impatience.

— Ce n'est qu'un au revoir, ma chérie, pas un adieu.

— Pas un adieu, répéta la jeune femme en essayant désespérément de faire bonne figure.

Dans un élan éperdu de tout son être, Jean-Guilhem but les larmes sur les joues de son amante, puis il s'empara de sa bouche et serra très fort la femme aimée contre lui.

— Madame, il faut monter à bord, la pressa le gendarme, l'air navré, avant d'aller, par discrétion, rejoindre son collègue qui l'attendait un peu plus loin.

Dénouant les bras du cou de son amant, la jeune femme, de ses deux mains plaquées contre lui, le repoussa doucement. Elle s'écarta pour scruter le visage tant aimé et en graver chaque trait dans son cœur.

— Tu me manques déjà, parvint-elle à articuler en s'engageant sur la première marche de la passerelle.

Lorsque Paula s'accouda au bastingage, son regard, sans fouiller la foule des visages levés, se posa droit sur Jean-Guilhem, comme attiré par un aimant invisible.

Aussi longtemps qu'il leur fut possible, ils se contemplèrent intensément, tendus l'un vers l'autre, éperdus d'amour.

Le navire prit son essor, les silhouettes sur le pont s'effacèrent peu à peu. Jean-Guilhem poussa un soupir de lassitude. En partant, Paula laissait derrière elle un vide, et un abîme, que rien ni personne ne pourrait combler.

— Quand allez-vous la revoir, monsieur ? demanda avec compassion un des gendarmes venus les accompagner.

— Dans un peu plus de treize mois, répondit Jean-Guilhem d'une voix cassée par l'émotion.

— Allons ! Ce n'est pas la mer à boire, l'encouragea-t-il. Nous, par exemple, nous ne rentrerons pas en France avant deux ans et demi. Pour garder le moral, chaque soir, nous décomptons sur le calendrier les jours qui nous séparent encore du rapatriement. Vous devriez en faire autant. Vous verriez alors comme cela est d'un réconfort.

Jean-Guilhem hocha longuement la tête comme s'il prenait la pleine mesure de ces paroles d'une grande sagesse. Mais son esprit était ailleurs, là-bas, dans le sillage du navire qui, lentement, s'estompait à l'horizon.

12

Le voyage du retour s'effectua dans la plus noire des solitudes morales. L'absence de l'homme qu'elle aimait et l'écroulement de ses rêves de carrière la minaient.

À chaque escale, une lettre de la jeune femme prenait le chemin du bungalow de Jean-Guilhem. Au gré de son humeur, elle l'y exhortait à la patience ou maudissait le sort cruel qui les séparait. Le contrecoup dû à la précipitation des événements et l'absence de nouvelles de son cher amour se faisaient douloureusement sentir. L'urgence pour Paula était avant tout de se trouver une adresse personnelle, car pour l'instant, Jean-Guilhem ne savait où lui écrire.

Le lendemain de son retour au pays, elle se présenta au directeur de l'hôpital de Bordeaux munie de ses références et d'un mot de recommandation rédigé par Jean-Guilhem, expliquant que sa fiancée avait été obligée de rentrer en France pour raison de santé. Vu ses états de service, un poste d'assistante en pédiatrie lui fut assigné à titre provisoire. Un emploi subalterne sans réelles responsabilités. Eu égard à son expérience, c'était une régression. Désormais, elle était un médecin semblable aux autres, la dernière arrivée qui plus est, celle qui hérite des cas inintéressants, et des heures de garde pénibles. Toutefois, un poste subalterne était préférable à pas de poste du tout. N'empêche qu'en se présentant au médecin chef du service, la jeune femme se sentit mal à l'aise car c'était la première fois qu'elle obtenait un poste grâce à une recommandation personnelle.

Mais quelle importance en regard du chagrin causé par l'absence de son amour !

Elle s'installa dans un des appartements mis à disposition des médecins dans un quartier urbain où la proximité de l'hôpital compensait le loyer assez élevé.

Son chagrin redoubla d'intensité lorsqu'elle découvrit ce qu'elle soupçonnait déjà : elle était enceinte d'un enfant conçu dans la fièvre passionnée de leur ultime nuit d'amour au cours de laquelle ils avaient oublié toute prudence.

À qui se confier dans cette ville inconnue ? Pas à ses confrères qu'elle ne tarderait pas à quitter quand sa grossesse commencerait à devenir visible. Pourtant, elle redoutait moins leurs critiques que celles des personnes bien pensantes qui, sans être membres du corps médical ou assimilés, avaient leurs petites et grandes entrées à l'hôpital. « *Pensez donc, une fille mère en contact avec des enfants !* » Les visiteuses de charité ne manqueraient certainement pas de crier au scandale.

Le premier réflexe de Paula, lorsqu'elle prit conscience de sa grossesse, fut d'en avertir Jean-Guilhem. Puis, en personne pondérée, elle prit le temps d'y longuement réfléchir. Quelle allait être la réaction de son amant en recevant une telle nouvelle ? Se précipiterait-il vers le premier bateau en partance afin d'épouser rapidement sa fiancée en faisant fi des principes et en oubliant toutes responsabilités envers l'hôpital et ses malades ? S'il agissait ainsi, il se le reprocherait toujours. De plus, il courrait le risque d'un procès pour rupture de contrat : situation impardonnable pour un chirurgien en chef aux brillants états de service, et pour la suite d'une carrière jusqu'alors irréprochable.

Mais s'il décidait de mener à terme son engagement, il allait se faire un sang d'encre en sachant que la femme qu'il chérissait se débattait seule au milieu de problèmes dont il était responsable.

Quelle que soit la solution adoptée, Jean-Guilhem y perdrait. Et elle tout autant.

Un soir, la concierge de son immeuble lui remit une épaisse enveloppe. Les mains tremblantes, elle déchira le rabat sur lequel se reconnaissait l'écriture de Jean-Guilhem.

Ma Paula chérie,

Enfin une adresse ! Ô mon amour ! Quel bonheur de recevoir de tes nouvelles et quelle consolation de pouvoir te répondre ! Si j'ai cru endurer la plus grande des souffrances en voyant disparaître le bateau qui t'emmenait loin de moi, combien je me trompais ! Car, plus pénible encore a été de supporter la déchirure de ton absence, cruellement ressentie dans mon cœur et dans ma chair.

Heureusement, une lettre de toi avec, ENFIN, *une adresse où t'écrire m'est parvenue !*

Ainsi, mon trésor, tu as trouvé une place d'assistante à l'hôpital de Bordeaux ? Ne te désole pas de ce poste subalterne, il est provisoire. Lorsque je reviendrai près de toi, nous nous installerons dans un endroit où nous pourrons donner notre pleine mesure. L'essentiel étant que tu sois bien à l'abri et loin des sautes d'humeur de l'empereur et, par ricochet, du gouverneur et de sa bande de lâches.

Faute de pouvoir expédier mes lettres, j'ai tenu une sorte de journal où sont notés tous les événements susceptibles de t'intéresser. Grâce à la rédaction de cette chronique, je suis parvenu à tenir le coup sans m'écrouler lamentablement. J'espère que sa lecture te permettra de ne pas perdre complètement contact avec l'hôpital et son personnel. D'autre part, d'avoir connaissance des événements qui se déroulent ici te permettra de te sentir plus près de nous, au moins le temps de parcourir les feuillets ci-joints.

Voilà trois interminables mois que nous sommes séparés. Pour éviter la déprime, je tiens un compte exact des jours qui me séparent de toi.

Aujourd'hui, il en reste trois cent huit avant la fin de mon contrat. Ensuite le temps du voyage, et nous serons enfin réunis. Une éternité, à vrai dire. Combien tu me manques, mon amour ! De l'aube jusqu'à la fin du jour, je pense à toi. Mais, lorsque arrive le crépuscule, le moment où je me retrouve seul, ma peine se fait plus lourde. Et moi, l'incroyant, l'athée, je prie pour te revoir bientôt, très bientôt, avant que le chagrin ne me brise.

Ton image ne me quitte pas, mon amour.

Pas d'adieu entre nous, trésor, car tu es constamment avec moi, en moi. Je t'aime plus que tout au monde, toi la femme de ma vie dont je couvre de baisers le doux visage et l'adorable corps. Puissent les dieux de l'amour exaucer mes prières et te protéger, cœur de mon cœur !

À très bientôt, ma tendre et douce Paula, je t'aime.

Jean-Guilhem, amoureux de toi à jamais

Plusieurs feuillets accompagnaient la lettre.

Hier soir, je suis allé chez toi sans passer par l'hôpital. Directement du quai d'où j'ai vu s'éloigner ton bateau à ton lit sur lequel je me suis laissé tomber.

Ce qui était aussi bien, car je n'aurais pas eu le courage d'évoquer ton départ sans m'effondrer. À ma grande surprise, et contrairement à mes pires prévisions, je me suis endormi comme une masse, accablé par trop de chagrin.

Et au matin... le lit vide. J'ai posé ma tête sur ton oreiller encore imprégné de ta douce odeur et, oserai-je te l'avouer, mon amour, j'ai pleuré comme un enfant.

Mais comme il n'existe pas de meilleur moyen de se reprendre que de travailler, j'ai rejoint mon poste où l'ensemble du personnel s'était réuni pour l'occasion. La plupart d'entre eux avaient déjà constaté ton absence et l'annonce de ton retour précipité en France a suscité une explosion de questions éplorées. Lorsque je leur ai exposé les pressions exercées sur toi pour t'obliger à partir très vite afin de sauvegarder ta liberté réellement menacée, le tumulte est devenu assourdissant. Médecins, infirmières, aides-soignantes, à tour de rôle, chacun est venu m'assurer de sa sympathie. J'ai alors mesuré combien tu étais appréciée, estimée et même aimée par l'ensemble du personnel. Et bien des yeux ont été essuyés furtivement avant la reprise du travail.

Une seule fausse note au concert des louanges et des regrets, je te laisse le soin de deviner qui l'a émise...

J'ai réintégré mon bungalow et, comme promis, payé les gages de Hong et de Mai-li. Tous deux sont inconsolables de ton départ forcé. Ils ont proposé de rester chez toi jusqu'à l'arrivée de ton remplaçant, qui, certainement, les prendra à son service.

Nous avons reçu des informations plus précises sur le coup fomenté par les émeutiers et la fuite de Sheng. Dès l'aurore, de nombreux agitateurs nationalistes s'étaient massés autour de l'échafaud. Un mot d'ordre circulait parmi eux : « À chacun son homme du service d'ordre. » Sur un signe de Sheng, les nationalistes ont lentement resserré les rangs, puis ils se sont saisis d'une partie des armes des soldats, gendarmes et autres gardes impériaux, facilitant ainsi la fuite de leur chef qu'une voiture attendait portières ouvertes à proximité de la place.

Inutile de t'apprendre que – d'après une source généralement bien informée – l'empereur ne décolère plus et réclame des coupables. Que serait-il advenu de toi si tu n'étais partie ? Je n'ose l'imaginer. Car personne ne peut décoder ce qui se passe dans une tête bouillonnante de fureur. Ni dans celles des exaltés de l'entourage de Kai-Dinh.

Grâce au ciel, tu es à l'abri ! Et, en dépit d'un manque de toi qui me fait hurler de frustration, je suis heureux de te savoir hors d'atteinte de ces enragés.

À bientôt, mon amour. Ton absence m'est insupportable. Écris-moi, je t'en supplie, écris-moi.

Sans être franchement distante, Paula ne s'était liée avec personne. Plus seule maintenant qu'elle ne l'avait jamais été, aucun parent, collègue ou camarade n'était là pour la soutenir de son amitié. Faute de revenus réguliers, seul son salaire la retenait à l'hôpital. Comme il était hors de question de demander de l'argent au père de son futur bébé, la jeune femme dépensait le moins possible et prenait son mal en patience. Trop tôt à son gré, sa grossesse commença à devenir perceptible en dépit des vêtements amples et des blouses blanches jamais boutonnées qu'elle arborait pour dissimuler son ventre rond. On la savait célibataire, ce qui n'arrangeait pas une situation déjà incommode. Si elle voulait éviter des reproches émanant de la direction sur le mutisme adopté quant à sa position et les allusions plus ou moins basses de ses confrères, la jeune femme n'avait d'autre choix que de démissionner et quitter son appartement pour emménager en banlieue.

Pour un loyer très raisonnable, elle dénicha, dans un quartier modeste, un logement meublé au-dessus d'une petite droguerie, comprenant une grande pièce et deux plus petites qu'elle entreprit de rénover au fil de ses jours de repos.

Pour la soutenir, deux fois par mois lui parvenaient des lettres de Jean-Guilhem (où, selon son humeur, se mêlaient de tendres mots d'amour, d'adoration, d'encouragement ou de désolation). En effet, posté tous les quatorze jours, son courrier profitait d'un service régulier entre le Tonkin, les côtes de l'Annam et Saigon qui, dans ce dernier port, coïncidait avec le départ d'un paquebot pour Marseille.

Fidèle à sa promesse de lui raconter les incidents et autres péripéties auxquels étaient mêlés le personnel médical et les personnes de leurs connaissances, Jean-Guilhem complétait ses lettres d'un petit journal. Paula apprit ainsi l'arrivée de son remplaçant, un jeune pédiatre frais émoulu de l'hôpital de Grenoble sur lequel l'infirmière en chef avait immédiatement sauté, comme la misère sur le pauvre monde. Depuis, le jeune homme, accablé par tant d'attentions, n'osait plus bouger un cil sans l'assentiment de la toujours fringante Rabasse.

Un matin de repos, alors que Paula ruminait une fois de plus sur ses moyens limités, en rangeant le peu de vaisselle qu'elle possédait dans un carton en vue de son prochain déménagement, une lettre vint de façon inattendue alléger son fardeau. Une missive timbrée de Hong Kong via la case courrier du Pr Palescaut. Elle déchira l'enveloppe... La lettre émanait de Sheng le Tigre !

Dans une langue plus proche du pidgin que du français, le seigneur Sheng l'avisait que des informateurs annamites avaient porté à sa connaissance les épreuves subies par la jeune femme. Il pouvait l'avouer à présent : en sauvant la vie de Petit Tigre, le Dr Bridler avait également épargné celle du seigneur Sheng. Car, même sous la menace d'être exécuté comme un bandit, il ne se serait pas enfui d'Annam sans son fils bien-aimé. Pour la remercier, et en reconnaissance de l'incommensurable service rendu, il lui adressait un chèque d'un montant élevé, viré de Hong Kong sur un établissement bancaire parisien lequel était tenu de transmettre la somme à une banque désignée par le Dr Bridler. Afin d'apaiser les scrupules mal placés dudit docteur, le seigneur Sheng lui assurait que sa fortune aurait été perdue à jamais sans son providentiel dévouement. Avec une légère allusion au sort de la perle, premier cadeau de Sheng, vendue sans tergiverser par le Dr Bridler – pour une bonne cause, certes –, Sheng le Tigre émettait le vœu d'un meilleur usage du chèque. N'hésitant pas, pour l'occasion, à lui rappeler le vieux dicton français « *Charité bien donnée commence par soi-même* ». Que Paula traduisit par « *Charité bien ordonnée...* »

Après les remerciements et souhaits d'usage de longue et heureuse vie, le seigneur Sheng l'informa du sort d'un certain gardien chef, aussi malveillant que sadique. Après son arrestation que d'aucuns estimaient arbitraire, et en dépit de ses véhémentes dénégations, l'homme avait été reconnu coupable, jugé et exécuté publiquement, à la grande joie du bon peuple des badauds asiatiques qu'un rien amusait.

Avant d'emménager dans son nouveau quartier, Paula fit l'achat d'une alliance en cuivre. Comme elle ne possédait pas grand-chose, son installation fut rondement menée. Mais, rapidement, le poids de l'inactivité commença à lui peser. Aussi, le dernier rideau posé, la jeune femme décida d'aller offrir ses services aux religieuses en charge du dispensaire à trois rues de là.

— Vous êtes le Dr Bridler ? Ah ! Madame, nous aimerions bien accepter votre offre mais l'existence du dispensaire dépend uniquement de la charité des bons chrétiens de notre ville. Et, malheureusement, les sommes recueillies ne sont pas suffisantes pour rémunérer les actes médicaux.

— Qu'à cela ne tienne ! Je soignerai les malades bénévolement. Voyez-vous, ma sœur…

— Ma mère, s'il vous plaît, coupa la religieuse. Je suis la mère responsable du groupe des sœurs en Dieu de ce dispensaire.

— Voyez-vous, ma mère, reprit Paula docilement, mon mari et moi étions en poste en Extrême-Orient. Le début de ma grossesse m'ayant rendue malade, j'ai dû être rapatriée. Mon mari doit rester sur place jusqu'à la fin de son contrat, je me retrouve seule. À présent, tout à fait remise de mes malaises, j'avoue qu'exercer me manque.

— Ma pauvre enfant…

— Cette explication n'avait pas pour but de me

faire plaindre, ma mère, mais de vous exposer les raisons de mon offre de service. Les horaires imposés aux médecins des hôpitaux sont trop lourds pour moi. Dans mon état, je me fatigue vite. Par contre, quelques heures le matin et autant l'après-midi me conviendraient parfaitement.

— Dieu vous en récompensera, docteur.

Dieu peut-être... Sheng le Tigre sûrement ! Son chèque dûment transmis à une banque bordelaise lui avait ôté une belle épine du pied. Avant même de toucher à cet argent, Paula s'était sentie moralement à l'abri du besoin. Son bébé ne manquerait de rien. Désormais, elle l'attendrait le plus sereinement possible malgré l'absence de Jean-Guilhem.

Durant trois heures le matin et quatre l'après-midi, le Dr Bridler pratiqua dans le dispensaire à la pleine satisfaction de la mère et des sœurs pour qui cet arrangement était un véritable don de Dieu.

Grâce à elles, Paula fit la connaissance d'une tricoteuse de talent aux revenus modestes, laquelle se déclara enchantée de confectionner la layette du futur héritier du médecin bénévole, dont chacun louait les mérites.

Enveloppée dans un papier de soie, la layette terminée se révéla une merveille de délicatesse. Quel bonheur pour Paula de rétribuer largement la tricoteuse, en dépit de ses « c'est ben trop, madame le docteur » ! Pour la première fois, elle osait dépenser l'argent de Sheng sans culpabiliser. Et elle entendait bien dorénavant ne plus se priver d'une telle satisfaction !

La vieille voiture du dispensaire fut remplacée par une camionnette aménagée en ambulance. Lorsque sœur Lucie la ramena du garage sous le regard extasié des religieuses, Paula eut une pensée émue : « Que c'est bon de voir des visages heureux ! Et zut pour les conseils d'égoïsme de Sheng ! »

Les lettres de Jean-Guilhem lui parvenaient tout aussi régulièrement dans son nouvel appartement que dans l'ancien. Ce qui prouvait que la banlieue n'était pas le bout du monde.

Quant à ses questions sur la raison de son déménagement... elles furent habilement éludées. Autant se taire que mentir, se rassurait Paula.

Lorsque sa grossesse fut trop avancée pour qu'elle ne puisse plus s'éloigner trop longtemps de chez elle, Paula réduisit son travail au dispensaire à une heure le temps de mettre au courant un jeune médecin qu'elle rétribuait de ses deniers. Ou plutôt de ceux offerts par Sheng le Tigre, ce qui pour elle était extrêmement satisfaisant.

Le reste du temps, en compagnie d'une voisine ou d'une autre, elle s'occupait à confectionner des vêtements destinés à son petit compagnon de tous les instants qui remuait comme un beau diable dans le ventre de sa maman.

En son temps, lorsqu'une lettre de la banque lyonnaise lui avait signalé l'importance de la somme accréditée sur son compte, la jeune femme avait songé un moment à chercher un nouvel appartement, moins exigu. Mais, dans ce quartier ouvrier, les logements plus vastes étaient rares ou déjà occupés, Paula renonça donc à son idée et ne le regretta pas. La solidarité des petites gens était infinie. Ainsi, tout au long des deux dernières semaines de sa grossesse, les femmes de son quartier, dont elle avait gagné l'amitié, vinrent à tour de rôle s'informer de l'état de sa santé et renouveler leur offre de service. De jour comme de nuit, elles étaient prêtes à alerter la sage-femme aux premiers signes annonciateurs.

Au dernier jour d'avril, alors que les bourgeons éclataient à cœur joie, le fils de Paula vint au monde dans la chambre entre une vigoureuse sage-femme et deux voisines proches.

Au cours d'accouchements plus ou moins bruyants, médecins et infirmières avaient coutume de lancer aux parturientes dont les cris étaient particulièrement assourdissants : « Prenez patience, l'accouchement est le mal joli qui sitôt s'oublie. » Comme prévu, la sage-femme ne se priva pas de rappeler « le mal joli qui aussitôt s'oublie ».

Qui s'oublie, peut-être, mais joli... Au plus fort des contractions, lorsqu'elle n'invoquait pas silencieusement Jean-Guilhem, Paula se jurait de ne plus employer ce vieux dicton dans une salle de travail. Pour son compte, elle n'oublierait jamais la longue et douloureuse nuit de son accouchement. Jamais !

Et pourtant... à l'instant où, encore couvert de son vernix, l'enfant fut déposé sur son ventre, elle ressentit un élan d'amour si fort, si pur, que toutes les interminables heures de souffrance furent balayées en un clin d'œil. Son fils méritait mille fois le mal qu'elle s'était donné pour le mettre au monde. Et plus encore ! Il était parfait : un corps fin, des cheveux noirs plaqués sur son petit crâne, un nez minuscule... des mains aux doigts menus, des pieds délicats comme des coquillages.

— « Mille années de vie, petit dragon », murmura-t-elle en chinois à l'oreille de son amour de fils.

— Comment allez-vous appeler cette petite merveille ? lui demanda-t-on.

— Guilhem, ce prénom plaira beaucoup à son père.

« Quand il connaîtra son existence », se dit-elle *in petto.*

— Guilhem, c'est joli, approuva la sage-femme qui n'avait jamais entendu un tel prénom de sa vie.

Quant aux voisines, elles s'entre-regardaient en hochant la tête comme si elles savaient parfaitement qu'il était couramment employé dans les colonies où le Dr Bridler avait autrefois exercé.

Quand l'enfant fut lavé, vêtu et langé, on l'installa confortablement au creux du bras de sa mère pour qu'elle puisse contempler son petit visage adorable.

— Mon fils chéri, chuchota Paula à l'oreille du bébé, ta maman t'aime de tout son cœur et ton papa aura le coup de foudre pour toi au premier regard. Qui, dans ce vaste monde, pourrait te regarder sans t'aimer, mon trésor ?

Fort occupée avec le bébé, Paula repoussa de jour en jour la rédaction d'une lettre à destination de Hué. En proie à l'indécision, elle s'interrogeait inlassablement. Devait-elle écrire à Jean-Guilhem pour lui annoncer la naissance de son fils ? Mais qu'allait-il penser du fait qu'elle ait tenu sa grossesse sous silence ? Et combien de lettres seraient échangées avant que les choses ne soient enfin éclaircies ? En outre, cette révélation ne risquait-elle pas de perturber gravement la fin de son séjour à Hué ?

Néanmoins, la jeune femme fit une dizaine de brouillons pour une lettre qu'elle n'expédia jamais. D'ailleurs, ne dit-on pas qu'une conversation de vive voix vaut mieux que dix missives ?

Au demeurant, si Jean-Guilhem était bien l'homme sensé qu'elle avait vu en lui et aimé, il conviendrait très vite qu'en lui évitant un cruel dilemme elle avait agi pour le mieux.

C'est pourquoi, l'un après l'autre, les feuillets froissés terminèrent leur voyage dans le foyer d'une cuisinière à charbon.

13

Illuminée par les lettres régulières de Jean-Guilhem, la vie de Paula poursuivit son cours tranquille. Une jeune fille, Maria, avait été embauchée pour le ménage courant et pour s'occuper du bébé pendant que Paula dispensait ses soins aux habitants du quartier.

Aux heures de dispensaire succédaient celles, délicieuses, passées par la jeune femme à cajoler son amour de fils. Pourvu qu'il ait son content de lait et ses petites fesses bien au sec, Guilhem se comportait en poupon placide et gros dormeur. Paula le contemplait pendant des heures, jusqu'à en perdre la notion du temps. Dès qu'elle le regardait, la jeune mère sentait son cœur battre plus vite tant la ressemblance entre l'enfant et son père était, à son sens, saisissante. Il avait les yeux gris de Jean-Guilhem, le nez, la bouche de Jean-Guilhem… et la façon dont ses sourcils se fronçaient juste avant de faire une colère. Il tenait une seule chose de sa mère : ses cheveux noirs qui, déjà, commençaient à boucler.

Un matin pluvieux, Paula enfilait son imperméable, lorsque le facteur déposa une lettre timbrée de Hué. L'incroyable nouvelle apportée dans la missive la renversa. Le contrat de Jean-Guilhem – devant normalement s'achever deux mois et demi plus tard – prendrait fin le 31 du mois courant…

Lorsque tu liras cette lettre, mes bagages seront prêts… Par crainte de te donner de faux espoirs, j'ai attendu avant de t'annoncer la bonne nouvelle. Mais à présent, la note de confirmation étant sous mes yeux, il est temps pour moi de tout te raconter. J'ai pu permuter mon poste avec un ancien camarade de guerre, chirurgien à l'hôpital de Lyon. Il cherchait à quitter la ville pour raisons personnelles. Un long séjour aux colonies arrangeait bien ses affaires et cette permutation de gré à gré lui en a donné l'occasion. Les démarches entreprises, nos demandes acceptées, nous avons obtenu satisfaction. Mon confrère arrivera ici quelques jours avant mon départ. Quant à moi, je le remplacerai à Lyon. Le poste de professeur et médecin chef responsable du service de chirurgie étant libre, c'est à ces divers titres que je l'occuperai.

D'autre part, si ouvrir un cabinet de pédiatrie fait toujours partie de tes projets, il ne tient qu'à toi qu'ils se réalisent. Nous en discuterons ensemble. Mais il va sans dire que la décision t'appartiendra.

Comme tu le vois, mon trésor, j'ai passé de longues heures à réfléchir à notre vie future. Cela m'a permis d'attendre le résultat de nos démarches sans dépérir d'impatience.

Bientôt j'embarquerai pour une longue traversée, au terme de laquelle nous serons enfin réunis. Et nous ne nous quitterons plus jamais, cœur de mon cœur. Ce jour encore si lointain et déjà si proche me paraît tellement miraculeux que je n'ose encore y croire.

Il lui recommandait de ne pas venir l'attendre à Marseille. Aussitôt débarqué, il lui signalerait par télégramme l'heure d'arrivée de son train en gare de Lyon, et là, espérait vivement enfin pouvoir la serrer dans ses bras.

Ainsi, leur longue et impitoyable séparation touchait à son terme.

Tant que les jours d'attente avant leurs retrouvailles s'étaient traduits en mois, Paula, persuadée d'avoir agi au mieux pour l'avenir de son bien-aimé, avait avec plus ou moins de bonheur tenu le coup.

Le retour de Jean-Guilhem n'étant désormais plus qu'une question de jours, la jeune femme commençait à se ronger les sangs. Peut-être aurait-elle dû... Si seulement, elle avait pu lui écrire encore une fois...

Mais à l'heure actuelle, son amant naviguait entre Saigon et Marseille, en conséquence, les scrupules tardifs n'étaient plus de saison.

En fin de matinée, renseignements pris auprès des voisines du Dr Bridler, le préposé aux dépêches joignit la destinataire au dispensaire où elle était en train de panser la main d'un jeune ouvrier, victime d'un accident du travail.

Après lecture du télégramme, Paula se réduisit à une âme, flottant entre larmes et sourires. Elle passa les trois heures suivantes dans un état d'esprit d'une ambivalence indéfinissable. À sa joie se mêlait sournoisement l'appréhension diffuse des retrouvailles après une aussi longue séparation et par-dessus tout l'angoisse des révélations à venir.

Dans un crissement de freins, le convoi ralentit, entra en gare au milieu des spirales de fumée qui s'écrasaient sur la surface des verrières et s'arrêta lentement.

Lorsqu'il ouvrit la portière, Jean Guilhem vit immédiatement Paula au bout du quai. Les mains crispées l'une contre l'autre, la jeune femme le regardait avec une intense émotion. Pendant un long moment, ils se dévisagèrent en silence. Dans les yeux de la femme adorée, Jean-Guilhem put lire une émotion d'une intensité égale à la sienne. Il esquissa un pas et Paula se précipita vers lui, les joues inondées de larmes. Les bras grands ouverts reçurent l'aimée, l'étreignirent passionnément, le visage enfoui dans ses boucles brunes. Le stress, accumulé durant de trop longs mois, s'exhala en un long soupir venu du tréfonds de son être :

— Tu m'as tellement manqué... tellement... notre séparation m'a brisé le cœur...

Bouleversé par ses larmes, il la serra encore plus fort contre lui et s'empara de ses lèvres. Paula lui rendit passionnément ses baisers sans se soucier des voyageurs qui les bousculaient de toutes parts.

Pourtant, lorsqu'une valise tenue à bout de bras heurta le mollet de Jean-Guilhem, leurs lèvres se détachèrent. Les joues en feu, Paula s'écarta et jeta un regard embarrassé autour d'elle, mais les gens étaient trop affairés à gagner la sortie ou à retrouver famille et amis pour leur prêter attention.

— Viens, mon amour, quittons cette gare, et rentrons vite chez toi, proposa Jean-Guilhem en lui prenant le bras.

Toute la frustration et l'amertume supportées au cours des mois passés étaient éclipsées par sa joie de retrouver la femme qu'il aimait.

Paula esquissa un sourire tremblant. L'aveu remis sans cesse à plus tard ne pouvait être plus longtemps différé.

— Entrons dans un café, suggéra-t-elle en se tournant vers lui, la gorge serrée. J'ai quelque chose d'important à te dire.

— C'est que... j'ai hâte d'être à la maison.

— Je t'en prie, Jean-Guilhem...

— Puisque c'est ce que tu souhaites...

Il passa son bras autour des épaules de la jeune femme et, d'un même pas, ils se dirigèrent vers la sortie, s'arrêtant tous les dix pas pour s'étreindre.

Au tournant de la rue, ils dénichèrent un petit troquet en tout point parfait pour une conversation en tête à tête.

Paula s'apprêtait à pénétrer à l'intérieur lorsqu'elle sentit Jean-Guilhem l'enlacer par-derrière. Il la fit pivoter vers lui, s'empara de sa bouche puis l'embrassa avec passion. La jeune femme répondit avec ferveur à son baiser et, quand il la libéra, elle était troublée et ses yeux brillaient d'un désir contenu.

— Ne me regarde pas comme ça, gémit-il en saisissant sa main pour en embrasser le creux de la paume. Viens, rentrons à la maison. Remettons cette discussion à plus tard.

— Non, maintenant.

À regret, il s'écarta d'elle pour la laisser entrer, puis il referma la porte de l'estaminet derrière eux et se dirigea vers le fond de la salle où, à l'écart près d'une fenêtre, une table isolée semblait les attendre.

— Ici, nous serons tranquilles, dit-il en se dirigeant vers la banquette en moleskine. Viens près de moi, ma chérie.

— Nous sommes ici pour parler, ta présence me trouble trop. Si je m'installe près de toi, il me sera impossible d'aligner deux idées claires.

— Tu as raison. Néanmoins, promets-moi de faire vite car ce que j'ai en tête ne souffre pas d'attendre très longtemps.

Il montra du doigt une chaise en face de lui. La jeune femme s'y installa et Jean-Guilhem posa sa main ouverte sur la table ; sans un mot, Paula entrelaça ses doigts aux siens.

— Je n'arrive pas à y croire. Tu es ici, mon amour, nous sommes à nouveau réunis. Laisse-moi te regarder, ma chérie, tu es superbe, délicieuse... plus belle encore que dans mes souvenirs les plus heureux.

Paula sentit son cœur s'emballer. La serveuse vint leur apporter les limonades commandées, retardant d'autant l'instant de l'aveu indéfiniment retardé.

— Paula ?

Elle offrait l'image d'une jeune femme anxieuse aux yeux embrumés de fièvre.

— Paula ? Y aurait-il des changements dans ta vie ?

Oh oui ! En la personne d'un adorable petit bonhomme impatient de voir son papa.

Durant les longues nuits de garde, durant des journées entières, elle s'était répété des raisonnements préparés, et des explications pour justifier son silence. Et voilà qu'à l'instant de vérité, alors que Jean-Guilhem se tenait face à elle, tous ses arguments s'étaient envolés.

— Tu peux tout me dire, Paula, l'encouragea-t-il en la regardant avec confiance.

Sans quitter son amant des yeux, elle saisit son verre, le porta à ses lèvres. Puis le reposa et se lança :

— Je t'aime tellement. Nul autre homme que toi n'a compté dans ma vie.

Elle prit une grande respiration, humecta ses lèvres sèches et, soudainement, les phrases préparées resurgirent dans sa mémoire comme par miracle.

— J'aurais dû t'en parler plus tôt, mais… Te souviens-tu de notre dernière nuit où nous nous sommes dit adieu à la résidence du représentant du gouvernement ?

— Il ne s'est pas passé un seul jour sans que je me remémore ces heures à la fois merveilleuses et désespérées. Comment aurais-je pu oublier ? L'as-tu oublié, toi ?

— J'ai d'autant plus de raisons de ne pouvoir l'oublier que nous n'avons guère été prudents cette nuit-là. Et si…

Il l'interrompit :

— Qu'essaies-tu de me dire, Paula ?

— Eh bien… nous n'avons pris aucune précaution.

— Dois-je comprendre… ?

La jeune femme hocha la tête en signe d'approbation. Jean Guilhem afficha un air attendri et désolé.

— Oh, ma pauvre chérie ! Tu as fait une fausse couche, et tu n'oses pas m'en parler ! C'est ça ?

— Pas exactement, non. Je… j'ai… c'est-à-dire…

— Je t'en prie, Paula, cesse de tourner autour du pot et va au cœur du problème.

— Eh bien, nous y sommes justement au cœur du problème…

Instant crucial impossible à différer.

— … tu as un fils, Jean-Guilhem.

Il se figea, les yeux écarquillés.

— Un fils… répéta-t-il en écho, l'air complètement ahuri.

Espérant lui laisser ainsi le temps de se ressaisir, Paula reprit :

— Nous étions extrêmement prudents et tout à fait déterminés à attendre d'être mariés avant de mettre un bébé en route…

La voix de Paula lui parvenait tel un bourdonnement et les battements de son propre cœur lui faisaient l'effet d'un roulement de tambour.

— ... je ne m'attendais pas à tomber enceinte, mais c'était sans compter avec notre dernière nuit à Hué.

Le silence qui suivit blessa plus profondément Paula que ne l'aurait fait une contestation humiliante.

— Je t'en prie, Jean-Guilhem, parle-moi. Dis quelque chose.

Il releva la tête et la regarda, le visage impénétrable. Refoulant son émotion, il questionna d'une voix sans timbre :

— Pourquoi n'as-tu rien dit ?

— Pour t'épargner d'être déchiré entre tes responsabilités professionnelles et l'obligation morale de m'épouser. Me sachant enceinte et loin de toi, ta vie aurait été un enfer. N'ai-je pas eu raison de vouloir t'éviter ces soucis ?

Les bras croisés, Jean-Guilhem la fixait droit dans les yeux :

— Comment peux-tu me regarder en face et poser une telle question ? Nous étions sur le point de nous marier, bon sang ! C'était à moi d'en juger. Tu attendais un enfant et tu ne m'en as jamais parlé, dans aucune de tes lettres. Jamais ! Lorsque mon fils est né, j'avais le droit d'être averti, non ? À ton avis, Paula, que puis-je ressentir en découvrant que tu as choisi de me laisser dans l'ignorance ? J'en arrive à me demander si tu es digne de confiance.

À peine ces mots prononcés, Jean Guilhem réalisa que son envie d'infliger à Paula un choc d'une intensité égale au sien lui avait fait dépasser les bornes.

Paula porta une main tremblante à son front. Avec quelle rudesse délibérée avait-il assené ces terribles propos ! Trop d'événements se bousculaient en même temps : le stress de l'attente, la joie des retrouvailles et à présent... l'expression affichée sur le visage de l'homme aimé !

Jamais elle n'aurait imaginé qu'il pouvait réagir aussi durement en apprenant qu'elle avait mis au monde son fils.

Avait-elle commis la plus énorme erreur de sa vie en le laissant dans l'ignorance ? Hélas, le mal était fait, impossible de revenir en arrière. Une larme perla au coin des yeux bleus.

— C'était pour te ménager, pour ne pas te contrarier que je me suis tue. Je voulais agir au mieux de tes intérêts, fit-elle d'une voix cassée. J'ai certainement fait une erreur et, quel qu'en soit le prix à payer, j'aurais probablement dû te dire la vérité.

— La vérité ? As-tu seulement idée de la signification du mot vérité ? Oh ! Tu ne mens pas, non... tu éludes. Un mensonge par omission, c'est tellement commode, n'est-ce pas ? Ne rien dire et laisser faire avec l'espoir de voir les choses s'arranger d'elles-mêmes. C'est oublier un peu vite que j'ai épousé une surdouée en la matière... Romaine.

Jamais elle ne l'avait vu dans un tel état. Mais il est vrai qu'on n'enseigne pas aux hommes comment se comporter à l'annonce d'une paternité inattendue, surtout après plusieurs mois d'une correspondance sans un seul mot sur le sujet.

— Ne me compare pas à Romaine, je t'en supplie, je t'aime, moi. Il n'y a eu aucun homme dans ma vie, à part toi.

— Que tu dis ! Pourquoi croirais-je une femme préférant une solution de facilité à la franchise ? D'ailleurs, ce n'est pas la première fois que tu m'*épargnes* la vérité. Rappelle-toi : tu t'es bien gardée de me prévenir avant de te jeter tête baissée dans l'aventure élaborée par ton ami Sheng...

— Ta journée avait été si chargée, je n'ai pas eu le cœur de te rév...

D'un geste de la main, il lui coupa la parole et poursuivit sans tenir compte de ses protestations :

— M'as-tu parlé de ta première entrevue avec le représentant du gouverneur ? Certes pas ! Tu t'en es rigoureusement abstenue. S'il ne m'avait pas fait appeler, tu serais rentrée en France sans même chercher à me voir.

Face à ces accusations injustes, la jeune femme pâlit et tenta de se défendre :

— C'est faux ! Au contraire, faisant fi des menaces qui pesaient sur moi, j'avais même juré de m'enfuir si on avait voulu m'interdire de te dire au revoir.

Jean-Guilhem respira profondément, faisant manifestement un suprême effort pour se contrôler.

— Pauvre Paula ! s'exclama-t-il d'un ton sarcastique. À t'entendre, on pourrait presque penser que, chez toi, le sacrifice est une seconde nature.

Désespérée, la jeune femme avait l'impression d'être derrière un mur s'élevant un peu plus d'instant en instant. Et que de l'autre côté, Jean-Guilhem s'éloignait inexorablement d'elle.

Paula n'avait pourtant qu'une envie, nouer ses bras autour du cou de son amant, en lui disant combien elle était désolée de s'être lourdement trompée. Mais le moment d'un tel aveu était vraiment mal choisi.

Le Pr Palescaut avait la réputation de savoir faire front à toutes les situations sans faillir. Face à celle-ci – inattendue, il est vrai –, il semblait dépassé par les faits.

— Comment aurais-je pu imaginer une seule seconde que tu puisses me cacher un tel événement ? murmura-t-il.

Accablée, Paula baissa la tête. Jean-Guilhem avait raison, au moins sur un point : elle ne lui avait laissé aucune alternative.

Néanmoins, elle ne pouvait s'empêcher de penser qu'en agissant ainsi elle lui avait épargné de nombreux soucis. Et, pour peu qu'il y réfléchisse, Jean-Guilhem ne pourrait manquer d'en convenir. Pour l'instant, il était bien trop amer pour y parvenir.

Son cœur se serra en se rappelant le bonheur escompté de leurs retrouvailles. Elle s'était attendue à des reproches, bien sûr, mais aussi à une surprise teintée d'incrédulité heureuse, suivie d'exclamations de joie. Et surtout, à l'impatience de voir au plus vite son héritier. Au lieu de cela...

Soudain, Paula ne put en supporter davantage. Puisque, tout entier à ses revendications personnelles, Jean-Guilhem ne faisait aucune allusion à son fils, elle résolut de ne pas subir plus longtemps ses explosions de colère sans réagir.

Il lui en voulait, la détestait, la méprisait... soit ! Elle l'avait mérité et reconnaissait son erreur. Mais leur enfant n'y était pour rien. Et, faute de l'affection d'un père, son fils adoré pourrait toujours compter sur l'amour de sa mère.

Bien décidée à redresser la tête, la jeune femme se leva et fit un pas vers la sortie. Jean-Guilhem la rattrapa immédiatement.

— Où vas-tu ?

— Là où tu n'es pas pressé d'aller... auprès de mon fils, répondit-elle en se libérant de son étreinte.

L'expression du visage de la jeune femme affichait son intense déception. Ses lèvres tremblaient et une flamme vive brûlait dans ses yeux.

La voyant aussi émue, il l'attira contre lui. Elle essaya de le repousser, mais lui résista, accentuant sa pression jusqu'à ce qu'elle tombe dans ses bras.

— Accorde-moi au moins le temps d'assimiler le fait d'avoir un fils dont, il y a à peine une demi-heure, je ne soupçonnais même pas l'existence.

D'un geste tendre, il caressa sa joue tandis qu'un sourire mélancolique se dessinait sur ses lèvres.

— Pourquoi m'avoir tenu à l'écart de tes problèmes, Paula ? J'essaie de comprendre mais...

Nichant la tête au creux du cou de son amant, Paula sentit sa déception s'évanouir en fumée, remplacée par la douce sensation d'une chaleur apaisante.

— Pour les raisons déjà données. Et puis... j'étais déprimée par notre séparation, par ce départ brutal, et l'annonce de ma grossesse n'a pas arrangé les choses. Outre cela, j'ai dû m'intégrer à un nouvel environnement d'où tu étais absent. Peut-être alors n'avais-je plus les idées bien en place. Je t'ai écrit dix, vingt lettres pour te dire que je portais ton enfant... Elles n'ont jamais été envoyées.

Le visage empreint d'une émotion sincère, Jean-Guilhem essuya du doigt les larmes qui glissaient le long des joues de la jeune femme et posa un tendre baiser sur son front.

— Cet enfant...

— Guilhem ! Notre enfant s'appelle Guilhem.

— Merci d'avoir donné mon prénom à notre fils. Je désirais très fort, moi aussi, voir se concrétiser notre amour par la venue d'un enfant. Toutefois, j'aurais préféré que les choses se passent différemment.

Une ombre douloureuse traversa ses yeux tandis que Paula fouillait son regard comme pour lire jusqu'au fond de son âme et mettre au jour ses sentiments, ses secrets.

— Comprends-moi, Paula, j'avais rêvé de partager avec toi chaque instant de ta grossesse. De voir ton ventre s'arrondir, de sentir bouger le bébé et, surtout, d'assister à sa naissance. J'aurais tant aimé que notre fils vienne au monde entre mes mains.

Il ne s'agissait pas d'un regret inspiré par l'amertume, mais simplement le besoin de faire comprendre à Paula l'étendue de son chagrin.

— Je comprends, mon chéri. C'est ce dont je rêvais moi aussi, murmura-t-elle.

Un flot de larmes inonda à nouveau les yeux de la jeune femme.

— Ne pleure pas, ma chérie, supplia-t-il. Nos rêves ne se sont pas réalisés comme nous le souhaitions, mais rien n'est perdu. Nous avons toute la vie pour concevoir d'autres rêves, pour donner un frère ou une sœur à notre fils.

Ces paroles chaleureuses apaisèrent un peu Paula, sans parvenir cependant à tarir ses larmes.

— Si je pouvais effacer les mois écoulés. S'il nous était possible de revenir en arrière...

— Tu aurais refusé d'aider Sheng ?

Un adorable petit visage couleur de miel blond éclairé par de magnifiques yeux noirs surgit de sa mémoire. Petit Tigre !

La jeune femme inspira profondément pour se donner le courage de dire la vérité :

— Non, j'aurais répondu à son appel, je ne lui aurais pas refusé mon aide. En dépit des conséquences qui en ont résulté et malgré ce que nous avons dû subir, toi et moi, jamais je n'aurais laissé mourir un enfant sans me porter à son secours. Non ! Irrévocablement non !

Observant les traits soucieux de sa compagne, il médita un instant cette profession de foi.

— Je n'en ai jamais douté. Tu es un sacré personnage, Paula. Cachottière à tes heures, mais inébranlable. Oui, tu es une femme vraiment bien.

Pour dissimuler son émotion, il toussota derrière son poing fermé, puis, prenant les mains de la jeune femme entre les siennes, proposa :

— Bon ! Si nous rentrions à la maison ?

À peine eut-il poussé la porte de la chambre qu'il se dirigea vers le berceau blanc. Il se pencha vers l'enfant paisiblement endormi et le contempla longuement.

— Un fils, fit-il d'un ton neutre de praticien d'où ne perçait aucun sentiment perceptible.

« Mon Dieu ! Il rend Guilhem responsable de mon silence », s'affola Paula, le cœur serré.

Après une pause, Jean-Guilhem ajouta :

— Ses cheveux sont bruns comme les tiens mais il a mon nez, tu as remarqué, Paula ?

— Et aussi tes yeux gris, ton sourire… sans les dents, évidemment, le taquina la jeune femme.

Et soudain, se dénoua en elle la sourde inquiétude qui avait pris possession d'elle à l'instant où Jean-Guilhem avait appris l'existence de son fils et n'avait cessé de croître au fil de temps, malaise alimenté par son interminable silence.

Si on y ajoutait ses aveux et les remords dus à son mensonge par omission…

— Sans les dents, bien sûr, accorda-t-il en prenant dans ses bras l'enfant réveillé par le bruit de leurs voix.

Guilhem émettant un glapissement perçant signifiant que ce genre d'intrusion dans son sommeil n'était pas de son goût, son père le cala contre son épaule.

— Chut, mon garçon, je suis ton père. Autant t'habituer à moi tout de suite. Vois-tu, petit Guilhem, il est facile de vivre en harmonie entre membres d'une même famille, mais pour cela, il faut y mettre du sien.

Comme s'il avait reçu le message, l'enfant cessa de pleurer et lui accorda un regard circonspect avant de lui offrir un magnifique sourire.

— C'est vrai, il a mes yeux et mon sourire ! Quel merveilleux cadeau tu m'as fait là, ma chérie ! chuchota Jean-Guilhem d'une voix feutrée par l'émotion.

De sa main libre, il attira la jeune femme contre lui et, tout à son bonheur, ferma les yeux. Jamais il n'avait été aussi heureux.

« Ne regarde pas en arrière, Jean-Guilhem, s'admonesta-t-il. L'avenir nous appartient. À présent, le temps est venu de m'occuper de ma femme et de mon fils, de les entourer de tout mon amour. »

— Je suis fier de toi, Guilhem, tu es superbe. Quoique de ce côté-là, je ne me faisais aucun souci, avec une mère aussi jolie que la tienne, tu ne pouvais qu'être parfait...

— Tais-toi ! Surtout, n'en dis pas davantage ! s'exclama Paula. Notre enfant est une fille très ordinaire, laide et chétive.

— Que racontes-tu là ? s'effara Jean-Guilhem.

— Les Asiatiques utilisent cette ruse pour détourner l'attention des dieux de la perfection de leur fils. Jaloux de la beauté de notre petit homme, les dieux pourraient avoir envie de nous le reprendre.

— Tu ne crois pas à ces sornettes ? Pas toi ! Pas avec un esprit pragmatique comme le tien !

Le sourire de Paula s'épanouit tandis qu'elle ajoutait sur le ton de la plaisanterie :

— Pourquoi ne pas se prémunir contre une éventuelle vengeance des dieux ?

Le sourire que lui valut cette déclaration lui réchauffa le cœur.

— Tu as raison, Paula. Toutes les précautions valent d'être prises.

Avec l'aisance d'un homme habitué à manipuler les nourrissons, Jean-Guilhem posa une main sous la nuque de son fils, une autre sous ses fesses et le replaça dans son berceau.

— Et maintenant que nous avons fait connaissance, au lit, fiston. J'ai l'intention de renouer avec ta mère. Nous avons un tas de choses à nous dire.

Sitôt dit, sitôt fait ! La petite bonne fut promptement envoyée en promenade, toute joyeuse à l'idée de sortir son beau petit Guilhem à qui elle s'était tendrement attachée.

Jean-Guilhem prononça son prénom d'une voix basse et rauque, si vibrante de désir que Paula se sentit poussée vers lui dans un élan irrésistible.

Il gratifia la jeune femme d'un sourire radieux.

— Avant de te pardonner tout à fait, je veux que tu me fasses deux promesses...

Le regard qu'elle plongea dans le sien était empreint de gravité.

— Tout ce que tu voudras.

— Promets-moi tout d'abord de me suivre à Lyon.

Le cœur de la jeune femme se gonfla de tendresse. Elle acquiesça d'un hochement de tête, trop émue pour prononcer le moindre mot.

— Parfait ! Ensuite, tu dois me promettre de m'épouser avant notre départ.

Amusée par une évidence qui, dans son esprit, n'avait jamais fait l'ombre d'un doute, Paula esquissa un sourire en inclinant la tête.

Pour sceller leurs promesses, Jean-Guilhem se pencha vers sa compagne, contempla longuement la courbe de ses lèvres avant de les embrasser doucement. Peu à peu, de tendre, leur baiser se fit passionné.

Dieu que c'était bon !

Des mois durant, Paula avait rejoint Jean-Guilhem dans tous ses rêves, l'avait adoré, chéri. Chaque soir, elle avait souhaité s'endormir entre ses bras avec le sentiment que lui seul pouvait la protéger d'un monde dur et hostile.

Aujourd'hui, ses rêves s'étaient mués en un besoin de lui appartenir tout entière, si fort qu'il en était douloureux.

Les mains de Jean-Guilhem glissèrent jusqu'à ses hanches, l'attirèrent tout contre lui, arrachant un gémissement à la jeune femme.

— J'ai attendu si longtemps ce moment, Paula, murmura-t-il contre sa bouche.

Il contempla le radieux visage de celle qu'il se jurait de chérir jusqu'à son dernier souffle. Il l'aimait avec chaque fibre de son corps, chaque battement de son cœur. Au cours de ces interminables mois de séparation, Paula avait été un rêve porté en lui, une lumière grâce à laquelle il avait pu patienter jusqu'à l'heure du retour.

Ils basculèrent sur le lit, étroitement enlacés, en s'étreignant avec une ferveur éperdue, dans une explosion de bonheur, tandis que les flammes de la passion les embrasaient tous les deux.

Jean Guilhem avait autant besoin de se fondre en Paula qu'elle avait besoin de se fondre en lui. Les mots d'amour qu'ils se murmuraient les émouvaient jusqu'au tréfonds de l'âme.

D'un même élan, leurs lèvres se joignirent en un baiser fiévreux et, enfin, Jean-Guilhem se perdit dans la merveilleuse douceur de Paula lorsqu'elle l'accueillit en elle.

Seule une lampe de chevet éclairait le lit dans la grande chambre plongée dans l'ombre. Pendant que leur fils dormait paisiblement, Jean-Guilhem, assis entre les draps, triait les papiers contenus dans un portefeuille en maroquin noir à la recherche des certificats exigés pour le mariage. Lesquels, parvenus à Hué une semaine après le départ forcé de Paula, avaient été soigneusement rangés en vue de leur future utilisation.

S'interrompant un instant, Jean-Guilhem se pencha vers sa compagne.

— Il me tarde que nous soyons mariés car sans toi, je n'existe plus, je ne possède rien et ne souhaite rien d'autre que t'aimer et t'aimer encore, un peu plus chaque jour.

Ses yeux caressaient le visage de Paula avec une tendresse telle que la jeune femme ressentit une bouffée de trop-plein d'amour.

— Et si nous nous disputons à nouveau ? Y as-tu pensé ?

— Évidemment que cela nous arrivera encore ! Je suis toujours l'arrogant Pr Palescaut, comme tu te plaisais à m'appeler. Et toi, l'impétueux Dr Bridler, toujours prête à me tourmenter avec des initiatives aussi surprenantes qu'inopinées.

Il entoura le visage de Paula de ses mains et plongea ses yeux au fond des siens.

— Quoi qu'il advienne, rappelle-toi toujours cela : nous nous aimons et plus jamais nous ne serons des ennemis. Si nous nous accrochons à cette vérité, notre amour tiendra bon contre vents et marées.

— Nous ferons ainsi, assura Paula.

Des papiers épars sur le lit, il extirpa un feuillet.

— Tiens ! Voilà le reçu de mes frais de voyage. Il ne faut pas que j'oublie de l'envoyer au ministère des Colonies pour me faire rembourser.

— Montre, demanda Paula en tendant la main.

À l'en-tête de la Compagnie des Messageries maritimes, un placard en caractères gras indiquait qu'un paquebot de la compagnie assurait le service régulier entre Marseille et Saigon, avec pour escales Port-Saïd, Djibouti, Colombo et Singapour. Départ tous les deux dimanches à quatre heures de l'après-midi.

— Port-Saïd, Djibouti, Colombo, Singapour, Saigon, murmura la jeune femme, la gorge nouée par la nostalgie. Nous ne ferons plus jamais ce voyage, n'est-ce pas ?

Jean-Guilhem secoua la tête avec un sourire mélancolique et répondit :

— Non ! Nous n'y serions pas les bienvenus.

— Surtout moi ! Néanmoins, l'Annam restera à tout jamais gravé dans ma mémoire. Je ne désavoue pas un seul instant de cette aventure prodigieuse. Si c'était à refaire, je n'y changerais rien. Car, au bout de ce voyage, j'ai trouvé l'amour, notre amour. Et j'y ai rencontré des personnes remarquables.

— Nous ne les oublierons jamais, affirma Jean-Guilhem.

Même s'il savait pertinemment que le passé finirait par se dissoudre dans les brumes de l'oubli.

Cependant, des visages et des lieux reviendraient parfois hanter leur mémoire : les filles, placées chez Mmes Leport, que Paula ne verrait pas grandir, Sheng le Tigre, ses épouses, Petit Tigre, Mai-li et Hong, le bungalow et son odeur douceâtre de melon trop mûr. Sou-an et son vieil oncle érudit, les infirmières, les internes, Jacques Courve et la

Rabasse. La ville de Hué, les pousse-pousse, et par-dessus tout… la vie enivrante d'Extrême-Orient… l'Indochine, encore plus belle aux yeux du souvenir.

Mais le passé est le passé. L'avenir, lui, s'étendait devant eux. Leur bonheur se construirait jour après jour. Désormais unis l'un à l'autre, ils protégeraient leur amour et ne laisseraient rien ni personne détruire un bonheur si chèrement gagné.

Ce mois-ci, découvrez également
trois nouveaux romans de la collection

Aventures et Passions

Le 1er février 2001

Le maître-chanteur

de Julie Garwood (n° 5782)

Écosse, Moyen Âge. Christen et sa petit sœur Gillian doivent fuir en catastrophe le château de leur père, assiégé par le baron Alford. Avant de partir, leur père confie à l'aînée un précieux coffret appartenant au roi John. Des années plus tard, Alford met tout en œuvre pour récupérer l'écrin et menace Gillian de tuer sa sœur si elle ne le lui restitue pas. Heureusement, le séduisant Brodick croise son chemin et s'avérera d'une aide appréciable pour échapper aux griffes maléfiques du baron...

Le 8 février 2001

La vallée de la tendresse

de Megan Chance (n° 5783)

Amérique, XIXe siècle. Lora Cameron habite dans une vallée où le climat rude rend la vie difficile pour les fermiers. Pour gagner de l'argent, le mari de Lora, duquel elle s'est éloignée peu à peu, est contraint de quitter la ferme pendant quelques mois pour devenir bûcheron. Il insiste pour qu'un jeune homme apporte son aide à la ferme en son absence. Et grâce à ce nouvel ami, Lora retrouvera la tendresse et l'amour de son mari, qu'elle pensait à jamais perdus...

Le 22 février 2001

Dans l'ombre du harem

de Bertrice Small (n° 5784)

Lady India Lindley est follement amoureuse d'un aristocrate, Adrian. Ses parents ne voyant pas cette relation d'un très bon œil, India s'enfuit en bateau avec son amant vers l'Italie. Mais le navire est pris d'assaut par des pirates barbares : Adrian est envoyé aux galères tandis que India devient la promise de Canyan Reis, le seigneur de ces barbares. Destinée à devenir esclave de son harem, la belle n'a pas dit son dernier mot...

J'AI LU *Aventures et Passions*

Quand l'amour s'aventure très loin, il devient passion

5806

Composition Chesteroc International Graphics
Achevé d'imprimer en Europe (France)
par Maury-Eurolivres - 45300 Manchecourt
le 8 janvier 2001.
Dépôt légal janvier 2001. ISBN 2-290-30984-2

Éditions J'ai lu
84, rue de Grenelle, 75007 Paris
Diffusion France et étranger : Flammarion